繡裡乾坤 1

風文創 1205

夏言 著

風文創 1205

目錄

序文

夏言

這本小說寫在冬天十分寒冷的時候，寒冷的冬天適合一些溫暖的故事，於是就有了這個故事。

這是一篇以架空的古代背景創作的小說，女主的性格是我很喜歡的，在她身上有著古代世家小姐的溫婉大氣、聰明堅韌，無論人生有否重來，無論女主是何種身分，男主始終堅定的選擇女主；而無論受到了多麼不公平的對待，女主始終有一顆善良的心，善良的人總能被上天眷顧。

整個故事用一句話來概括大概就是：一個無論做什麼都不被母親喜歡的乖乖女和一個對所愛之人情根深種卻不知如何表達的侯爺相遇的故事。重來一次，女主撥開雲霧，明白了自己為何不被母親喜歡的原因，也看清楚了男主的真心，男主也知曉了該如何表達藏在心底的愛意，最終二人攜手共度餘生。

故事概括起來很簡單，想要完整將情節講出來卻不容易，這篇文從故事大綱到人物設定等等，我都有精心設計過，前期準備了很久才終於動筆，之後每寫好一章，心情都非常激動，看著腦海中的故事一點一點被寫出來，心中十分滿足。而隨著故事的展開，裡面的人物又像是真實存在一般，讓我覺得十分親切，心情隨著角色的成長變化而起伏。

寫文的過程不只有歡喜，也有不少坎坷，中間一度寫不下去，無數次推翻大綱又重建，無數次修改大綱，無數次修改故事情節，寫到故事快完結時，內心又充滿了諸多不捨。回顧創作的過程，充滿了苦與樂，以致完成後好久我都沒能從故事中走出來，彷彿還在另一個時空，與書中的人物一同生活著。我始終相信文字是有溫度的，希望正在看故事的你也能開心快樂，收穫甜蜜而又美滿的愛情，能夠被人堅定的選擇。

本以為這本書至此就畫上一個句號，沒想到完結沒多久出版社的編輯就來談繁體出版了，這讓我非常驚訝，也很是驚喜。這雖然不是我的第一本繁體書，但對我來說卻有著別樣的意義，既鼓勵了我嘗試不同的風格，又肯定了我這幾個月的努力。

至此，這個句號不僅圓滿，而且閃閃放光。所以，不管生活中遇到了多少挫折，希望大家都要擦乾眼淚繼續前行，風雨之後遇彩虹，人生總是充滿希望的。

在這裡，我要感謝為我推薦的編輯殊沐，謝謝您在百忙之中為我答疑解惑；也感謝狗屋出版社，謝謝你們給我這次機會，也感謝為這部作品編輯、校對的編輯們，謝謝你們！

楔子

昭元二十五年，定北侯府，沉香苑——

一位揹著藥箱的太醫匆匆趕來，兩刻鐘後，太醫對眾人搖了搖頭，苑內漸漸傳出了低泣聲。

外間有兩位老婦正在說話。

「侯爺還在邊關打仗，若是知曉了此事，可該如何是好？」

「先不要通知侯爺……」

話還沒說完，侯府老夫人秦氏臉色蒼白地在丫鬟攙扶下急急走來，守在外間的老婦慌張地趕上前攙扶。

「老夫人！您還好嗎？您可要穩住啊，侯府還要靠您撐著啊！」

「別說了，快扶我進去看看。」

房裡是一片寂靜，床幔掀開，床上躺著一位面容姣好的少婦，此刻面色蒼白，了無生機，一動不動。

雲意晚痛苦地緊閉著雙眼，腹中像是有一把剪刀正在攪動，讓她痛到無法呼吸。

自己大概快死了吧……她能感覺到自己的生命正在流逝，可直到此刻她也沒想明白，她為何突然就不行了。

懷孕四個月以來，頭兩個月腹中的孩子把她折磨得不輕，她幾乎日日吐，纏綿在榻，直到最近這半個月總算舒服了些，能吃能睡，也能在院子裡活動活動。

兩個時辰前，她還喝了一碗雞湯，看了半刻鐘書，身體沒有任何的不適，一如往常地去午歇，誰料到在睡夢中突然覺得腹痛難忍，痛到說不出話來，全身動彈不得，好在丫鬟察覺了她的不對勁，不知過了多久，她感覺有大夫來診脈，接著房裡來來去去很多人，最終這些人又都離開了，一切恢復平靜。

唯有她，真的快撐不下去了……

回想自己這一生，出嫁前的日子一直是平平靜靜的。

父親雲文海是世家旁支出身，高中兩榜進士，頗具才幹，為官後外任多年，三年前自揚州調回京任職。母親喬書瑜身分更是尊貴，是永昌侯府庶女，他們喬府在權貴如雲的京城雖算不上門第顯赫，但也絕非小門小戶。

作為雲家嫡女，雲意晚從小衣食無憂，讀書識字，琴棋書畫樣樣精通，生活富足，直到嫁入定北侯府的婉瑩表姊難產而亡，這才打亂了她原本平靜無波的生活。

過去母親從未透露過有意讓她嫁入什麼高門大戶，卻因表姊的去世，突然逼她嫁入定北侯府，囑咐她要親自照顧表姊剛出生不久的孩子，而父親也同意了此事。

定北侯顧敬臣常年征戰沙場，長得高大魁梧、面容冷峻，一身肅殺之氣，讓人難以靠近，她一見就心生懼意，不敢看他。

外界傳聞他很喜歡表姊，書房中還珍藏著表姊的書畫和繡品，對唯一的兒子更是珍愛有加，表姊去世後的半年，上門給他說親者無數，全都被他推拒了。但即便如此，位高權重的他還是為了年幼的兒子答應了雲家的親事，沒多久便迎她入門。

她想，他果然是被迫與她成親的，成親一年，白日裡他甚少言語，晚上更是粗魯得讓人難以忍受。

作為他的妻子，她從來沒能得到他的信任，表姊留下的孩子住在隔離的麒麟苑，院子外有重兵把守，身邊伺候的丫鬟嬤嬤無數，而她嫁進侯府一年，竟然從未見過那個孩子，甚至連他長什麼樣子都不知道，顧敬臣不僅不讓她見孩子，每每她提及這事，他臉色還很不好看，漸漸地，她也不敢再提。

她脾氣好，也很知趣，本不該去碰他的逆鱗，然而母親那邊卻時常提醒她嫁進侯府的目的，催她去照顧孩子，有一次她被母親催得緊了，便趁著他不在府中去了一趟麒麟苑，哪知他回府知道了，發了好大的火，這是成親以來他第一次朝著她發火，那時她便明白了表姊和表姊的兒子在他心中的地位，從此不敢再去觸碰。

她心中不是沒有疑惑的，本以為他續弦的目的也是為了有人可以照顧孩子，可如今這番局面，令她更想不透他同意娶她的原因，或許，只因為她與表姊長相有幾分相似？

後來她被診出有了身孕，她難得在他臉上看到了一絲笑意，他對她的態度也溫和了許多，至少夜裡不再折騰她。

兩人就這樣相敬如賓地過日子，再後來邊關戰況不穩，他便去了戰場。

如今孩子已有四個月，就這樣沒了，若是他知曉此事，定會難過的吧？畢竟他那麼喜歡孩子……不過，也未必，她並非他心儀之人，他未必會喜歡她生的孩子。

她這輩子糊裡糊塗的，很多事情都沒弄明白，也不知事情如何一步步走到今天，不過，如今也不必明白了，一切就要結束了……回想這一生過得還算順遂，也沒怎麼被人欺辱，出嫁前母親雖然嚴厲，但也不會短了她的吃穿，父親雖更重仕途，但也沒有全然忽略她，丈夫雖不喜她，卻未輕視她，對她多有敬重。

只是，若有來生，她寧可吃齋念佛，只求表姊長命百歲，她再也不想入這高門大戶，不做他人的替身，寧願嫁一個普通人，平平靜靜過一輩子……

第一章

巳時，刺眼的陽光從窗外照了進來，灑在雕刻著鏤空花紋的黃花梨木床上。

床上正躺著一位妙齡少女，少女膚色白皙淨透，臉上的茸毛清晰可見，唇不點而紅，烏髮散落在繡著朵朵粉色桃花的枕頭上，像是墜落人間的仙女，只是仙女眉頭微微蹙起，手捂住肚子，似是被夢魘了。

「姑娘，姑娘……」

雲意晚喃喃道：「疼……疼……」

黃嬤嬤輕輕拍了拍自家姑娘的肩膀，緊張地問道：「姑娘，您這是怎麼了，可是腹痛？我這就去給您請大夫。」

雲意晚猛然睜開雙眼，聽著耳畔的聲音，十分詫異。剛剛朦朧間，她聽到太醫說她快要不行了，還以為自己就要死了，沒想到竟然沒死，再聽耳畔的聲音，是那麼的熟悉，她轉頭看向面前的人。

「姑娘，您別嚇我啊，您到底怎麼了？」

看著面前這個熟悉的人，雲意晚喃喃道：「嬤嬤……」

黃嬤嬤是她的奶嬤嬤，從小照顧她到大，但不知為何在她出嫁前夕突然離開，母親說黃嬤嬤回鄉下去了，她兒子要考科舉，為她全家脫了賤籍……自那以後她再也沒見過黃嬤嬤，沒想到今日還能相見，可見她真的病得很重，連黃嬤嬤都被請過來了……

見自家姑娘總算醒了，黃嬤嬤心中稍定，只是看著她難受的模樣還是很不捨，急忙問道：「姑娘，您現在感覺怎麼樣？還有哪裡痛？快告訴我，我讓人去稟告夫人給您請個大夫。」

雲意晚說道：「肚子。」

「紫葉，快去跟夫人說一聲請大夫過來。」

「是，嬤嬤。」

不多時，大夫來了，診治一番後很快又離開了。

等一切歸於平靜已是半個時辰後，這半個時辰也足夠雲意晚搞清楚現況了。原來昏睡前那太醫沒有說錯，她約莫是真的不行了，不然，她為何會突然回到三年前呢？

這時，父親剛剛從任上回到京城，在禮部任職，她還是閨閣女子，並未成親。

「還好沒出什麼大事，雖然天氣逐漸熱了，但您以後可不能再貪涼了，不然月事的時候會更難受。」黃嬤嬤在一旁說道。

雲意晚垂眸，摸了摸肚子。此刻她之所以腹痛，是因為昨晚恰好來了月事。

「一會兒吃了藥好好睡一覺就沒事了。」黃嬤嬤又道。

雲意晚點頭。「嗯。」

見從小看著長大的姑娘憮憮的樣子，黃嬤嬤猜到了她的心思，想到紫葉剛剛說的正院的情況，嘆了口氣。「咱們昨日剛剛進京，夫人正忙著收拾呢，不得空，等她忙完了，定會過來看您。」

夫人一向對大姑娘態度冷淡又要求嚴格，剛剛紫葉去正院時，夫人正在見娘家永昌侯府的管事，只是這樣的話還是不要跟大姑娘說了，徒增煩惱。

聞言，雲意晚長長的眼睫微顫。

她記得前世剛入京時母親的確非常忙，不過，並不是忙著收拾東西，而是忙著去外祖永昌侯府打點關係，永昌侯府勢大，母親又只是庶女，父親之所以能回京任職應是得到了侯府的幫助，母親這樣費心思，她作為女兒也是能理解的。

只是，經歷了前世的事情之後，如今再想到永昌侯府，她心中難免有些不適。

她可以理解父母攀附永昌侯府的行為，卻無法諒解他們二人為了榮華富貴要她去定北侯府當填房的想法，畢竟，那時她已經有未婚夫了。

既然上天讓她重活一世，這一世她想活得明白一些。

雲意晚在床上躺了一日，第二日身上總算舒服了些，她洗漱一番，起身去正院給父母請安。

她剛走到正院門口，就聽到裡面傳出陣陣笑聲，父親已經去上朝了，母親正和兄長雲意亭以及妹妹雲意晴在用早膳。

當她出現在正房時，眾人的笑聲戛然而止，全都朝她看了過來。

看著眼前的情形，雲意晚覺得自己就像是一個外人一般，破壞了眼前溫馨的場面。

喬氏放下手中的筷子，用帕子擦了擦唇，緩緩開口。「我聽說妳病了，病了就好好在房間裡休息，不要亂走動。」

雲意晚心中一暖。雖然母親昨日沒有去看她，但還是關心她的。

「嗯，多謝母親，女兒的病已經好多了，不敢躲懶，應向母親請安。」

大少爺雲意亭笑道：「一家人這麼客氣做什麼，既然來了，快過來坐下一起用飯。」說著，他側頭吩咐身邊的婢女去拿一副碗筷。

雲意晚說道：「多謝大哥。」

二姑娘雲意晴看著坐在身側的長姊，心裡有些不舒服。

今日他們要去外祖永昌侯府做客，長姊長得好、氣質好、學識也好，雖不愛說話，但有她在的地方旁人向來不會注意到自己，她不想讓長姊一起去，母親說好只帶她去的。

雲意晚坐在飯桌前，今日早膳有粥、餛飩、饅頭和包子，她食慾不是特別好，只盛了一碗粥，又拿了一個紅糖饅頭，小口吃了起來。

她規矩學得好，吃飯時幾乎沒發出任何聲響，即便臉上有病容，但也絲毫不影響她的禮儀。

雲意亭看著面前的兩個妹妹，視線落在了雲意晚身上。

「瞧妳瘦的，多吃些，這是蝦仁什錦包，味道不錯，嚐一嚐。」說著，雲意亭用公筷挾了一個包子放在雲意晚面前的碟子裡。

雲意晚嚼完嘴裡的吃食，抿了抿唇，笑著道：「多謝大哥。」

雲意晴眼底掠過一抹不悅，嘟囔了一句。「大哥倒是會裝好人，這包子是母親特意讓人買給我的，我才吃了一個。」

這話一出，桌上氣氛有些尷尬。

雲意晚瞥了一眼桌面上的盤子，盤中還有兩個包子，她把自己的碟子推到了雲意晴面前，尚未開口，雲意亭就先說話了。

「意晚，妳別總是慣著她。」說完，又看向雲意晴，語氣重了些。「妳馬上就要及笄了，竟還想吃獨食！母親買了四個包子，妳一個人也吃不了那麼多，一會兒去了侯府可莫要這般小家子氣，惹人笑話。」

被兄長這般訓斥，雲意晴咬了咬唇，眼眶一下子紅了，抬眸看向了母親。

喬氏蹙了蹙眉，看向長子道：「好了，不過是個包子罷了，何至於這般訓斥，你妹妹還小，你也不懂事嗎？」

雲意亭沒再說話。

喬氏視線看向長女。「妳既還病著，一會兒就不要跟了，吃過飯就回去歇著吧。」

雲意晴的眼淚一下子又沒了，臉上露出一絲笑容。

雲意晚心微微一沈。前世這時候母親也沒帶她去侯府，那時是說她身體弱，不耐長途跋涉，囑咐她在家好好休養。

她本不喜歡熱鬧，平日也不怎麼跟著母親出門應酬，當時聽到母親的安排，雖有些遺憾，但心裡也感激母親對她的照顧。

可如今她卻不這樣想了。母親似乎不太喜歡帶她出門，尤其不愛她去永昌侯府，前世她也沒去過幾次，只是，永昌侯府畢竟是自己外祖家，這些年她一直跟父親在任上，多年未曾去過外祖家，理應前往的，她很想知道母親如此安排的緣由。

她緩緩道：「多謝母親體恤，我身子已經無礙，這畢竟是我們來京後第一次拜訪外祖和舅舅，意晚若是不去，難免讓人覺得失了禮數。」

喬氏幾不可察地皺了皺眉，顯然對長女反駁有些不滿。

雲意亭也道：「母親，我覺得妹妹說的有理，外祖母向來對母親苛刻，若是妹妹不去，她難免會指責您。」

聞言，喬氏靜默片刻，似是想到了什麼不開心的事情，眉頭皺了皺。「好吧，既然妳覺得身子無礙，那就一起去吧。」

雲意晚以為母親不會答應的，沒想到母親這麼快就鬆口，不禁覺得可能是自己想多了，或許母親就是心疼自己、知曉自己不愛出門，所以平日裡才不叫上她的。

察覺到兄長溫和的目光，她看了過去，收斂自己的想法，對著兄長笑了笑，又看向自己母親，說道：「是，母親。」

雲意晴的臉又拉長了，飯都不想吃了。

吃過飯，雲意晚離開正院，雲意亭隨她一起離開。

「意晚，昨日大哥不是故意不去看妳的，我去書院向夫子請教學問了，不在家，今早方從小妹口中得知妳病了。」

雲意晚抬眸看向兄長，笑著道：「大哥，我沒事的，再過兩個月就是秋闈，科考在即，你理應如此，我盼著兄長能一舉得中！」

聲音溫柔似水，在炎熱的夏日讓人如沐春風。

雲意亭是家中長子，下面有兩個妹妹，相較於最小的妹妹，他更喜歡跟自己年歲差不多的大妹妹。

「嗯，我知妳最不愛出門應酬，方才聽妳主動提及想出門，我便猜測妳身子應該無礙。」雲意亭的聲音也輕柔了幾分。

雲意晚眼眸微閃，掩藏了內心真實的想法。「勞兄長掛心了。」

雲意亭又道：「我昨日已與父親一起去侯府拜見過長輩，今日就不去了，一會兒還得去書院找先生請教學問。妳今日和母親、妹妹一同去侯府，一切要小心，照顧好自己。」

雲意晚笑著應下。「好。」

雲意亭抬手揉了揉妹妹的頭，兩人就此分開，一個去了夕晚苑，一個去了前院。

雲意晚走了幾步，停下步子，轉過身看著雲意亭快步離開的背影，眸色微沈。

前世兄長在兩個月後中了舉，意氣風發，然而，變故突生，就在兄長和世家公子去登高時發生了意外，兄長從山上跌落，腿被巨石砸到，壓了整整一晚上，第二日清晨才被府中的奴僕在山底找到，腿就這樣廢了，仕途沒了，人也廢了，兄長從一個翩翩少年郎逐漸變得陰鬱暴躁。

今生絕不會如此了，她定要幫兄長避開這個劫難。

正院裡，雲意晴正不滿地說道：「母親，長姊病了，您不是說不讓她一起去嗎，為何又改變主意了？」

喬氏拍了拍小女兒的手，坐在榻上，道：「咱們許久沒回京城，妳許是不記得妳外祖母了，那個老太太向來不喜我，愛挑刺，正如妳大哥所說，若妳大姊不去，她定要責備我的不是。」

一聽這話，雲意晴噘了噘嘴，不滿道：「母親這麼好，她還對母親不滿，可見她是個刻薄的！」

喬氏抬眸看了一眼幼女，提醒道：「慎言！這樣的話切莫在外面說，不然人家要說咱們雲家沒規矩了。」

雲意晴吐了吐舌頭，抱著喬氏撒嬌。

「母親，女兒有分寸的，知曉什麼話能說、什麼話不能說，女兒這不是在為母親抱不平嗎？您那麼心善又端莊，要是別人說您不是，那肯定是那個人有問題，絕不是您的問題。」

這話確實說到了喬氏的心坎兒上，面上帶了幾分笑意，看向幼女的眼神很是和煦。

「妳呀，就是個嘴甜的。」

雲意晴說道：「女兒說的都是實話。」

兩刻鐘後，雲家母女三人起身前往永昌侯府。

為了好好攀上侯府這門親戚，雲意晴今日特意穿了一身好看的衣裳，把她最喜歡的一件湘妃色衣裙穿上了，這衣裳襯得她唇紅齒白，嬌俏可愛。

她打量了一眼坐在對面的長姊，見她穿了一身薑黃色的衣裳，看來今日是搶不了風頭了，心中暗自得意，不過，在看到她那張臉時，心裡還是有些不舒服。

就是有那麼一種人，生下來就比旁人好看幾分，即便臉上毫無妝容，素面朝天，著荊釵布裙，也能把一干人比下去。

她從小就不喜歡長姊，長姊不光長得好看，學什麼都還比她快，琴棋書畫樣樣精通，父親總喜歡拿她跟長姊比，對她很是不喜。

「大姊，妳怎麼穿這件衣裳啊，看起來舊舊的，侯府的人見了還不得以為咱家窮得揭不開鍋，是上門打秋風的。」雲意晴忍不住說道，說完看了一眼母親。

喬氏正閉眸養神，想到一會兒要見她那位眼高於頂、向來不喜她的嫡母，心裡正煩著，聽到幼女的話，緩緩睜開眼，看了長女一眼。

這一看，恍惚間像是看到了另一個人，頓時心頭一跳，厲聲道：「太素了！以後出門莫要穿這種顏色的衣裳！妳年歲不大，應多穿些與妳妹妹一樣的鮮亮衣裳。」

雲意晚抿了抿唇。母親似乎忘記了，從前她也穿亮色的衣裳，每次出門眾人總是誇她，因此忽略了妹妹，她察覺到妹妹的不悅，後來便只穿素色衣裳，再出門時，旁人漸漸注意到了妹妹，母親的臉色才好看了許多。

對於母親偏愛妹妹一事，她心中早就知曉。意晴是她親妹妹，她自然也是愛護她的，不願在此事上計較，只是，對於母親的偏愛，她心裡也會不舒服。

「女兒記住了，母親。」

聽到長姊被訓斥，雲意晴頓時心情變得明媚起來。還好，母親喜歡她更勝於長姊。

喬氏心情煩躁得很，掀開簾子看了看外面，心中想著，怎麼還沒到？

雲家官職低，住的地方雖在京城，卻地處偏僻，不像永昌侯府門第顯赫，離皇宮近。

馬車穿過鬧市駛向了京城南邊的寧康街，這裡安靜許多，住在這裡的人非富即貴，最差的也是伯爵府，永昌侯府正位於這條巷子的中央。再往南一些，是離宮城更近的南華巷，那裡住著當朝權貴，比如皇上的妹妹淑寧公主，再比如雲意晚前世的夫家定北侯府。

到了侯府門口，一行人從馬車上下來了。

喬氏回娘家前早就遞了帖子，因此門口有管事等著。

「三姑奶奶和兩位姑娘來了，咱們老太太和侯夫人一早就吩咐我們在這裡等著您了。」

喬氏看了眼面前眼生的婆子，瞧著身上的衣裳，最多是個二等僕婦，窺一斑而知全豹，她這嫡母對她還是一如既往地不喜。

即便心中膈應，喬氏面上還是溫和。「有勞嬤嬤了。」

「姑奶奶客氣了，您請。」

侯府極大，走過外院，穿過長長的迴廊，眼前逐漸變得開闊起來，空氣也清新不少。此處少了幾分夏日的灼熱，耳邊似是能聽到潺潺的流水聲，雲意晚前世來過侯府，她知道這是侯府後院花園的一處景觀。

這時，耳邊響起了妹妹的聲音。

「這是什麼聲音啊？」

走在前面的婆子聽到這話，臉上露出一抹鄙夷的神色，喬氏神色微變。

雲意晚正欲開口解釋，婆子搶先一步開口了。「這是咱們侯府的假山流水，去年剛請蘇州來的師傅修的。」說著，她指了指前面。

眾人順著她手指的方向望了過去，只見前方樹木蔚然幽深，怪石嶙峋，透過枝葉縫隙，隱約可見流水從石罅中流出，升起蒸騰的霧氣，池邊百花繁盛，有蝴蝶立在上面，如仙境一般。

婆子瞥了一眼雲意晴驚喜的眼神，又驕傲地說道：「像這麼大的假山流水，別處是沒有的，咱們侯府獨一份，表姑娘可要好好看看，回去也好跟小姊妹炫耀一番。」

喬氏臉色頓時變得難看，收回了目光。

雲意晴也聽出了婆子對她的鄙視，臉漲得微紅，不敢再看那美景。

雲意晚看了一眼婆子的手，淡淡道：「我幼時隨母親來侯府，怎麼沒見過嬤嬤呢？瞧著嬤嬤的年紀，想必當時是在採買或者外面的鋪子裡當管事吧。」

採買和鋪子的管事都是肥差，若非侯府心腹是不可能去的，而眼前這位婆子顯然不可能被安排在如此重要的位置上，雲意晚眼神真摯，面上毫無譏諷之意，像是認真好奇的詢問著，那婆子反倒是沒臉了，臉上的表情訕訕的，悄悄把手藏了起來。

她從前在莊子上幹農活，這兩年才入府中補了缺，如今也不過是老太太院子裡灑掃的。意識到自己剛剛那番話有些逾矩，她沒再多言，繼續引著眾人去老太太的院中。

雲意晴琢磨了一會兒才明白剛剛雲意晚幫她懟了侯府的婆子，頓時得意起來，譏諷道：「姊姊，妳這話就錯了，瞧著嬤嬤的打扮，我覺得她當時是在廚房燒火還差不多。」

雲意晚沒答話，有些話點到為止就好，既讓對方知曉自己不好欺負，又給對方留了面子，若是話說難聽了，反倒可能激怒對方結了仇。

見長姊沒答，雲意晴撇了撇嘴。長姊就是這樣，愛端著，很是沒趣。

喬氏也覺得幼女這話說得過了些，不管這婆子是做什麼的，總歸是在老太太院子裡伺候的，表面上得給點面子。不過，見這婆子沒了臉，她心裡也是開心得很，果然還是幼女跟自己一條心。

「好了，晴兒，有些事心裡有數就行，別多嘴，嬤嬤該不高興了，快到妳外祖母的院子了，安靜會兒。」

喬氏這話雖然是在教訓女兒，目光卻看向了引路的婆子。

接連被喬氏母女倆諷刺，婆子面色很不好看。

很快就到了老太太的瑞福堂，喬氏帶著女兒先在外面等著，婆子去裡面問話，結果過了一刻鐘，裡面都沒人出來。

喬氏一直忍著，面上帶著笑，顯然已經習慣了。雲意晴第一次遇到這樣的事情，神色越發不耐。

又過了一刻鐘，裡面終於走出來一個嬤嬤，赫然是老太太身邊最得力的方嬤嬤。

一見著她，喬氏臉上的笑容加深，上前走了兩步。「嬤嬤，這麼多年不見，您還是從前的模樣，都不見老的！」

方嬤嬤微微點頭行禮，客氣又疏離地回道：「三姑奶奶也還是那般光彩照人。老太太昨夜身子不適，吃過早飯又睡下了，得知三姑奶奶來了，剛剛起。」

話裡話外在責怪喬氏的到來擾了老太太休息，喬氏臉上的神情有一瞬間的僵硬，但還是一臉擔憂的神色。「是我來得不巧，擾了母親休息，若母親身子不適，我改日再來。」

方嬤嬤笑著道：「三姑奶奶這是哪裡話，老太太正盼著您呢，快請進！」

進去後，她們依舊沒見著老太太。

「老太太還在梳洗，三姑奶奶請在此坐一會兒。」

喬氏臉上的笑容已經快要維持不住了，但還是勉強笑著說：「不著急，都是我們打擾了母親休息。」

方嬤嬤朝她微微點頭，進去了。

喬氏能忍住，雲意晴可忍不住了，她臉上早已經沒了笑，一臉不滿，嘴裡小聲嘟囔了一句。「都等多久了啊，是不是不想見咱們？」

她從小到大可沒受過這樣的委屈，雖然父親的官職在京城中不顯，但之前在地方任上可是非常顯赫的，再加上母親是侯府出身，更是沒人敢小瞧他們，每次都是旁人等他們，從來沒有他們等旁人的時候。

雲意晚看了一眼妹妹，喬氏嚇了一跳，連忙扯了女兒的手，瞪了她一眼，示意她噤聲。

雲意晴被母親的眼神嚇得哆嗦了一下，也不敢再多說什麼了。

不知過了多久，外面傳來了動靜，永昌侯夫人陳氏來了。

屋內的婢女們福身行禮，喬氏也連忙站了起來，笑著迎了過去。「見過大嫂。一別多年，大嫂依舊容光煥發，雍容端莊。」

跟喬氏的熱情相比，陳氏臉上的神情淡淡的，說話客氣又疏離。「是啊，三妹妹，好久不見。今日本來早早在此等候，無奈府中突然又有了些事，這才沒能及時過來。」

喬氏依舊笑著，很是體貼地說道：「侯府事多，辛苦大嫂了。」

陳氏指了指一旁的座位。「請坐。」說完，看了一眼一旁空空的桌子，微微蹙眉道：「來人，上茶。」

這麼多年過去了，婆母對這位小姑子的厭惡依舊，不僅不來見她，茶也不讓人上，這也真是的，只是這些事她也不好多說。

幾人尚未落坐，那邊老太太已經從裡面出來了，眾人連忙朝著她行禮。

老太太扶著一旁方嬤嬤的手，不緊不慢走著，待走到前面的榻上坐下，這才道：「三丫頭來了呀。」

喬氏連忙上前行禮，恭恭敬敬地說道：「見過母親。」

雲意晚也跟著行禮，雲意晴不情不願地低頭。

這時，茶水端上來了，老太太端起茶水，輕輕吹了吹，抿了一口，又放下了。「嗯。」

喬氏這才敢直起身子來，對站在身後的意晚、意晴姊妹道：「這是妳們的外祖母，快給外祖母請安。」

雲意晚和雲意晴同時向老太太請安。「見過外祖母。」

老太太抬眸看了她們一眼，倒是比剛剛客氣些，點點頭。「嗯，坐吧。」

母女三人落坐。

老太太道：「三丫頭能幹，這麼多年來文海能步步高升，一路升到京城，離不開妳的功勞。」

喬氏連忙回道：「母親這是哪裡話，夫君能升到京城，多虧了侯府照顧。」

老太太眼眸微閃，說道：「這話就過了，想必雲家也沒少幫忙。」

「唉，那雲家莫說幫忙了，不扯後腿就不錯了。」

提起雲家，喬氏就一肚子氣，她嫁入雲家時，雲家還算鼎盛，如今一點點沒落了，還是得靠著她娘家來提攜。

老太太盯著庶女看了片刻。

當年她煩透了這個庶女，不想讓她留在京城礙眼，故而逼著侯爺把女婿外放出京。她那個三女婿才幹平平，若無他人幫忙，恐怕一輩子也回不來京城，可沒想到如今他竟然從一個七品縣令升到了五品禮部員外郎，七品到五品，雖然只隔著四級，但若是想從地方調升到京城，那可不是一般的難，大多數官員是沒這般能耐的。

她想著，憑這女婿的本事既然辦不到，那就只可能是有人幫忙，也不知他們究竟攀上了哪座靠山。

兒子昨日試探過女婿，女婿以為是侯府出了力，她還一頭霧水，剛剛試探了庶女，庶女似乎也覺得是侯府的功勞，這就奇了，侯府的確稍有幫忙，但頂多是在兩個候選人中選擇了他罷了，吏部的考核和提名他們從來沒插手過，可女婿年年考核優等，每三年升一級，三年前是正五品地方官，今年直接平調回京城，若這樣下去，過不了幾年又要升了。

老太太微微垂眸，端起茶飲了一口。莫不是庶女在騙她？又或者，女婿真的是運氣好？她慢慢放下茶盞，應了一聲。「嗯。」

喬氏見老太太應了，甚是欣喜。

永昌侯夫人陳氏是太傅長女，平日裡少言寡語，老太太又厭惡庶女，問完想問的事情，便不想再開口，一時之間廳堂竟安靜下來。

喬氏今日來侯府是有目的的，一是為了丈夫的仕途，二是為了兒女的親事，她又怎會任由這般下去，便開始挑起話頭關心老太太的身子，老太太時不時應著，陳氏也偶爾回幾句。

雲意晴在家中一向驕縱，又受不得委屈，侯府的氛圍實在是讓她難受，今日天氣又熱，她早就坐不住了，臉上流露出不耐煩的神色，屁股也悄悄在椅子上動來動去，殊不知，她這模樣早就被屋內的眾人看得一清二楚。

一個話題終了，老太太的目光看向了雲意晴。

見老太太看向女兒，喬氏心頭一喜，立即道：「母親，這是我那小女兒，名叫意晴。」

雲意晴連忙坐直了身子，看向老太太。

喬氏見女兒不懂事，連忙扯了扯她的袖子，讓她站起來。

雲意晴這才站了起來，再次朝著老太太行禮，心生不悅，她剛剛不是已經行過禮了，怎麼母親還要她行禮？

老太太眼中露出一絲鄙夷，嘴上說道：「嗯，一看就是妳生的，像妳。」

一樣的下賤，一樣的沒規矩！

喬氏不知老太太心中所想，笑道：「母親慧眼，她是我生的這幾個裡面最像我的，因年紀小，有些嬌憨，不過，她打小就聽話懂事，孝順長輩。」

老太太淡淡應了聲，不置可否，再次端起了面前的茶。

見老太太對女兒不感興趣，喬氏有些失望，她不再細數女兒的優點，而是看向女兒，笑著問道：「晴兒，妳不是說許久未見外祖母，甚是想念，還給外祖母抄寫了經書？」

雲意晴愣怔了一下，這才想起此事，從一旁的丫鬟手中拿過經書，上前一步，按照之前和母親商量好的話說道：「外祖母，聽母親說您喜歡誦經，外孫女特意抄寫了經書，願您平平安安，心想事成。」

老太太的確喜歡念經，聞言，眼神裡多了幾分興趣，讓人把經書接了過來，翻看了幾眼，瞧著字跡清秀乾淨，點頭道：「嗯，妳有心了。」

說罷，把經書遞給了一旁的方嬤嬤，吩咐道：「一會兒供奉在小祠堂裡。」

方嬤嬤接過經書，應道：「是。」

喬氏心中大喜，臉上的笑意更濃。

提到雲意晴，自然而然就會注意到雲意晚，陳氏抬眸看向了坐在對面的小姑娘，這小姑娘自從進來之後就安安靜靜的，不似小的那般活潑坐不住，長輩說話時認真聽著，不插話、不走神，很懂規矩。她眉毛細長，瓊鼻櫻唇，坐在那裡就像是一幅畫，長得倒是極好看，讓人一見就心生歡喜，思及那位小姑子的性子，想必這樣的小姑娘在他們府中是不得寵的。

她瞥了一眼站在小姑娘身後的侍女，見侍女手中拿著盒子，時不時看向小姑娘，她心中便有數了。

「這位是三妹妹家的長女吧？」

雲意晚見舅母提到她，從容不迫地站了起來，朝著陳氏福了福身。

陳氏微微頷首，對小姑娘的印象又更好了些。

聽到陳氏開口，喬氏心裡咯噔一下，很快又穩住了，笑道：「是啊，這是意晚。」

陳氏道：「嗯，我記得意晚，她和瑩兒是同一天出生的對吧？瑩兒是傍晚，她是晚上。」

喬氏眼裡閃過一瞬慌亂，但很快恢復過來，笑著說：「大嫂真是好記性，她和瑩兒是同一天出生的，對了，說起來怎麼今日沒見著瑩兒？幾年不見，想必出落得越發好看了吧。」

喬氏幾句話就把話題轉到了旁人的身上。

陳氏說道：「她今日去參加詩會了，妹妹今日要來，本應該留她在府中，只是這詩會是貴妃娘娘親自下的帖子，又是提前說好的，不好推拒。」

喬氏立即道：「沒關係沒關係，咱們都是一家人，什麼時候見都行，還是貴妃娘娘的事情重要。」

老太太聽到眾人提及她最疼愛的孫女，立刻來了興致，多說了兩句。「這詩會是貴妃娘娘辦的，聽說太子和幾位皇子都會去，瑩兒向來詩做得好，早早就得了帖子。」

聽到那些貴人的名字，雲意晴一臉羨慕，何時她才能如表姊一般見一見這些貴人啊！

喬氏道：「咱們瑩姑娘可真優秀，我雖久不在京城，也時常聽從京城外放的官家女眷提及她，她可謂是才名遠播，這也都是母親和大嫂教得好。」

老太太臉上露出一絲真誠的笑意，反倒陳氏不怎麼想接這話，她並不喜女兒過於張揚，只是婆母和侯爺都很贊同，她也不好多說，不過今日主角是小姑子一家，也沒必要一直提女兒。

她再次看向雲意晚，見她站得筆直，和剛剛一般恭敬，心裡對她的好感又增加了幾分。「三妹妹的女兒也很好，一個沈靜如水，一個嬌憨可愛，妹妹教得好。」

喬氏的目光輕輕掠過站在一旁的長女，最終落在了幼女身上。

「我的女兒自是不能跟瑩姑娘比的，她們打小長在京外，沒見過什麼世面。」

老太太贊同地點了點頭，臉上帶了些笑意。

雲意晴雖未見過那位瑩表姊，但對她的印象已經從羨慕到不喜。母親也太會長他人志氣滅自己威風了，改日她定要見見這位表姊，看看她究竟有多厲害，能得母親如此誇讚。

前世，雲意晚聽到母親特意誇讚表姊沒什麼感覺，她本知世上有許多比自己優秀的人，可經過重生之後，她對一些細微心思更加敏感起來了，母親似乎格外喜歡那位瑩表姊，從前她還覺得只是自己比不上，今日一看，就連母親最疼愛的妹妹也比不上。

陳氏道：「三妹妹何必妄自菲薄，兩位外甥女都是很好的。」說著，她又看向了雲意晚，笑容溫和。「意晴給母親準備了經書，妳呢，怎麼還不把禮物拿出來讓妳外祖母開心開心？」

喬氏微微蹙眉。她今日本未打算帶長女來侯府，自然也沒交代她要備禮，若是她拿不出東西，老太太想必又要責怪她了。

但見雲意晚從身後婢女手中接過盒子，上前走了幾步，朝著老太太行禮，把盒子遞給了一旁的方嬤嬤。

「外祖母，這是外孫女親手為您繡的一條抹額，盼您福祿長久，蘭薰桂馥。」

方嬤嬤打開盒子，遞到了老太太面前。

老太太淡淡瞥了一眼，本不想拿，卻在看到抹額之後改變了主意，她忽然坐正了身子，抬手把抹額從盒子裡拿了出來，仔細端詳著。

只見深藍色的抹額中間掛著一塊寶石，這塊寶石倒是沒什麼獨特之處，是個尋常的物件，獨特的是上面繡的花樣，在抹額邊角的地方，一邊繡著一簇細小的蘭花，一邊繡著桂花，蘭花和桂花繡得極小，絲毫不會讓抹額顯得雜亂，也不致喧賓奪主，栩栩如生，可見繡技高超。

「竟是蘇繡！」老太太嘆道。

聞言，陳氏也抬眸看了過去。

「這是妳親手繡的？」老太太問。

雲意晚恭敬地答道：「回外祖母的話，是外孫女親手繡的，繡技粗糙，還望外祖母莫要嫌棄。」

老太太仔細打量著雲意晚。這小姑娘眉眼看著就很親切，不像她那母親，看一眼就讓人生厭，她身著一件薑黃色的衣裳，始終安安靜靜的，要不是長媳提到她，她都沒注意到這個小姑娘，倒是與她那個聒噪又土氣的妹妹不同，真是應了那句話：「歹竹出好筍」。

「妳小小年紀能有如此手藝，也是難得。」

說罷，見陳氏感興趣，老夫人讓方嬤嬤把抹額遞給陳氏。

陳氏看後心裡也暗暗驚嘆，看向雲意晚的眼神又多了幾分讚賞。

雲意晴手中的帕子都快扯爛了。剛剛外祖母對她可是愛搭不理的，對姊姊就那麼喜歡，她就知道，出門不能帶著姊姊，只要有姊姊在的地方，旁人是萬萬看不上她的，這可真是不公平！

喬氏沒料到長女早有準備，沒讓她受到牽累，但嘴上還是說道：「雕蟲小技罷了，母親和大嫂可別誇她了，免得她小小年紀就得意起來。」

陳氏還沒說什麼，老太太先說了句。「沒眼光！」

當著女兒的面被嫡母訓斥，喬氏臉上有些掛不住，臉色青一陣紅一陣。

陳氏看了眼婆母，又看向喬氏，止住了這個話題，聊起了別的。「昨日妹夫和亭哥兒來了府中，瞧著亭哥兒個子竄得快，跟個大人似的，長得也是一表人才的，我昨晚聽侯爺說亭哥兒學問不錯，若無意外，今年定能中舉。」

見轉了話題，雲意晚朝著老太太微微福身，默默退回去，坐在自己的位置上。

提起兒子，喬氏又開心起來，在老太太和陳氏面前不住誇讚，就差把「給兒子謀個好差事」寫在臉上了。

老太太臉上多了幾分不耐煩，憑著庶女和她那死了多年的姨娘做的那些事情，她早想把他們一家人打發出去了，無奈兒子不贊同她的做法，她也只能坐在這裡聽她說廢話。

好在過沒多久，侯府的少爺們讀完書回來了，今日過來的是長房的兩位少爺。

聽聞女眷在裡面，兩位少爺並未進來，只在門口行了禮。

老太太實在是煩透庶女，想見見自己的孫子，故而對外面道：「倒也不是外人，是你們的姑姑和表姊妹，進來見見禮吧。」

兩位少爺這才掀開簾子進來了。

雲意晚站了起來，扯了扯妹妹的衣袖，示意她退到母親身後去。

雲意晴正盯著外面看，見狀微微有些不悅，但最終還是聽了長姊的話，起身隨長姊站在喬氏身後。

很快，侯府長房的兩位少爺進來了。

為首那位身著寶藍色華服，樣貌英俊，一臉意氣風發。這便是喬府的嫡長孫，也就是永昌侯府的世子，喬西寧，聽聞當年陳氏生他時西境正在打仗，侯爺雖是文臣，但負責押送糧草一事，故而去了西境，為保佑大軍得勝，起了這個名字。

緊跟著的是大房庶子，喬桑寧，名字跟著喬西寧起的。

和長輩行過禮後，便是平輩之間的見禮。

雲意晴穿著鮮亮，說話又清脆悅耳，本應是焦點，但兄弟二人的目光還是不約而同落在了安靜的雲意晚身上。

喬西寧是侯府世子，打小在京城長大，京城的貴女見過無數，宮裡的娘娘遠遠瞧見過，風月場所也偶爾去應酬過，卻還是頭一次見到氣質這般出眾的姑娘。人似月，皓腕如霜雪，站在那裡就像是一幅清冷的月色圖。

一側的喬桑寧喃喃一句。「髣髴兮若輕雲之蔽月，飄飖兮若流風之回雪。」

聲音雖小，但廳內的眾人都聽到了，心思各異。

這話過了。他們雖是表兄妹的關係，但畢竟是外男，傳出去對女子名聲有礙，喬西寧連忙打了圓場。「祖母不知，今日夫子在學堂上提及了洛神賦，您也知道，二弟最喜讀書，想必他一直在心中背誦這一篇文章，此刻不小心背了出來。」

喬桑寧也察覺自己說錯了話，連忙道歉。「表妹莫要誤會，我怕夫子責怪，一直在背書，並不是在說妳。」

越描越黑，喬桑寧酷愛讀書，不善言辭，見自己又說錯了話，只能作揖連連道：「抱歉抱歉。」

太失禮了，陳氏皺了皺眉。

雲意晚卻笑了笑，大大方方福了福身。「二表哥言重了，曹子建的文章詞采華美，風骨剛健，我也極喜歡。」

前世，她今日沒有隨母親一同來侯府，並未見著兩位表兄，直到來京幾個月後才在一次宴席上見到了兩位表兄，當時只是淺淺見了禮，因她不怎麼喜歡出門應酬，後來並沒有過多聯繫，只偶爾從妹妹口中得知西表兄入了朝堂，桑表兄也入了仕。

喬西寧把一句形容女子的話轉到了〈洛神賦〉，雲意晚又轉到了作者身上，一下子跳出了男女之情，變成了文學討論。

喬西寧連忙接過話來，說起曹子建的文章，喬桑寧也說了說自己的看法，幾人越說越投機，雲意晴試著想要插嘴，張了張口又不知該說什麼。

陳氏眉頭漸漸鬆開，老太太也滿意地點了點頭。兩位少爺與雲意晚聊了幾句關於曹子建的文章，請了安便離開了，他們走時，雲意晴的目光一直落在喬西寧身上。

喬氏畢竟是侯府的姑娘，又多年沒來，老太太即便是再不喜她，還是留了她用飯。

許是照應老太太的口味，先上的幾道菜是素菜，看起來極為清淡，聞起來卻香味撲鼻，吃起來更覺美味。白菜看起來像是用白水煮的，吃起來卻味道濃郁，應是高湯煨的。綠油油的青菜裡也放了些蝦仁，增味增鮮。青椒內有乾坤，裡面裹滿了肉粒，一時竟吃不出是什麼肉。

後來上的松鼠桂魚賣相也極好，味道鮮美、開胃，可見廚子技藝精湛。糯米雞色澤誘人，口感極好。四喜丸子雖看起來油膩，吃起來卻清爽，裡面應是放了馬蹄，脆脆的。其餘各種飯菜更不必說，這些菜色雲家也常吃，味道卻與今日大相徑庭，由此也能看出永昌侯府的底蘊。

老太太見飯後甜點吃完，便再也忍不住了，看了眼站在身側的方嬤嬤，方嬤嬤伺候老太太幾十年，一個眼神就明白了老太太的意思，立即示意旁邊的婢女上茶。

熱茶呈上，老太太端起茶來便欲送客，就在這時，門口傳來了一絲動靜。

「大姑娘來了。」

「祖母可曾睡下？」

「並未，三姑奶奶今日來了，老太太和侯夫人正與她說話。」

「嗯。」

邊說著話，門口的簾子被掀開，從外面走進來一位俏麗多姿、明眸皓齒的姑娘，身著一襲湘妃色衣裙，頭戴金鑲玉步搖、掐絲鑲嵌珠釵，整個人珠光寶氣，神采飛揚，骨子裡透露出自信。

見到此人，雲意晚手中的帕子微不可察地攥緊了些。她喜靜，瑩表姊靈動，雖二人長相有幾分相似，可怎麼看都不是一類人。

「見過祖母，見過母親。」喬婉瑩行禮。

老太太臉上終於有了笑臉，人也精神了幾分。「今日詩會如何？熱鬧嗎？」

喬婉瑩笑意盈盈，走到了老太太面前。「可熱鬧了，太子和幾位皇子都去了，可惜他們與貴妃娘娘見過禮後便離開了，並未參加詩會。」

聞言，老太太點了點頭。「幾位皇子如今都大了，要參與朝堂之事，恐不得閒。」

喬婉瑩道：「祖母說得是。」

這時，屋內響起一聲輕咳。「咳咳。」

喬婉瑩聽到熟悉的聲音，連忙看向自家母親。

「婉瑩，這是妳三姑母和兩位表妹。」陳氏面上有幾分嚴肅，女兒從小養在了老太太膝下，當真是被寵壞了，連規矩都沒了，進門這麼久都不知與客人見禮。

老太太心裡有些不悅。她這兒媳哪裡都好，在內主持中饋，對外迎來送往，就是規矩大了些，人也有些刻板。

喬婉瑩朝著老太太吐了吐舌，轉頭看向喬氏母女，面上笑意燦爛。「剛一進門時我就看到姑母和兩位表妹了，還想著這是哪裡來的仙子，竟這般好看，只是著急回祖母的話，一時竟失了禮數，還望姑母勿怪。」

說著話，她從榻上起身，朝著喬氏福了福身子。
她這態度誠懇，舉止嫻雅，從容有度，即便剛剛做錯了事，也絲毫不惹人厭。
喬氏忙道：「瑩姑娘這是哪裡話，母親是長輩，妳合該如此，咱們都是自家人，不必在意那些虛禮。」
雲意晚看了母親一眼。若是以往，母親被一個小輩忽視，定會不悅，可她瞧著，母親此時不僅沒有生氣，甚至非常歡喜，眼角都是上揚的，臉上的笑容也比剛剛真實了許多。
喬婉瑩道：「多謝姑母體諒。」
隨後，雲意晚和雲意晴也來跟喬婉瑩見禮，只見一個大大方方、一個扭扭捏捏，也不怪雲意晴扭捏，誰讓她今日和表姊撞衫了，而自己身上的衣裳布料顯然沒有表姊的好。
喬婉瑩笑著道：「今日我竟與妹妹穿了同樣顏色的衣裳，可見是心有靈犀，頗有緣分，既如此，往後妹妹們要常來府中才是。」
雲意晴心裡的不適消散了幾分，只覺得這個表姊好極了。
喬婉瑩笑道：「我閨名婉瑩，不知兩位妹妹如何稱呼？」
雲意晴說道：「表姊，我叫意晴。」
喬婉瑩點點頭，看向雲意晚。
雲意晚說道：「回表姊的話，意晚。」
喬婉瑩微微挑眉。姑母家的兩位表妹挺有趣的，一個跟她撞了衣裳，一個與她撞了名字，見過愛學人的，卻是沒見過這麼愛學人的。
「哪個晚？」喬婉瑩嘴角一勾，問道，該不會真的與她的名字一致吧？
雲意晚眼眸微閃。前世，那人常常在床笫間喚她「晚兒」，初時她以為他在喚她的小名，後來方知表姊名字中亦有一個「婉」字，不知他當初究竟喚的是她還是表姊……不過，都不重要了。
雲意晚回道：「意晚是晚上的晚。」
陳氏出來打圓場。「晚字常見，多用於人名，妳二人是表姊妹，又恰好有一字同音，也是緣分。」
喬婉瑩笑著說：「母親說得對，我與二位表妹緣分匪淺啊。」
這話眾人聽了只覺得侯府嫡長女知禮懂事，但雲意晚身在其中，想到剛剛表姊看她的眼神，總覺得有些不舒服。
老太太實在不喜庶女，又說了一會兒話，終究還是沒忍住，端茶送客。
喬氏一走，老太太拉著孫女說了會兒話，這才散了場。
回了裡屋後，方嬤嬤捧著兩份禮放到了老太太面前，詢問道：「老夫人，這兩份禮如何處理？」
老太太雖然剛剛當眾說要把雲意晴抄寫的經書放在佛堂，但那不過是客套話罷了，想到那丫頭眼睛都快黏在自己寶貝大孫子身上，她厭惡地道：「把經書扔了。」

方嬤嬤毫不意外，又問：「那這條抹額呢？」

老太太頓了頓，道：「留著吧。」

方嬤嬤處理完事情回了屋，見老太太沒睡，跟老太太聊起了喬氏母女三人。

「三姑娘這些年沒回京，這一見還跟從前一樣。」

老太太嗤笑一聲。「眼皮子淺，上不得檯面，跟她那死了的姨娘一個德行。」

方嬤嬤道：「她家的那個小的倒是像她。」

老太太冷哼。「長得像，性子也像。」

「大的倒不怎麼像。」

老太太想到雲意晚，語氣溫和了幾分。「嗯，那倒是個知禮數的。」

方嬤嬤笑著說：「晚姑娘和瑩姑娘同日在侯府出生，許是沾上了瑩姑娘的福氣。」

老太太深以為然，點了點頭。「妳別說，還真有可能，不過，她可比不上我的瑩兒。」

說起自己得意的孫女，老太太一臉驕傲。永昌侯府在京外人眼中是高高在上的侯爵府，但侯爵也是有區別的，有些得寵，有些不復繁榮，得寵的身居要職，女眷也可以時時入宮，而不復繁榮的就要往後退一步了，如今的永昌侯府就是後者。

方嬤嬤說：「可不是，瑩姑娘長得好、品行端方，誰也比不上。」

老太太點了點頭，說不定孫女有本事能恢復侯府百年前的榮耀。

第二章

雲意晴今日受了不少委屈，馬車一出永昌侯府大門就忍不住跟喬氏抱怨起來。

「娘，這侯府的人也太勢利眼了，尤其是那個老太太，我再也不想來了。」

聽到小女兒的話，喬氏擰了擰眉。她心中也正煩悶著，老太太明顯還是和從前一樣不喜歡她，也不知能不能幫幫夫君，禮部員外郎雖是五品，但卻如清水，若是能調到戶部或者吏部就好了。

「妳當我願意來啊？娘還不是為了妳父親兄長的前程和妳……」說到這裡，喬氏頓了頓，看向坐在一旁的長女。「和妳們姊妹倆的親事。不管妳們在永昌侯府受了多少委屈，一定要忍住了，在外人面前也不要抱怨，雲家在京城本就沒什麼人脈，京城中的人是最會捧高踩低，若旁人知曉咱們跟永昌侯府不和，勢必會輕視咱們。」

雲意晴也不是真的什麼都不懂，她只是頭一次受這麼大的委屈，心裡不舒服。她癟了癟嘴，沒再說什麼。

喬氏又道：「對了，妳們平日裡要多與妳們瑩表姊親近親近，她出身好，又能與宮裡的貴人說得上話，和她親近，少不了妳們的好處。」

雲意晴雖說不喜歡侯府，卻對這位表姊印象極好，當下便道：「嗯，表姊人長得漂亮又溫柔，我很喜歡她。」

喬氏很欣慰。「嗯，妳那位表姊將來有大前程，多跟她學學。」

「好。」

雲意晚看了喬氏一眼，沒做聲。

若只是為了父親和兒女的前程，最緊要的是討好老太太，其次不應該是侯夫人嗎？為何要寄希望於一個尚未出閣、前程未定的姑娘身上？

回到府中後，雲意晚問黃嬤嬤。「嬤嬤，我與侯府那位瑩表姊是同一日出生的嗎？」前世她也聽說過這件事，但知道的細節並不多，也沒太在意。

黃嬤嬤回道：「沒錯，姑娘怎麼想起來問此事了，可是有人說了什麼？」

雲意晚點頭。「嗯，剛剛聽到大舅母提及此事，沒想到這麼巧，我們二人竟是同日出生的。」

黃嬤嬤道：「本來夫人懷得早，應該比侯夫人早生的，可不知為何，侯夫人突然就早產了，恰好夫人那幾日也回了侯府，二人就這麼巧的同一日生產，侯夫人先生，夫人後生的。」

「原來是這樣啊……」雲意晚若有所思，忍不住又試探地問：「母親似乎非常喜歡瑩表姊，嬤嬤可知為何？」

黃嬤嬤是看著雲意晚長大的，知曉她的心結，他們家姑娘看著大方守禮，實則心中也渴望夫人的疼愛。

「瑩姑娘長得好看、才情出眾，嘴巴又甜，老太太和侯夫人都喜歡她，夫人作為她的姑母，喜歡她也是正常，不過，肯定是比不過姑娘的，您是夫人親生的，夫人定是更喜歡姑娘您。」

雲意晚垂眸，沒說話。若是沒有經歷過前世，這樣的話她也就信了，思及後來母親逼她嫁入定北侯府，她已有心結，久久難消。

瞧著雲意晚的神色，黃嬤嬤心裡也不太舒服，正想著如何寬慰自家姑娘，琢磨了一會兒，想到了一個傳言，覺得此事或許能安慰自家姑娘一二。

「對了，我從前倒是聽說過一事，也不知真假。」

雲意晚抬眸看向黃嬤嬤。

黃嬤嬤續道：「聽說侯夫人懷上瑩姑娘時，有一日跟侯爺去寺中上香，回來的路上遇到了一位遊方道士，那道士說侯夫人肚子裡的孩子是有福之人，全家的榮耀就繫在她一人身上，侯爺高興極了，還給了那道士不少賞銀。多年前我偶然在侯府聽人說了這事，也不知是真的還是假的，夫人可能也是聽說了這傳聞才特別看重瑩姑娘。」

雲意晚還是頭一次聽到這樣的話，點了點頭，沒再說什麼。

過沒幾日，喬氏又準備出門應酬，她多年未回京城，如今準備把從前的情分維繫起來。

飯桌上，喬氏對長女說道：「妳爹去當差了，妳兄長在府中溫書，他馬上就要科考了，我瞧著妳面色不太好看，許是舟車勞頓還未休息過來，今日便不帶妳出門應酬了，妳在府中好生照顧妳兄長。」

母親是何意雲意晚明白，這是不想帶她出門的藉口，不過她本就不愛出門，那日執意要去侯府是因為心中有事不明，現下與其去別人府中做客，她更想留在府中陪著兄長。

「是，母親。」

喬氏和雲意晴走後，雲意晚吩咐廚房做了些點心和飲品，端去了前院兄長的院子裡。到了前院小書房，她敲了敲門。

「兄長。」

聞言，雲意亭過來開門，看著自家大妹妹，臉上笑意溫和。

「妹妹來了，快請進。」

雲意晚進了屋內，把食盒放在小桌上。「這是我吩咐廚房做的一些吃食，兄長讀書若是累了，可以用一些。」

往日都是母親送點心來的，雲意亭隨口問：「母親呢？」

雲意晚說道：「聽聞禮部侍郎府剛添了一位公子，母親和妹妹去參加宴席了。」

雲意亭皺眉。「妳怎的沒跟著一起去？」

大妹妹已到適婚年紀，二妹尚未及笄，哪裡需要湊這樣的熱鬧？不知母親究竟是怎麼想的，從前在揚州也就罷了，如今來了京城還這般。

看著兄長的神色，雲意晚解釋。「兄長是知道我的，我最不愛湊這樣的熱鬧。」

雲意亭打量了妹妹一眼，見妹妹面上沒有委屈和不滿，寬了心。

「嗯，若妳想去，便說出來，若母親不同意，兄長替妳說服母親。」

雲意晚笑了。「好。兄長繼續看書吧，我去府中各處看看。」

雲意晚從前院離開，去府中各處轉了轉。雲家雖不是豪富，但也不會短了吃穿，這些年也攢了不少銀子，如今在京城置辦了大宅子。

用了一刻鐘左右，雲意晚巡視完各處，她遣了旁人，只留下黃嬤嬤一人。

「意平和意安被母親安置在何處了？」雲意晚問。

事實上，雲家並非只有他們兄妹三人，意平和意安分別是她的小弟和小妹。母親在懷意晴時，父親一次喝醉酒，睡了府中的婢女，等母親發現時，婢女的肚子已經大了。母親當時盛怒之下，趁著父親不在家給婢女餵了落胎藥，誰知這兩個孩子卻沒落下來，後來郎中把脈，發現她腹中竟有兩個孩子，還是龍鳳胎，若是龍鳳胎，便是龍鳳呈祥的喜事，父親因此阻止了母親，並大肆宣揚了此事。

幾個月後，婢女摔了一跤導致早產，最後孩子順利生下來了，婢女卻死了。

兩個孩子的確是父親心心念念的龍鳳胎，可惜一個生了六根手指，一個天生不會說話，時下六根手指被認為是殘疾，不僅不能參加科舉入仕，還被當成不吉之兆，表示這一家種了惡果，上天降災警示，父親差點因此溺死這兩個孩子，但最終還是因為此事已有太多人知曉，留下了孩子。

因為這兩個孩子的存在，父親沒少被人恥笑過，因此看弟妹的眼神就越加嫌惡，一開始還好好養著，後來根本是任由他們自生自滅。這些年來意平、意安二人就像是府中的禁忌，無人敢提，在府中的地位也尷尬，雖是主子，卻活得不如下人體面。

從前在揚州時母親並未讓弟弟妹妹幹活，如今來了京城，倒開始使喚他們了。她記得前世母親把他們安排在雜物間，似乎還安排去了什麼地方做活，有些記不清了。

孩子是無辜的，況且還是同父的弟妹，這些年雲意晚常暗地裡照顧著這兩個弟弟妹妹，若非如此，這兩個孩子怕是活不到現在。

黃嬤嬤看了看四下無人，這才湊到雲意晚耳邊道：「在放置雜物的小院裡，管事的把平少爺安排到花房幹活、安姑娘安排到廚房燒火，夫人好像也知道此事，默許了。」

雲意晚隨即朝著花房走去，黃嬤嬤張了張口想說什麼，又閉了嘴。

雲意晚來到花房時，意平正彎腰揮舞著鋤頭鬆土，因他從未幹過這種活兒，並不嫻熟，一旁的管事見他幹活不索利，拿起鞭子抽了他一下。

「怎麼會有你這種蠢東西！幹啥都不會！真當自己是府中的少爺啊？不過就是個孽種！」

雲意晚沉了臉喝道：「住手！」

花房管事回頭，見來人是雲意晚，連忙住了手，點頭哈腰。「大姑娘，您怎麼過來了？可是想要什麼花？您吩咐一聲便是，小的立刻送去。」

雲意晚沒理會管事的，朝著倒在地上的少年伸手。「起來，阿姊帶你回去。」

少年被打時一聲不吭，此刻眼中卻突然有了霧氣，他伸出滿是泥土的手，手伸到一半，瞧著上面比旁人多了一根的手指，又縮了回去。

雲意晚卻彎下腰，握住了少年的手，拿出帕子給他擦了擦。少年與雲意晴差不多的年紀，卻骨瘦如柴，膽子也小，「啪嗒」一滴淚砸在雲意晚手上。

雲意晚只當做沒看到，牽起少年的手離開。

身後，花房管事道：「大姑娘，這是夫人安排的，您這樣做……」

雲意晚站定腳步，回頭看向管事。「母親若怪罪於你，你只管告訴她便是，一切後果都由我來承擔。」

說完，離開了花房，朝著廚房走去。

來到了廚房，管事的一看到雲意晚身後的少年便猜到了她的來意，畢竟這麼多年來只有大姑娘會管這兩位少爺小姐的閒事，於是也沒多阻攔，讓雲意晚長驅直入，牽起正在燒火的小姑娘的手，把人帶離了廚房，全程無人敢說什麼。

等回到放置雜物的小院，雲意晚臉上才終於有了些笑容，她看向雲意平，問道：「阿姊前些日子給你的書你可看完了？」

雲意平點頭，小聲道：「看完了。」

雲意晚笑了。「平兒可真聰明，一會兒我讓嬤嬤再去拿幾本書給你。」

雲意平眼中露出期待的神色。「多謝阿姊。」

雲意晚對他笑了笑，又看向雲意安。「妳呢？阿姊之前教妳的花樣妳可會繡了？」

雲意安點頭。

雲意晚摸了摸她的頭，笑著說：「今日阿姊無事，再教妳繡幾個花樣可好？」

雲意安臉上露出一絲靦腆的笑容。

雲意晚讓人去把為弟弟準備的書拿來，又差人把雜物間重新收整了一番，然後坐在屋前教妹妹繡花。

看著坐在一旁安靜看書的弟弟和認真繡花的妹妹，雲意晚心中微沈。

前世兄長在不久後因登山不慎摔斷了腿，絕了仕途，父親才又想到了弟弟，狠心斷了他一根手指，讓他去參加科考，弟弟聰慧異常，一舉拿下秀才頭名案首，在她重生前，弟弟已經準備參加秋闈。

重活一世，她不知自己的所作所為究竟是幫了弟弟還是害了弟弟。若是弟弟不識字不讀書，或許父親就不會傷害他，可若是不讀書，弟弟還能做什麼呢？

看著專注讀書的弟弟，雲意晚問道：「意平，你將來想做什麼？」

雲意平正低頭唸書，聽到阿姊的話，抬眸看向她。

「若有一日，你也可以像大哥一樣參加科考，你可願去做官？」

雲意平思索片刻後，搖了搖頭。

雲意晚詫異。「那你想做什麼？」

雲意平看了一眼雲意晚，小聲道：「我想當個先生。」

他沒說出口的是，他想成為一個像阿姊一樣的先生，教人讀書。

「好，阿姊一定會幫你實現願望。」

科考要求嚴格，還會傷身體，但若是當個教書先生，卻沒那麼多的要求。

喬氏從外頭回來便聽說了雲意晚把意平、意安帶走的事，她今日坐了一天的冷板凳，心情正煩躁著，心裡責怪長女多管閒事，又想到那日在侯府的事情，不悅地讓人去叫長女。

雲意晚微微有些詫異，前世她做了同樣的事，母親並未多說什麼，此事就這般悄無聲息地過去了，這次母親怎麼會突然叫她過去？

到了正院，請安之後，就聽母親厲聲道：「聽說妳今日又幫了那兩個雜種？」

雲意晚解釋道：「母親，意平和意安也是父親的孩子，如今父親剛剛得了好差事，官場上無數雙眼睛正盯著他，父親身為禮部官員，更要知禮守禮，若是被御史知曉府中虐待庶子庶女，怕是會參父親一本。」

見長女還跟她講大道理，喬氏心中更是不悅，這個女兒就是生來剋她的！

「只要府中的下人不說出去，御史怎會知曉此事？」

「不管過去是在岳州還是揚州，知曉此事的人眾多，御史裡面難免會有揚州來的官員，仔細打聽打聽便可能知曉。」岳州和揚州都是雲文海曾經任職的地方。

跟長女的淡定相比，喬氏覺得自己有時候就像是個傻子，雖然知道長女說的是對的，但心裡還是很氣。

「去外面跪著！」

聽到此話，雲意晚心裡一鬆。母親只責罰她，並未處罰弟弟妹妹，這說明此事就這樣過去了。

她面上依舊平靜，沒有求饒，而是起身聽話地跪在了門外。

喬氏剛說出那句話後就有些後悔了，這些年來意晚的所作所為雖然不合自己心意，但也沒做過忤逆她的事，反倒是事事順著她，可話已出口，意晚也沒有向她求情，她也不好收回。

一刻鐘過去了、兩刻鐘過去了，喬氏瞧著已快到丈夫回府的時辰，心裡越發忐忑不安。意晚還跪在門口，丈夫回來看到了恐怕又會責備她，雖然丈夫不喜歡那兩個孽種，可那畢竟是丈夫的骨肉，若被他知曉自己平日把那兩個孩子當下人使喚，怕是心裡也會不悅，而且，丈夫最疼愛長女，難免會偏心……

就在這時，下人來報，雲意亭來了。

正院人來人往的，雲意晚被罰的事被下人們看到了，漸漸傳到了前院，雲意亭也聽說了此事。他匆匆來到內院，和大妹妹跪在一起。「母親，此事是兒子囑咐妹妹去做的，兒子正在準備科考，已到了緊要關頭，得知此事，怕傳出去橫生事端毀了前程，故而吩咐妹妹把小弟和小妹帶走，母親要罰便罰我吧！」

他這麼一說，喬氏那一口氣剛剛落下又起來了，這一個、兩個的都是來討債的吧，一點也不貼心！

王嬤嬤連忙寬慰。「夫人，您莫氣，大少爺和大姑娘都是為了咱們府的前程著想，兩位公子小姐都是金尊玉貴的身子，不如就讓他們回去吧。」

喬氏煩躁得很，抬了抬手，示意攆他們走。

雲意亭扶著妹妹站了起來，朝著正院外面走去，到了院外，雲意亭道：「母親今日定是在外面受了冷落，心情不好，這才把氣都出在了妹妹身上。」

走了一會兒，雲意晚腿已經不麻了，她鬆開兄長的手，平靜地說道：「沒事，我不怪母親，今日的事情是我做得不夠周全，將心比心，站在母親的角度，她不喜歡小弟和小妹是人之常情，而我沒有告知她一聲便擅自作主安置了弟弟妹妹，是我不對。」

妹妹還是這般善解人意，雲意亭忍不住嘆氣。

「若再有一次機會，妳還會這麼做嗎？」

雲意晚毫不猶豫。「做。」

即便冒著忤逆長輩的風險，她還是會做。

雲意亭失笑，勸道：「其實妳不必特意照顧他們兩個，他們二人身患殘疾，注定就這樣了，以後一輩子都必須賴在府中，連父親都不管他們的死活，妳又何必為此惹母親不悅？」這些年，母親可沒少因為此事找妹妹麻煩。

雲意晚垂眸，抿了抿唇，又抬起頭來。「可他們畢竟是咱們的弟弟妹妹，兄長你不知道，意平可聰明了，我給他的那些書，他看一遍就能記住，意安也是，我教她繡的花樣，她半日就能學會……」

她還未說完，雲意亭就打斷了她的話，他抬手摸了摸妹妹的頭，笑容溫和。「好了，我知道妳心善，以後我不勸妳便是。」

雲意晚看了兄長一眼，沒再多言。

「今日的事情多謝兄長，馬上就要科考了，兄長還因我的事分神，是我不該。」

「咱們是親兄妹，說這樣見外的話做什麼？走吧，我送妳回去。」

雲意晚點頭。「好。」

喬氏雖然在禮部侍郎府的宴席上受了冷落，但在家裡待了兩日後，又重整旗鼓，去了永昌侯府，雖沒見著老太太，但也在侯府待了一個時辰，後來更是隔三差五就給侯府送些東西或者登門拜訪，營造著和永昌侯府關係極好的假象。

她這樣做的效果是顯著的，漸漸地，她在外漸少受冷落了，大家也開始拿正眼看待她。

雲意晚還是一直沒怎麼出門，她本就不愛湊熱鬧，且兄長的事情近在眼前，她心中有些不安。

雲意晴雖然嫉妒長姊，但畢竟是親姊妹，府中也只有長姊一個同齡的玩伴，還是時常過來找雲意晚，她常常用半是炫耀、半是羨慕的語氣說著外面的事情，雲意晚就坐在一旁繡花，靜靜聽著妹妹說話。

轉眼間，兩個月過去了，夏季的燥熱漸漸散去，秋闈也近在眼前。

秋闈對雲家而言是大事，最近幾日喬氏已很少出門應酬了，每日都在府中想著法子給兒子做好吃的補身體，還吩咐下人們不要大聲說話，以免擾了兒子溫書。

終於到了秋闈的日子，喬氏把兒子送入考場後，在府中寢食難安，得知永昌侯府要去寺中為府中參加科考的子弟祈福，她也打算帶著女兒前往。

前世，這一日是雲意晚來京後第一次出門，因為是為兄長祈福，她一開口母親就同意帶上她了，今生雲意晚依舊提了出來。「母親，我想跟您一起去寺中，為兄長祈福。」

和前世不同的是，母親竟開口拒絕了她。

「不必了，妳看好家，我與妳妹妹一同去便是。」

雲意晚有些不解，若說母親不喜她去外面的宴席是怕她搶了妹妹的風頭，那麼阻攔她去寺中上香又是為何呢？

她仔細回憶了一下，前世上香時，她好像在寺裡遇到瑩表姊了，若母親的拒絕與瑩表姊有關，那她更是非去不可了。

「女兒為兄長繡了登高荷包，聽人說得親自上香祈福才靈驗。」

喬氏說道：「妳交給我也是一樣的。」

雲意晴看了眼長姊，又看向母親，難得地為長姊求了情。「母親，姊姊都快兩個月沒出門了，她既然想去，您就讓她去嘛。」

只要長姊不搶她的風頭，萬事都好說。

母女三人正說著話，雲文海從外面進來了。

「夫君。」

「見過父親。」

雲文海先看了眼妻子，又看向兩個女兒，瞧著眾人的打扮，笑著問：「妳們這是要出門？」

喬氏道：「嗯，自從意亭進了考場，我這心裡總覺得不踏實，聽說崇陽寺靈驗得很，我打算帶著女兒去一趟。」

雲文海坐在上位，點了點頭。「是該去一趟，莫說夫人了，為夫心裡也有些緊張，雖今日休沐，可惜侍郎大人有事尋我，不然我就跟妳們一道去。」

喬氏笑著說：「夫君且去忙，我替兒子祈福。」

雲文海點點頭，應了一聲，看向長女。「意晚，崇陽寺是千年古寺，清靜悠遠，妳定會喜歡，來京後妳都沒怎麼出門，不如跟妳母親在那裡多住幾日散散心。」

雲意晚看了一眼母親，瞧著母親面上的神色，她知母親這是默許了。

「多謝父親。」

「為父的聽說寺中的齋菜味道不錯，妳替我嚐一嚐，到時候跟我說說到底如何。」

雲意晚說道：「若父親喜歡，女兒回來就做給您吃。」

雲文海笑著說：「好，為父等著。」

聽著父親和長姊的對話，雲意晴手裡的帕子都快扯爛了，父親只喜歡長姊，從來不喜歡她。

就在這時，雲文海突然想到了雲意晴，轉頭看向她，神色一變，提醒道：「佛門淨地，妳莫要到處閒逛生事。」

雲意晴快要氣死了。

雲意晚道：「妹妹最近在母親身邊學習掌家一事，也常常去我那裡看書，已穩重不少。」

雲文海有些不信。「哦？妳竟能沈下心來看書？為父還以為妳日日出門，忘了讀書。」

雲意晴癟了癟嘴沒說話。什麼掌家看書，她什麼都沒學。

喬氏出來打圓場。「意晴最近確實很乖，外面的夫人都稱讚她呢，我那大嫂也誇了她幾句。」

雲文海聽到陳氏誇了女兒，點了點頭。

喬氏說道：「夫君且去忙吧，這幾日我就跟意晚和意晴去寺中住。」

「嗯，好。」

雲文海走後，喬氏便帶著兩個女兒出門了。

來到了崇陽寺，雲家母女先進大殿上香，雲意晴第一次來這麼大的寺廟，心中滿是好奇，上香之後便出了大殿四處走走逛逛，這裡看看、那裡看看。

雲意晚則不急著離開，來到殿中上香後，跪在蒲團上，看著慈悲的佛像虔誠地祈福，嘴裡喃喃道：「一願兄長高中，二願兄長平安，三願……表姊長命百歲……」

許是她許願虔誠，出了大殿，剛走到姻緣殿處就看到了瑩表姊。

喬氏也來了，她快步朝著一旁的陳氏走去，臉上堆滿笑意。「大嫂，這麼巧啊，今日竟然在此處遇見了您。」

陳氏面上有些意外，跟喬氏見禮。「三妹妹。」

雲意晚和雲意晴朝著陳氏福了福身。「見過舅母。」

「大嫂今日可是來寺中祈福？」

陳氏點頭。「嗯，我家老二和娘家姪子科考，恰好婉瑩也多日未出府，順便帶她來逛逛。」

喬氏笑著道：「太傅府公子的學問自是沒問題的，大嫂且放寬心。」

類似的話陳氏聽了不少，她沒說什麼，看向喬氏身後的意晚和意晴。

「京城人人都說寺裡那棵姻緣樹頗靈驗，婉瑩正在那邊掛姻緣帶，妳們不妨也去玩一玩。」

雲意晴眼裡流露出好奇，喬氏說道：「既然妳舅母這般說了，妳們就去試試吧。」

「是，母親。」

兩個女兒一走，喬氏又拉著陳氏說起話來，陳氏偶爾回幾句。

另一邊的姻緣樹下，喬婉瑩已經往樹上拋了多次帶子，始終沒能成功把帶子拋上去，聽到身後的腳步聲，她回頭一看，見到是不久前見過的表妹，她頓了頓，隨後臉上露出一絲笑容。

「這麼巧，竟在此處遇到表妹們。」

雲意晴搶先說道：「我兄長去參加科考了，今日我們隨母親來寺中為兄長祈福。」

喬婉瑩道：「嗯，聽聞表兄學識淵博，想必此次定能中舉。」

雲意晴說道：「我也是這樣想的，我大哥很聰明，定能成功。」

喬婉瑩笑著點了點頭。「這是姻緣樹，聽說求姻緣很靈的，不如表妹們也試試。」

雲意晴笑道：「好啊。」

喬婉瑩再次拿著手中的帶子往上面拋，拋了幾次，仍舊沒能掛在樹上。

雲意晴拿到帶子之後，使勁地往上拋了一下，力道不小，可惜方向偏了，直朝數公尺外的地方飛去，她連忙快步去撿自己的帶子。

喬婉瑩依舊緩緩拋著手中的紅色絲帶，雲意晚看了一眼自己手中的帶子，帶子的一頭有小鈴鐺，只要力道適中就能拋到想掛上的位置，她仰頭看了看姻緣樹，隨手一拋，帶子掛在了樹梢上。

喬婉瑩讚道：「表妹好厲害，一下子就拋上去了。」

雲意晚笑了笑。她是不信這些東西的，前世她也順利把象徵姻緣的紅色絲帶拋了上去，可結果卻得了那樣一樁婚姻，可見人的命運並非天定，而是掌握在自己的手中。

喬婉瑩誇了雲意晚一句，又繼續往上拋絲帶了。

雲意晚看了一眼她的動作，姿態非常優雅，但卻沒什麼力道，再看看一旁時不時把絲帶扔向遠方的妹妹，察覺出一絲不對勁，這瑩表姊不像是在拋絲帶，倒像是在消磨時間、等待什麼一般。

她朝四周看了看，不經意間對上了一雙冷眸，心中頓時咯噔一下。

沒想到今日她那「前夫」也在此處……哦，不對，是她表姊夫！

恰在這時，喬婉瑩的聲音在耳側響了起來。「呀！終於掛上去了。」

雲意晚看了過去，金黃的陽光透過樹葉間的縫隙灑在喬婉瑩的臉上，她微微仰頭，笑意盈盈，側臉明媚，頭上的珠釵寶飾隨著她的動作閃閃發光，烏髮及腰，衣裙搖擺，飄飄若仙子。

雲意晚斂了眸，往喬婉瑩身後退了半步，躲開了顧敬臣的目光。

「表哥？」一側響起疑惑的嗓音。

不遠處的顧敬臣回過神來，朝著身側之人躬身行禮。「殿下有何吩咐？」

太子周景禕嘴角噙著一抹笑意，試探道：「表哥可是對那姻緣樹下的姑娘有興趣？不如孤讓人打聽一下。」

「多謝殿下關懷，臣只是隨意一觀，並無他意。」

周景禕挑了挑眉，笑意依舊溫和。「表哥年歲不小了，又常年征戰沙場，姨母對你的親事很是掛懷。」

顧敬臣沒說話，這時一旁來了一位穿著暗藍色衣裳的僕從，顧敬臣瞧見了，朝他點點頭。

周景禕會意道：「想必姨母上完香了，表哥且去陪姨母吧。」

顧敬臣行禮道：「多謝殿下，臣告辭。」

看著顧敬臣離去的背影，周景禕微微瞇了瞇眼。他不會看錯的，剛剛定北侯分明對那樹下的女子瞧得目不轉睛，他們認識多年，他可從未在他臉上見過那樣的神色。

周景禕轉頭看向姻緣樹下，樹下此刻正站著三位姑娘，一位行為粗鄙，跳起來的樣子像隻猴子；一位身著藍色素衣，垂眸立在一旁，不像小姐，更像丫鬟；唯有仰頭而立的那位一顰一笑皆勾人，甚是引人注目。
表哥眼光不錯啊。
「去打聽那位是哪個府中的姑娘。」
一側的內侍彎腰上前，笑著道：「殿下，您忘了嗎？那位是永昌侯府的大姑娘，前些日子在貴妃娘娘處見過的。」
「哦？永昌侯府的嗎？」他確實沒什麼印象。「去把這個消息透露給定北侯老夫人。」
「是。」
雲意晴再次撿回自己的紅絲帶，瞧著喬婉瑩紅絲帶掛的位置，羨慕道：「表姊，妳好厲害啊，掛的位置真好，正好在中間。」
喬婉瑩收回目光，狀似無意地瞥了一眼西北方向的迴廊，恰好周景禕看過來，二人目光交會。
喬婉瑩對著周景禕淺淺一笑，微微福身，動作得體又優雅。
周景禕眉毛一挑，朝著她露出一抹意味深長的笑，而後轉身離去。
「表姊，妳在看什麼呢？」雲意晴順著喬婉瑩的目光看去，還沒看清什麼，視線就被喬婉瑩擋住了。
喬婉瑩笑意溫和。「表妹多練習幾次就好了，我也是試了兩刻鐘才把姻緣帶繫上，別著急，慢慢來。」

聽到表妹說她自己也試了多次，雲意晴突然心理平衡了，對於長姊一次就掛上去而產生的沮喪感頓時減弱了不少。

喬婉瑩道：「表妹慢慢試吧，我去跟姑母請安。」

雲意晴說道：「好，表姊慢走。」

退到後頭的雲意晚瞥了一眼喬婉瑩離去的背影，又看了一眼空無一人的迴廊。她從不討厭有心計的人，人活一世總要有些手段保護自己，只要那些心計不用來害人，也沒什麼可指責的。

她只是沒想到今日會在這裡見到顧敬臣，想來前世他與瑩表妹也是在此處初次見面產生了情愫，只要她在表妹生產前成親、表妹生產時提醒她請好太醫，想來前世的厄運便可避免。

見妹妹的絲帶又被吹走了，雲意晚柔聲提醒。「意晴，扔的時候別往前扔，直直地往上拋。」

雲意晴聽從姊姊的話往上一扔，結果絲帶另一端的小鈴鐺一下子回砸在她臉上，她頓時冷了臉，不悅道：「我是沒有姊姊聰慧，但姊姊也不能這般戲弄我啊！」

雲意晚沒有辯解，她從地上撿起鈴鐺，遞到了妹妹手中。

「要不，再試試？」

雲意晴看著姊姊毫無波瀾的臉，心裡的氣發不出來，又憋了回去，一把抓過長姊手中的絲帶朝著姻緣樹上砸去，這次絲帶被丟得更遠了。

雲意晴心頭怒氣更盛，覺得丟臉，跺了跺腳道：「我不扔了！」

說完，負氣離去。

雲意晚嘆了口氣，看向絲帶的方向。前世妹妹嫁入安國公府，可那安國公府的哥兒是個好色之徒，成親不到一個月便鬧著要為一位青樓女子贖身，她那婆婆又是個厲害的，妹妹婚後的日子著實不好過。

想到這裡，雲意晚抬步朝著絲帶走去，她彎腰撿起絲帶，回到樹下，喃喃道：「願妹妹今生如願覓得如意夫婿。」

說完，朝著樹上拋去，這一次紅色絲帶牢牢掛在了樹上。

雲意晚頓時瞇著眼笑了，眼睛像一彎月牙，滿足地轉身離去。她沒瞧見的是，剛走了兩步，樹上便有一條絲帶滑落，而不遠處的樹後，一位身著綠色華服、生得面如冠玉的美男子看著她的背影，嘴角露出一抹譏笑。

雲意晚回去時雲意晴的心情已經平復，正站在喬婉瑩身旁說著什麼，兩個人臉上都帶著笑，又都穿了桃粉色的衣裳，喬婉瑩的粉色素淨了些，雲意晴的濃郁些，乍一看竟像是親姊妹一般。

「婉瑩與意晴倒是投機，二人站在一處像親姊妹似的。」陳氏說出了雲意晚心中所想。

喬氏正笑著，聞言立即斂了笑容。「哪裡像了，意晴就是個潑猴，被我寵壞了，瑩姑娘舉手投足頗有大嫂的風範。」

陳氏看了喬氏一眼，道：「她們是表姊妹，長得像也正常，妹妹不必妄自菲薄。」

喬氏臉上又堆了笑。「您說得對，都是姊妹。」

陳氏轉頭看向雲意晚，面上帶了些笑意。「意晚回來了。」

雲意晚朝著陳氏福了福身，見母親看過來，又朝著喬氏福了福身。「嗯，讓舅母和母親久等了。」

陳氏很喜歡雲意晚，笑著說：「無妨，小姑娘家的多玩一玩，等以後出了閣就不像如今這般自在了。」

雲意晚抿唇笑了笑。

陳氏看向喬氏說道：「妹妹不必憂心，亭哥兒學問不錯，應是沒問題，府中還有些事，我跟婉瑩就先回去了。」

喬氏說道：「大嫂慢走。」

上了馬車後，陳氏看向女兒，問道：「妳今日為何突然想來寺中為妳表哥祈福？」

前幾日老太太就曾攜眾人來寺中為桑寧祈福，今日女兒又突然說要來為表哥祈福，不僅祈福，還特意去了姻緣殿那邊，把姻緣帶繫在樹上後，臉上便一直帶著笑，難道女兒對姪兒生出了什麼情愫？

面對母親的疑惑，喬婉瑩笑容斂了些，道：「我是聽祖母說二嬸嬸娘家的嫂嫂今日會來府中做客，您也知道，他家那位小伯爺從小就喜歡黏著我。」

陳氏眉頭微蹙。

怕母親又要訓她，喬婉瑩抱著陳氏的胳膊撒嬌。「母親，我不喜歡他，這才躲了出去。」

陳氏頓時心軟，但嘴上還是說道：「不喜歡人家便要明確告訴他。」

喬婉瑩道：「我這不是顧著二嬸嬸的面子才沒有明說嗎？」

「妳若為難，母親去跟妳二嬸嬸說。」有些事情若不及時說就會有麻煩。

喬婉瑩擺手道：「不用啦母親，二嬸嬸性子潑辣，又總是給您找麻煩，我怕您說了之後她又會去祖母那裡說您的不是，這件事女兒可以處理好的。」

陳氏沈思片刻，道：「好。」

她倒是不怕那位妯娌，只是女兒總是不給人明確的回應，似乎也不太妥。

前方不遠處另一輛更為華美的馬車上，一對母子也在討論婚姻一事。

定北侯府老夫人秦氏問自己的兒子。「聽說你看上了永昌侯府的姑娘？」

定北侯府老夫人雖被稱為老夫人，但其實並不老，今年剛過四旬，之所以稱為老夫人，是因為丈夫已逝，兒子又早早承襲了爵位。

秦氏身著一襲紫色的錦緞衣裳，頭上挽了個髻，用一根玉釵固定著，雖年過四旬，肌膚仍舊光澤透亮，生來一雙桃花眼，眼角微微上挑，再看一旁的兒子，面無表情，眼神沈著，看起來不像母子，倒像是姊弟。

在母親囑咐他不要騎馬，上來一同坐馬車時，顧敬臣就猜到了母親的意圖。他眼前忽然閃過一道清冷的身影，原來那姑娘是永昌侯府的。

顧敬臣沈聲道：「北境戰亂又起，兒子尚無心成家。」

秦氏蹙眉。「國事是國事，家事是家事，平亂並不影響你成親。」

顧敬臣不再說話。

秦氏又道：「你都多大了，心裡就沒點數嗎？我像你這般的年紀時，你都可以滿地跑了。」

顧敬臣木著一張臉，仍舊不說話。

秦氏看著兒子這一張倔強的臉，心頭微怒，眼不見心不煩，把他攆了出去。「罷了罷了，你出去吧！」

顧敬臣朝著秦氏行禮，而後退了出去，當車簾一掀開，人便縱身一躍坐到了一旁黑色的駿馬上，整個過程快如閃電，馬兒迎來了主人，嘶叫一聲，跑得更快了。

馬車裡，秦氏氣得不輕，嘴裡罵道：「討債的！」

雲意晚隨母親在寺中住了幾日，回府當日，恰好兄長考試結束，要從貢院出來，喬氏特意等在貢院門口迎接兒子回家。

此時貢院門口圍滿了人，全都是來接從裡面出來的考生。

雲府的馬車等了約莫兩刻鐘左右，貢院的大門終於打開了，一個個考生從裡面出來，不過，進去時意氣風發，出來時卻蔫頭巴腦，一副霜打了的茄子模樣。

雲意亭也沒有例外，他腳步懸浮，險些沒站穩，還好雲府的小廝眼疾手快扶住了他，避免他摔倒在地。

走到馬車旁，雲意亭瞧著一旁的雲意晚，笑著跟她打招呼。「妹妹來了。」

看著兒子憔悴的模樣，喬氏心疼極了，催促道：「快把大少爺扶上馬車。」

雲意晚在旁搭了把手，把兄長扶上了馬車。

雲意亭回府後簡單吃過飯便去睡下了，這一覺睡了整整一日才醒。

待他醒後，父子二人參照了市面上的答題思路，雲意亭又把自己寫的文章與父親說了說，兩人討論了一番，雲府緊張的氛圍才終於消除了。

不過，喬氏也並未就此擱下此事，畢竟還未放榜，她隔三差五便要去一趟寺中為兒子祈福，就連最愛出門的雲意晴都不想陪她去了，雲意晚卻始終陪在母親身邊，一開始雲文海還管著喬氏，後來隨著放榜日期臨近，雲文海也不再說什麼了。

放榜的前一日，飯桌上，喬氏愁得吃不下飯。如今他們府與永昌侯府的差距越來越大了，若是兒子不能中舉，往後少不得要求到永昌侯府上去，仰賴侯府鼻息生存。但若兒子中了舉，至少半隻腳踏入仕途了，以後也好再登侯府大門。

雲意晴被母親影響得也吃不下，雲意亭瞥了一眼端坐在一旁慢條斯理吃飯的雲意晚，小聲問：「妳不為兄長擔心嗎？」

雲意晚吞下嘴裡的吃食，緩聲道：「我對科舉一事知之甚少，而父親和兄長知曉甚多，你們二位這般淡定，可見胸有成竹，我又何必徒增煩惱？」

前世她也不曾為兄長擔憂過，今生既已知曉結局，自然更不會擔心，她心裡只是一直在思索該如何勸阻兄長去登山。

對於女兒的答案，雲文海非常滿意，笑著說：「還是意晚明白。」

喬氏微怔，細細想了想女兒的話，覺得甚是有理，丈夫和兒子都不擔心，她又有什麼好擔心的？想明白後，又繼續用飯了。

第三章

放榜當日，天還沒亮，喬氏就安排小廝去貢院門口等著。

等到吃過早膳，見小廝久久沒回來，她實在是坐不住，準備親自套車去貢院。

「意晴，妳陪娘一同去。」

到時候即便是被人發現了，也能推說是女兒想去看兄長的成績，這樣不管兒子是否中舉她都不丟臉。

「娘，女兒今日身體不適，恐不能陪娘一同前往。」

雲意晴這一個月沒少陪母親出門過，去寺裡進香進到她感覺自己都清心寡慾了不少，小廝既然已經去了，在府中等著便是，聽聞放榜日貢院門口人擠人，又都是一些下等人，她實在不想去湊這樣的熱鬧。

聞言，喬氏眉頭蹙了蹙，還沒說什麼，雲意晚體貼地說道：「我陪母親一同去，正好我也想知道兄長考得如何。」她並不是很想去，只是不想母親無人陪同，前世她也沒陪著去，因為母親說這番話時她並不在場，今生既聽到了，就不好當做無事發生。

喬氏抬眸看了長女一眼，既然長女給了她臺階下，她便點頭應了。

雲意晚回去換了一身衣裳，母女二人便套車去往貢院。

還沒到貢院門口，路就不通了，掀開簾子看了看，前方既有馬車又有人，人能通行，馬車卻是過不去的。

喬氏心中添了幾分煩躁，四處打量著有沒有能過去的路，這一轉頭，就看到了停在不遠處的永昌侯府馬車，眼睛頓時一亮，隨即掀開簾子下了馬車。

雲意晚也緊隨其後，她看了看自家府上的馬車，恰好擋在了路中，於是吩咐車夫。「你先把馬車停在一旁，到前面去看榜單有沒有兄長的名字，我和母親就在此處等，你也不必著急，若是人多就在旁邊等一等，注意安全。」

「是，大姑娘。」

吩咐完事情，雲意晚朝著永昌侯府馬車的方向走去。

喬氏殷勤地跟陳氏打招呼。「大嫂，這麼巧，竟然能在此處遇到您。」

陳氏想，的確巧，一個月遇到兩回了。

「三妹妹好。」

喬氏眼睛看向了旁邊另一位夫人，這位夫人雖然穿著樸素，但瞧其周身的氣度不一般，想到那日大嫂說過的話，這位應該是陳太傅的長媳，崔氏。

「這位想必就是陳侍郎夫人吧？」喬氏忍住心中的激動問道，她知道陳氏的長嫂崔氏也出自頗具聲譽的世家大族。

崔、雲雖同是世家，地位卻是天壤之別。雲府立世百年，如今勢力日漸衰落，曇花一現；崔府卻是數百年的世家，底蘊不同，族中子弟多半在朝為官。他們若能和崔府攀上關係，莫說兒子的前程、女兒的親事，就連丈夫的仕途都能順遂不少。

陳氏看了長嫂一眼，介紹道：「這位正是我娘家長嫂。大嫂，這位是侯爺的三妹。」

崔氏淡淡點頭。「雲夫人安。」

這時，雲意晚過來了，朝著陳氏和崔氏行禮。

「見過舅母，見過夫人。」

她看得出來崔氏並不喜應酬，因此並未過多言語，默默站在母親身後。

喬氏卻像是沒看出崔氏的冷淡，熱情地跟她說著話，就像二人是許久不見的老朋友一般。

而崔氏始終淡淡應著，既不熟絡，也不會讓喬氏的話落空，禮數很是周全。

說了幾句話，太傅府的小廝回來了。

「中了！咱們府大少爺中了，大少爺高中榜首！」

太傅府的長孫這回竟中了榜首？雲意晚微微有些詫異。

喬氏滿眼羨慕之色，同時有些後悔跟這兩位夫人站在一處了，若一會兒發現意亭沒中，她多尷尬、多丟人？此刻心中便有了告辭之意。

「母親不必擔心，我剛剛已讓車夫去看榜了，想必一會兒就會回來。」察覺到母親的異樣，雲意晚斂回思緒，貼心地說道，不過，向來周全的她此次卻是會錯意了。

喬氏瞪了長女一眼，若意晚不說這番話，她還能用這個藉口離開，此刻她倒是不好走了。

雲意晚不明所以，喬氏也沒再多言，轉過頭去。

不多時，永昌侯府看榜的回來了，一看小廝的面色便知結果。

「夫人，咱們府二少爺……落榜了。」

陳氏頓了頓，而後抿了抿唇，道：「去找找二少爺。」

「是，夫人。」

崔氏也對府中小廝道：「去找找大少爺。」

這二位夫人一人是擔心兒子接受不了失敗的打擊，一人則擔心兒子太過開心得意做了錯事。喬氏則悄悄鬆了一口氣，太傅府中了，永昌侯府沒中，這樣兒子不管中不中，她都不丟人。

沒等太久，喬桑寧一臉頹喪地跟著小廝過來了。

他自認學問不錯，沒想到竟然落榜了，他無顏回侯府，聽聞母親尋他，他忍住難過來到了馬車處，看到舅母和姑母都在場，就連那位長得像仙女一樣的表妹也在場，更覺難堪，一言不發。

這時，一聲清亮的聲音打破了沈靜。

「母親，您不是不在意孩兒是否能中嗎？怎麼親自過來了？」

崔氏看了眼兒子，淡淡地說：「順路過來的。」

陳伯鑒笑了，正欲說些什麼，忽然發現還有長輩在場，連忙斂了笑，對陳氏行禮。

「見過姑母！姪兒剛剛遠遠瞧著還以為我母親在跟哪家的小姑娘說話呢，一時都沒敢上前，離得近了才發現是姑母。數月不見，姑母又年輕了幾歲。」

陳氏臉上難得露出笑容。「你這孩子，怎地還是這般貧嘴，姑母老了，可不是小姑娘了。」

陳伯鑒又看向喬氏，瞧著喬氏的面容，在腦海中認真回憶了一下，確定不認識，他正欲開口詢問，忽而瞧見了站在喬氏身後的雲意晚，頓時怔了怔，一時沒收回目光。

姪兒雖然活潑，但向來周全，陳氏本是不擔心他冷場的，卻不承想他竟也有卡住的時候。順著他的目光看過去，陳氏頓時明白了。

意晚這小姑娘五官分開看倒不是特別出眾，可合在一起實在是好看得過分，即便穿著素淨，依然難滅身上那股子清麗脫俗的氣質。上次她那兩個兒子也看她看到呆住了，姪兒亦是如此。

見兒子失態，崔氏眉頭皺了起來。

陳氏輕咳一聲，喚回姪兒的思緒。「這位是西寧的三姑母，禮部員外郎的夫人。」

陳伯鑒也意識到自己失態了，他倒是沒掩飾什麼，大大方方承認了。他朝著喬氏躬身行禮，笑著說：「我道表妹怎麼長得這般好看，看到三姑母就明白了，有其母必有其女啊！」

陳伯鑒隨著自己的表兄稱呼，拉近了彼此之間的距離。

女子都愛聽旁人稱讚自己好看，況且這個小輩是太傅長孫、崔家外孫、秋闈頭名，喬氏看向陳伯鑒的目光熱情許多，倘若意晴嫁不成侯府世子，嫁給這樣的兒郎也不錯。

「陳家姪兒真愛說笑。」喬氏也順勢拉近彼此的距離。

隨後，陳伯鑒朝著雲意晚行禮。「見過表妹。」

雲意晚微微福身。「見過陳公子。」

崔氏見兒子已跟長輩見完禮，道：「伯鑒打小愛說笑，雲夫人莫要介意。」

喬氏說道：「夫人客氣了，陳公子一表人才，又是秋闈頭名，誰見了都喜歡。」

陳伯鑒走到喬桑寧身側，一看他蔫頭巴腦的模樣便知他落榜了。他輕輕捶了一下喬桑寧的肩膀，道：「別灰心啊，三年後再考一次便是，這次若勉強得了個末尾，也得不了什麼好官職，說不定三年後一舉名列前茅，從此仕途亨通，官拜宰相。」

聞言，喬桑寧心情好了些，嘴角扯出一抹笑，點了點頭。

陳伯鑒一向話多，即便喬桑寧沒怎麼回應，他依舊說個不停，說話時，還不忘往雲意晚那邊瞥一眼。

陳伯鑒在觀察雲意晚的同時，雲意晚也在腦海中搜尋關於陳伯鑒的訊息。陳伯鑒長得不錯，若是他真中了解元，沒道理後面沒有他的消息，這樣長袖善舞的人，殿試的時候定然出彩，再加之他的身分，即便成不了狀元，也會名列前茅。

究竟是何原因導致他沒能名揚京城呢？

又過了片刻，雲府車夫和小廝衣衫凌亂地回來了，顯然是從人群中擠出來的。

「夫人，中了，中了，大少爺中了！」

此刻喬氏再也克制不住內心的喜悅，臉上露出狂喜的神色。

「你們說清楚，意亭真的中了嗎？」

「是真的，我們二人都看到了，第三十七名！」

第幾名對於喬氏而言已經不重要了，重要的是兒子真的中了！侯府的少爺沒中，她兒子中了，今日當真是揚眉吐氣！

她轉頭看向崔氏。「真是緣分，我家意亭和陳大少爺同年。」說著話，目光落在了一旁的陳伯鑒身上。

崔氏微微頷首，她雖依舊冷淡，卻能明顯看出此刻比剛剛又冷了幾分。自己的親姪兒沒中，喬氏身為姑姑還大肆炫耀自己兒子中了，當真是沒有分寸又不知禮數。

陳伯鑒察覺到喬桑寧的情緒，笑意也淡了幾分。「嗯，緣分匪淺。」

雲意晚瞥了一眼陳氏和桑寧表哥的神色，往表哥那側走了兩步，輕聲道：「表哥，明年是太皇太后六十整壽，想必會加恩科，舅母常說表哥學問做得極好，屆時定能高中。」

在聽聞姑姑家的表兄也中了時，喬桑寧垂著頭，恨不得找個地縫鑽進去，此刻聽到雲意晚的話，他抬眸看向她，只見她眼神清澈，滿是真誠，毫無嘲諷，心中頓生勇氣。

「多謝表妹寬慰。」

雲意晚微微一笑，沒再說什麼。

崔氏聽到雲意晚的話，深深地看了她一眼。這小姑娘年紀輕輕，卻頗有見地，此刻身著檀色衣裳，這樣的衣裳穿在她身上絲毫不顯老氣，反添幾分沈靜，看著倒是比她那個母親還要穩重些。

她轉頭看向兒子，正欲跟兒子說話，卻見兒子眼睛死死盯著那小姑娘看，她微微蹙眉。

「咳咳，你祖父和祖母還不知你的好消息，你親自回府告訴他們吧。」

陳伯鑒收回目光。「是。」

臨走前，陳伯鑒轉身向喬氏說道：「三日後我約朋友去京郊的燕山登山，不如雲家表兄也一同前往吧。姑母且放心，去的都是相熟的人家，多半是今年參加秋闈的，即便不是，也是一些世家公子。」

雲意晚心裡咯噔一下，目光看向陳伯鑒。

原來導致兄長一生命運轉變的登山局竟是他邀的！

「好，意亭到時定會前往。」

喬氏只聽到「世家公子」四個字就應了，此刻她大喜過望，沒想到兒子剛剛中舉就能跟這些公子哥兒們進一個圈子了。

雲意晚看向母親，抿了抿唇，沒說話。

陳伯鑒向來周到，又看向喬桑寧。「表哥，我都邀了你無數次了，這次你是不是又要拒絕我？」

喬桑寧尷尬地笑了笑。

「好吧，我知道答案了。我知表哥丹青極好，作為補償，表哥可得為我繪一幅。」

「好。」

幾人又說了會兒話便散了。

回到府中，喬氏吩咐廚房做了不少好吃的來慶祝，下人的例錢也全都翻倍。

雲府上下已經很久沒這麼熱鬧開心過了，雲意晚非常喜歡這樣的氛圍，直至月上柳梢，一家人才散去。

雲意亭和雲意晚走在院子裡，秋日夜晚微涼，雲意晚緊了緊身上的衣裳，雲意亭注意到這一點，脫下身上的披風披在妹妹身上。

「兄長，不用，我不冷。」

「披上吧。」

雲意晚沒再堅持。

「妹妹陪我在府中走一走吧。」

「好。」

這一路上，雲意亭跟雲意晚訴說著自己這些年的努力和堅持，訴說著自己將來的夢想，雲意晚是個很好的聽眾，認真聽著兄長的每一句話，偶爾回應一下。

看著身側說起夢想時眼睛閃閃發光的兄長，想到兄長前世的結局，雲意晚心中微酸。她緩了緩情緒，說道：「兄長，你能不能答應我一件事？」

雲意亭今日飲了些酒，微醺地笑著說：「好啊，妹妹請說，莫說是一件事，就是三件、十件，阿兄都可以答應妳。」

雲意晚說道：「剛剛母親在飯桌上提到，陳太傅家的公子邀你三日後一道去登山，你可不可以不要去？」

雲意亭詫異地問：「為何？」

妹妹從來不關心這種事，今日怎會突然提出如此要求？

雲意晚道：「陳家大公子自然是極好的，可我聽說同去的一些公子有些不好的傳聞，我怕兄長被他們影響了。」

前世，兄長受傷一事對外的解釋是他不小心從山上跌落，至於如何跌落的，母親只說是腳踩滑了，而她事後問過兄長，兄長初時一言不發，後來在她一再追問下也只輕描淡寫地說是自己不小心，其餘的不肯多說。

但她就是覺得奇怪，既然那麼多人一同去登山，若兄長跌落山崖，為何沒人及時相救？直到第二日早上他才被發現躺在崖下，可見這些人對兄長並不重視，只是顧著玩樂罷了，不管當年的真相如何，今生她絕不允許此事再次發生。

雲意亭笑了，揉了揉妹妹的頭髮。「不會的，只是登山罷了，何況兄長也不是那麼容易被影響的人。」

雲意晚抿了抿唇，又道：「每年秋闈數十萬考生，只有那麼一小部分人得中，落榜的人居多，你們這般張揚，還相約去登高玩樂，豈不是會讓落榜的人心裡不舒服，比如，永昌侯府。」

提到此，雲意亭神色也鄭重了些，想了想，終於道：「好，兄長不去。」

從小到大，兄長從未失信於她，見兄長應了，雲意晚鬆了一口氣。

天色不早了，夜露寒涼，雲意亭把妹妹送到小院門口，逕自回了前院。

經妹妹提醒，他方驚覺自己過於放縱了，這才考中秋闈，明年開春便是春闈，那才是決定自己命運的最後一次考試，且他名次也不靠前，若是會試發揮失常，說不定中不了進士，他可不能掉以輕心，定要好好準備。

回了書房，雲意亭點燃蠟燭，看書看了足足一個時辰，心緒才終於平穩下來，洗漱後上床睡下。

第二日一早，雲意亭又早早起床讀書了，雲意晚醒來後特意去前院看過，見兄長好好的在書房讀書，又悄悄離去了。

雲意亭看了一個時辰的書，見時間差不多了，便去參加鹿鳴宴，兩個時辰後從宴席回來，直接回到前院書房繼續讀書。

而喬氏這兩日也沒閒著，四處跟人說自己兒子中舉一事，還說兒子與太傅家的公子關係甚篤，明日跟一群世家公子相約去登高，聽旁人說到明日會去的公子，喬氏更是得意不已。

總之因兒子中舉，又得到了陳太傅府的邀約，喬氏在官家女眷中的地位再次水漲船高。

第三日一早，吃過早膳後，喬氏跟夫婿暢聊著今日兒子在外登高的情形。

「除了太傅府家的陳大少爺，我聽說禮部尚書府的公子也會去，還有明陽郡主家的、伯爵府的等等。」

雲文海面上笑意甚濃。「意亭比我強許多，這些人我尋常都見不得。」

喬氏說道：「若意亭跟這些公子親近些，說不定也有助於夫君的官職更進一步。」

雲文海眼睛亮了亮，然而就在這時，王嬤嬤匆匆來了。

「夫人，老爺，不好了！」

喬氏皺眉道：「何事這般慌張，慢慢說。」

王嬤嬤依舊神色慌張，急急地說：「剛剛婆子去大少爺房裡拿被褥打算拆洗一下，結果推開門進去發現大少爺正在房中讀書，他沒去登山！」

喬氏一臉震驚，站起身來。「什麼？意亭沒去登山？」

雲文海也坐不住了。「去看看。」

說著便朝外走去，喬氏也連忙跟上。

到了前院，夫婦倆看到了正在讀書的兒子。

喬氏問道：「意亭，你怎麼還在這裡看書？陳大公子今日邀你去登山，你怎麼還不換衣裳？」

雲意亭平靜地回道：「回母親的話，兒子已經回絕了。」

夫婦倆頓時震驚不已，喬氏還沒開口，雲文海已經開口了。「怎麼能回絕呢？你知不知道今日與你一同去的人都有誰？」

雲意亭不甚在意。「兒子沒去打聽，想必就是一些遊手好閒的公子哥兒。」

雲文海憤怒道：「你胡扯什麼！禮部尚書府的幼子李四公子自小有小李白的稱號，作得一手好詩；明陽郡主的兒子師承書聖，也寫得一手好字，千金難求；那陳太傅的長孫自不必說，那可是今年的解元。」

雲意亭不受影響，點點頭。「嗯，兒子已經回絕了，現在說什麼都晚了，若兒子明年會試能中，必然還有機會與這些人結識。」

見兒子這般油鹽不進，喬氏上前直接問道：「你可是用身體不適為藉口？」

雲意亭沒說話。

喬氏是了解自己兒子的，想要拒絕旁人，他多半會用這樣的藉口，她不放棄地為他想辦法。「既是這個藉口，那便不妨事，你現在趕去，就說自己感覺身上好了些，思及陳大公子初次邀請不敢推辭，特意前來赴約，這樣還能顯得你有誠意。」

雲文海索性一把將兒子的書拿走，命令道：「看書又不急在這一日，你剛剛考完，正好去鬆快鬆快，回來再讀書也是一樣的。」

雲意亭眉頭皺了起來。

雲意晚早上去前院看過，兄長並未出門，而是在書房讀書。她去廚房做了些點心，送去了雜物間，鼓勵了意平幾句，又教意安繡了花樣，這才離開。

她剛回到自己的小院，紫葉便上前來報。「大姑娘這是去了何處，剛剛大少爺身邊的青竹來找您，等了您一會兒，見您一直沒回便走了。」

雲意晚詫異道：「青竹？他可有說是何事？」

紫葉回道：「說是大少爺讓他帶話，今日要去登山，姑娘不必做點心給他了。」

雲意晚頓時大驚失色。「什麼？青竹何時走的？」

「約莫一刻鐘前。」

雲意晚來不及換衣裳，急急叫上紫葉。「快，妳隨我出趟門。」

紫葉見自家姑娘神色不好看，沒多問，趕緊跟上。

雲意晚去了車馬處，套了車，朝著燕山而去。

她一路催促車夫，希望能趕在兄長上山前攔住他，結果今日不知怎麼回事，一路上堵得很，馬車很多，行人亦很多，路上耽擱許久，她一直到了山腳下都沒發現兄長的身影。

她四處看了看，想不明白為何平日人煙稀疏的燕山今日人格外地多，官道上還有不少人朝著這邊走來，包括她剛剛在路上遇到的那些人都是來爬燕山的。

「聽說李四少爺今日來登山了，真希望能見到他。」

「趕緊走、趕緊走，我剛剛瞧見尚書府的馬車還在等著，李四少爺一定還在山上。」

「聽聞李四少爺不僅詩作得好，人長得也好看，我也不求能得李四少爺的贈詩了，只求今日能見他一面。」

「就妳也配得到李四少爺的贈詩？作夢去吧！」

「陳家公子是今年的解元，長得一表人才，是個美男子。」

「啊啊啊，真的嗎？走走走，快去山上看看。」

「明陽郡主家的公子書法極好，好想要他的墨寶，聽說他常常贈人墨寶，不知今日是否有幸……」

議論聲在耳邊盤旋不停，嘈雜而紛亂，雲意晚覺得自己彷彿來錯了時空，她記得前世兄長受傷後意志消沈，日日在家，不久，父親就從禮部調到了人人都想去的戶部；她好奇地留意那些一同登山的世家子弟們的仕途如何，得知那尚書府的李四少爺是個紈袴子弟，日日花天酒地；明陽郡主家的公子更是好色之徒，二人在京城的浪蕩不分伯仲，兩家想要給兒子說一門親事都難……

但怎麼如今這些人的議論都是稱讚，毫無責罵？

雲意晚看著燕山上那狹窄又陡峭的山路，冷靜地想著這一切，突然明白了，原來如此！為何自己前世只聽過陳伯鑒的名字，卻沒聽說過他在朝堂上大放異彩的事跡？又為何這些赫赫有名的才子們在前世徒留浪蕩不堪的名聲？想來是因為今日山上發生的慘事造成死傷無數，但因其中涉及的權貴眾多，這事被壓了下去，所以父親獲得補償，得以轉調戶部重用，而這些世家公子是因自責而放逐自我，毀棄了應有的大好前程。

今日山上究竟會發生什麼意外？早知今日的意外會如此嚴重，她定然會在陳公子那裡把禍根掐斷，然而現在說什麼都晚了。

但是，難道一切還會如前世一般沒有變化嗎？不，不會的，現在還沒到最壞的時候，她克制住內心的慌亂，迅速思考該如何補救，山上的意外很可能跟人太多有關，她抬頭一看，狹窄的山路上滿滿都是人，她一個人疏散不了大家，最好的做法是找人幫忙，還得找官府幫忙才行。

可此處是城郊，距離府衙極遠，但有一處倒是離得很近。

雲意晚看向不遠處，那裡有她今生最不想見的人，只是人命關天，顧不得那麼多了。

當下她沒有多加思索，直接上了馬車。

「調轉馬頭，去京北大營！」

馬車行了不到半刻鐘，便隱約能看到前方的京北大營，接著，雲意晚聽到後面傳來了馬蹄聲。

兩匹馬朝著他們奔來，很快便越過馬車的前頭，攔住他們的去路。

「什麼人，來此處做甚？」

這裡是京北大營，除非有要事，一般人不得靠近，否則格殺勿論。

車夫連忙停下馬車，看向前方的二人。這二人所騎之馬一看就不是普通的馬，自家的馬跟這兩匹馬相比顯得非常瘦小，不僅膘肥體壯，騎馬之人更是人高馬大、身形健碩，讓人心生畏懼，車夫一時緊張地說不出話來。

雲意晚卻覺得外面這個男人的聲音有些耳熟。

「問你話呢！」揚風再次問道。

車夫嚇得不知如何是好，哆哆嗦嗦道：「我們……我們是禮部員外郎府上的。」

揚風輕嗤一聲，看向馬車裡面。「禮部？來此做甚？又準備挑我們侯爺什麼刺？」

這些文官們最是讓人厭煩，動不動就挑他們侯爺的錯。

話音剛落，雲意晚掀開了車簾，揚風本以為裡面坐著的是禮部員外郎，沒想到竟是一位姑娘，還是一位樣貌出眾的姑娘。他頓時語塞，收斂了剛剛的氣勢。

雲意晚看著面前熟悉的侍衛，朝著他微微一笑，點點頭。

想到自己剛剛的態度，揚風有些不好意思。

旋即，雲意晚又看向旁邊的一人一馬，馬是黑色的駿馬，駿馬上的男人正是她想要找的人。

顧敬臣正欲離開，身後傳來一道女聲。

「侯爺！燕山那邊恐要出事，請您相助，救救百姓們。」雲意晚一句廢話也沒多說，直截了當表明來意。

顧敬臣勒住韁繩，回頭看向馬車，看著這張熟悉的面孔，面上難得有些錯愕。這位不是永昌侯府的姑娘嗎？怎麼又變成禮部員外郎家的了？

思及這位姑娘剛剛的話，他收斂了思緒，沈聲道：「說清楚！」

「太傅府公子、禮部尚書府公子、明陽郡主府公子等人今日去登山，不知消息怎麼傳了出去，數百人正朝著燕山湧來。」

聞言，顧敬臣想到今日出城時人似乎格外多，再想到這幾名世家子弟在京城追捧者眾多，面色一沈，冷聲吩咐。「去調人，前往燕山會合！」

「是！」剛剛還凶巴巴的侍衛立即嚴肅起來，駕馬朝著大營方向而去。

顧敬臣深深地看了雲意晚一眼，夾起馬腹，朝著燕山而去，一眨眼的工夫人就不見了。

雲意晚鬆了一口氣，吩咐車夫。「去燕山。」

雖然顧敬臣去救人了，但她得親自見到兄長無礙才能放心。

普通馬車的速度果然不能跟軍中的戰馬相比，雲意晚還未到燕山，揚風已經帶著上百名兵士到達了燕山入口，這些士兵訓練有素，在顧敬臣的指揮下，一部分封鎖山腳入口，一部分上山疏散人潮。

雲意晚和晚到的百姓們一同被攔在入口外，山腳邊路過的人好奇究竟發生了何事，也有部分前來一探究竟，一時間放眼所及之處人山人海，很是壯觀。

山上時不時有人被趕下山，嘴裡嘟嘟囔囔的，看樣子很是不滿，山腳下的人好奇地問道：「發生什麼事了？為何不讓人上山？」

一位商人打扮的中年男子說道：「誰知道呢，我攜妻兒剛剛上去一段路，結果被一群黑臉的兵爺攆了下來，說什麼他們京北大營今日要在這裡演練，閒雜人等不得上山，也太霸道了！」

這話很快就在人群中傳開了，眾人議論紛紛，說著對這些武將的不滿，雲意晚秀眉微蹙。

又過了兩刻鐘左右，兩個十七、八歲書生打扮的男子臉色慘白地下來了。

眾人調侃問道：「小哥們，你們這是被那些粗魯的官兵打了嗎？莫要怕他們，你們一會兒把狀紙遞給御史，明日就能參他們一本。」

青龍國重文輕武，武將地位不如文官，武將被參更是家常便飯，一個月總有那麼十幾二十次。

但事情好像不是如此簡單，只見白面書生嘴唇發抖，哆嗦道：「出、出事了，山上出事了。」

眾人大驚。「怎麼了？出了什麼事？」

「上頭人太多了，大夥兒擠成一堆，好幾個人都掉下山了。」

雲意晚心裡咯噔一下，紫葉知曉大少爺上了山，連忙在一旁寬慰。「姑娘，大少爺是和那些世家公子在一處的，應該沒什麼問題。」

雲意晚面色依舊凝重。跟他們在一處又有何用，前世兄長還是出事了。

雖知曉前世的結果，但如今她也做不了什麼了，她並不知道兄長出事的實際位置，也不知他掉落在何處，整座燕山層巒疊嶂，地勢陡峭，山底地形更是複雜，她若是貿然去找只會添亂。顧敬臣已經去救人了，她能做的只有等待。

「說清楚，怎麼回事？」

「就是山上人太多出了事，幸好官兵來了，開始疏散人群，我們二人也是不小心差點掉落山崖，被那些官兵救了回來。」

場面漸漸安靜下來，看著一個個從山上平安下來的人，隨著時間的流逝，雲意晚心裡越發忐忑不安，約莫過了一刻鐘左右，她終於看到了一個熟悉的人。

放榜那日意氣風發的陳伯鑒此刻看起來狼狽得很，他身側的幾個華服男子亦是如此，看了一圈，雲意晚終於在人群最後看到了兄長，此刻正被兩個士兵扶著，很明顯腿腳受了傷。

雲意晚的心一下子提到了嗓子眼，難道，兄長的腿……

遠處的顧敬臣瞥了一眼圍在山腳入口的人群，濃眉皺了起來，他對一旁的人說了幾句，立時便有幾個身著鎧甲的營兵過來疏散人群，攆人離開。
雲意晚不想走，緊緊盯著山腳處的兄長，因為前方已被封鎖，她接近不得。許是雲意晚的目光太過熱切，顧敬臣似有所覺，再次朝人群看了過來，這一次他發現了雲意晚，順著她的目光，他看到了一個受傷的年輕公子。
原來山上有這位姑娘牽掛的人。
顧敬臣叫來一個營兵，附耳說了幾句話。
正焦心等待的雲意晚聽到營兵放她的馬車進去，心裡頗為感激，待進到裡面，馬車停下，顧不得禮儀，她著急地跳下馬車朝兄長走去。
「大哥，你的腿怎麼樣了？」雲意晚的聲音顫抖著。
雲意亭失笑，抬手想摸摸妹妹的頭安慰她，想到此處人多，又把手收了回去。
「我的腿沒事，只有一些小擦傷，剛剛山上人太多了，不知被何人推搡了幾下，腳下一滑，差點跌落，幸而侯爺拉了我一把。」說著，雲意亭看向顧敬臣。
雲意晚錯愕，竟是顧敬臣救了兄長。
她側頭看向顧敬臣，真誠地道謝。「多謝侯爺！」
顧敬臣看著雲意晚，正欲說話，這時一個營兵快步走了過來。「侯爺，揚風大人讓屬下來報，從山上掉下去的十二人都已找到。」
這話一出，那一群公子全都看了過來，陳伯鑒更是激動地上前，沒等營兵說完就插嘴問道：「人怎麼樣？有沒有人受傷？有沒有人丟了……丟了……」

性命。後面兩個字像是卡在了喉嚨裡問不出來。

顧敬臣瞥了他一眼，又看向營兵。「可有傷亡？」

營兵回道：「回侯爺的話，十人輕傷，一人摔斷了腿，一人摔斷了胳膊，郎中已經診治過，都沒有性命之憂，養幾個月就能好。」

「那就好、那就好。」陳伯鑒喃喃道。

此刻他才終於安了心，險些沒站穩，靠一旁的小廝扶著才沒摔倒。

多虧了定北侯，今日要不是定北侯及時趕來，不知要死多少人，想到剛剛那混亂的情形，就如煉獄一般，他心頭一陣後怕。

李尚書府四公子李司忱和明陽郡主的兒子梅淵也互看一眼，眼底滿是慶幸。

幾人上前朝著顧敬臣行禮，顧敬臣抬手阻止了他們。

「今日之事並非本侯之功，是這位姑娘率先發現問題，讓家丁去京北大營通知本侯的。」

這番話既指出了雲意晚的功勞，又全了雲意晚的名聲。

眾人的目光落在了雲意晚身上，陳伯鑒這才發現雲意晚過來了，他朝她深深鞠了一躬。

「多謝雲姑娘。」

李司忱和梅淵看到雲意晚的容貌，兩人皆是一怔，暗道，這位姑娘長得好生漂亮。見陳伯鑒鞠躬，他們也彎下了身子。「多謝姑娘。」

面對幾位身分尊貴的少爺的感謝，雲意晚並未表現得手足無措，她自然地側了側身子，沒有受禮。

「雖然是我最先察覺，但若沒有侯爺出手相救，一切也是徒勞。」

陳伯鑒性子向來舒朗，聞言笑著說：「侯爺和表妹不必如此謙虛，你們二人都是功臣。」

李司忱笑著道：「伯鑒說得對，都是功臣，都是我們的恩人。」

這時，梅淵轉身回望燕山，悠悠說道：「幸而今日只是虛驚一場，若真有人因我而死，我這一生都難以贖罪。」

李司忱也斂了笑。「可不是嘛，我以前自恃自己追逐者眾多，常洋洋自喜，沒想到今日卻差點因此事而傷了人，真是罪過啊。」

陳伯鑒說道：「兩位兄弟何必這樣自責，要說罪過，我的更大一些，是我邀請各位前來登高，卻未考慮周全，當負首責……」

三人互看一眼，皆是面色凝重。

雲意晚看了一眼這三位才子，眼眸微垂。她大概明白為何前世這三位才子都是那樣的結局了，因為愧疚，因為自責，因為死去的亡靈。

這邊疏散完百姓，顧敬臣留下營兵再次把整座山搜索一遍，而後離開了此處，雲意晚也帶著受傷的兄長離開了。

兄妹二人到家後，得知兒子受了傷，喬氏慌慌張張過來了。

「這是怎麼回事，你不是去登山嗎，怎麼會受傷？嚴不嚴重？」兒子可是喬氏最大的希望，若是出了事簡直會要了她的命。

雲意亭看著母親緊張的模樣，笑著說：「娘，沒事，只不過登山的時候摔了一跤，崴了腳，幸好被定北侯救了。」

喬氏仔仔細細檢查過兒子的腿腳，見傷勢不嚴重，這才放了心，想到兒子說的話，注意力一下子就轉移了。

「你剛剛說是誰救了你？」

雲意亭道：「定北侯。」

若說永昌侯府是京城的權貴，那麼定北侯則是權貴中的權貴。已故的老定北侯和皇上關係甚篤，定北侯老夫人又是已故皇后的親姊姊，這樣的人家可不是他們這種五品官宦之家能接觸到的。

喬氏的心思頓時活絡起來。「那咱們可得備份厚禮上門好好謝謝他才是！」

好不容易有了牽扯，可不能不把握住機會，若是兒子能因此事巴結上定北侯，那可比巴結永昌侯府有用多了。

雲意亭不知母親心中所想，今日也真是多虧定北侯，謝謝他是應該的，便點了點頭。

喬氏生了心思，頓時坐不住了，見兒子無礙，便未把兒子受傷一事當回事，沒再多問什麼就匆匆離開了。

她一整日都在想備什麼禮，心裡美滋滋的，等到晚上雲文海回來，喬氏正欲告知他兒子和定北侯有了交集，雲文海倒先說了今日燕山的事，她一驚。

「你說什麼？燕山竟然出了這麼大的事？」喬氏臉色蒼白，一陣後怕。還好兒子好好的回來了，不然她也不想活了。

見喬氏嚇得不輕，雲文海道：「妳也別自己嚇自己了，兒子這不沒事嗎？」

喬氏說道：「多虧定北侯啊，咱們更要好好謝謝他了！」

聞言，雲文海忽而一笑。「非也，非也，妳可知我如何知曉此事的？」

喬氏詫異。「嗯？」

雲文海摸了摸短鬚，一臉愉悅。「我今日正與侍郎大人議事，尚書大人忽而請我過府一敘，他親自見我，還謝了我，備了一車謝禮，我幾次推拒，見尚書大人執意如此，便不得不收下了。」

喬氏越發好奇。「尚書大人為何突然對老爺這般客氣？」

雲文海笑道：「妳道那定北侯為何這麼快就把京北大營的兵調去燕山了？那是因為我們家意晚！」

喬氏腦子一時轉不過來。「嗯？關她何事？」

她這才想起來好像今日意晚也出門了，只是她光顧著開心了，忘了細問此事。

「意晚去找意亭，察覺山上人多危險，當機立斷，讓人去京北大營報告此事，這才有了後來定北侯的成功營救。」

喬氏怔了怔。「原來是意晚啊，今日真是多虧了她。」

雲文海沒注意到喬氏的異樣，笑著說：「可不是嘛，意晚救了尚書府的公子，有了這樣的恩情，以後我在禮部就更好過了。」

喬氏心不在焉地點點頭。

雲文海也不在意喬氏的態度，又兀自說道：「今日山上的人可不僅有尚書府的公子，還有明陽郡主府的、太傅府的……說不定三年後我還能再往上升一升，我們家意晚可真是個福星啊！」

福星……喬氏心情複雜地應了一聲。「嗯。」

第二日去上朝，雲文海察覺到同僚們對他的態度變了，熱情了許多。

而此時，喬氏也已精心準備好一份謝禮，帶著雲意晴，母女倆親自來到了定北侯府。

然而沒想到，她不僅沒能見到定北侯，連老夫人秦氏也沒見著，只有管家接待她們，並且讓她們把禮又帶了回去。

喬氏來時有多麼開心，走的時候就有多生氣。

雲意晴也不開心。「人家都沒給咱們下帖子，母親還非要拉著女兒前來，若是被人知道了此事，多丟人啊！」

喬氏忍住心中的氣。「妳放心，像他們這樣的人家，每日來求見的不知道有多少，他們不會往外說的。」這樣的事情她最近幾個月在永昌侯府經歷多了，習慣了。

雲意晴說道：「最好是這樣，不然女兒都沒臉見人了。」

回到府中後，喬氏見女兒欲回自己小院，提醒女兒。「妳兄長腿腳受傷了，妳別忘了去看看。」

雲意晴想，又不是什麼大病，母親也太疼兄長了，父親和兄長都喜歡長姊，全家就她一人沒人喜歡。

「知道了。」她不情不願地說道。

雲意晴到了前院兄長的書房，發現姊姊也在，兄姊二人正在欣賞一幅畫。

真是無趣！這些詩啊、畫的，有什麼好看的！

「這畫真的絕了！言公子未曾見過妹妹，竟也能把妳畫得如此傳神，真是技藝高超！這詩、這字也寫得極好，聽說京城四公子的墨寶從不會出現在一張紙上，沒想到今日竟能為妹妹破例，這幅畫可得好好保留，當傳家寶。」

京城四公子分別是禮部尚書府的李司忱、明陽郡主府的梅淵、太傅府公子陳伯鑒、青龍山書院山長之子言鶴。

雲意晚大部分時間都在府中，向來不怎麼愛打聽外面的事情，所以並不知這四人的名號。而在前世，來京城不久這幾人中的前三個人便出了事，後來四公子的名聲也無人再提，不過，這位言公子的名頭她倒是聽過，知曉他畫技極好，是年輕一代裡的翹楚。

聽到這番話，雲意晴好奇地湊過來看了一眼畫，這畫上之人竟是長姊，更讓人驚訝的是上面的落款，赫然便是京城四公子。

她真是嫉妒死了！她和母親登侯府門被拒，結果京城中赫赫有名的四位公子竟破例為長姊作畫，還巴巴地把畫送到她的手上？

「也不怎麼好看嘛。」她嘟囔了一句。

雲意亭皺眉。「意晴，兄長早就說過讓妳多讀書，妳不聽，如今竟連作品好壞都分不清了，妳平日裡少跟母親去各府玩，多在府中待著，跟意晚多學學。」

雲意晴更氣了，跺了跺腳，離開了。

雲意亭看著她離去的背影，微微皺眉。「她這脾氣真是越來越大了，一句都說不得。」語氣裡有著濃濃的不悅。

雲意晚說道：「兄長明知小妹不喜讀書，又何必說剛剛那一番話？再者，不愛讀書也不是什麼大錯，人人愛好不同罷了，就像我不愛出門串門子，旁人也會覺得我性子怪一樣。」

雲意亭回道：「怎麼會？誰敢？妹妹性子沈靜，是天底下最好的姑娘！」

雲意晚噗哧一聲笑了出來。

雲意亭疼寵地抬手摸了摸妹妹的頭，搖了搖頭，又繼續看手中的作品。

喬氏上午還在為被定北侯府拒絕一事而氣悶不已，後半晌她就收到了英華長公主府的帖子。

看著自己想盡辦法都沒能得到的帖子，如今長公主府的管事竟親自送了過來，喬氏別提多開心了，這英華長公主向來高傲，眼高於頂，瞧不上他們這種小門小戶，她以前沒出嫁前，英華長公主就沒正眼瞧過她，給永昌侯府下帖子也只給嫡出的下，嫡母又不喜她，從不帶她去，如今能攀上這一層關係，可真是一件令人開心的事情。

飯桌上，喬氏見小女兒不太開心，便宣佈了這個好消息。

一聽自己過幾日可以隨母親出席英華長公主的壽宴，雲意晴頓時歡喜起來。

雲文海臉上也是笑意燦爛。「本以為來到京城會艱難一些，沒想到峰迴路轉，好消息一樁接一樁地來。」

雲意晴說道：「母親，女兒的衣裳都舊了，您明日得陪女兒去買幾件好看的衣裳。」

喬氏笑著說：「好好好，明日一早就去。」

雲文海看了一眼一直不說話的長女，道：「意晚也去買幾件吧。」

雲意晚嚼完嘴裡的東西，放下筷子道：「不用了，父親，女兒箱籠裡還有許多衣裳，平日裡也不怎麼出門，不需要置辦新衣。」

雲文海不認同。「妳那些衣裳都穿許久了，且這次要去的地方是長公主府，置辦新衣是必要的，以免顯得對長公主不尊重。」

雲意晚微微一怔。「父親，我就不去了。」

英華長公主下帖子的門檻極高，以他們府如今的身分，強行去了也只會讓人笑話。她極少出門，不善交際，這樣的宴席去了也是尷尬。

喬氏立即道：「意晚前幾日才出去一回，身子勞累了些，且意亭的腿傷還沒完全好，意晚留在府中照顧他正好。」

雲文海一向不怎麼管內宅的事情，長女是否出門赴宴他也不太在意，但這次他卻堅持道：「家中有管事婆子，何必讓意晚特意留下來？讓她一起去長公主府，長長見識。」

雲意晴看了看母親的神色，又看向父親。「父親，您也知道，姊姊不愛出門應酬，您又何必勉強她呢？」

若長姊真的去了，到時候眾人的目光勢必又落在長姊身上了，誰還能注意到她？

喬氏說道：「是啊，老爺，意晚性子內向，去了反倒不舒服。」

雲文海看了喬氏一眼，皺了皺眉，沒再說什麼。

雲意晴見此事底定，心情大好。

飯畢，等女兒們離開，雲文海讓屋內伺候的下人都退了出去，正了正神色，嚴肅地道：「夫人，長公主府為何給咱們下帖子，意晴不明白，妳難道也不明白嗎？」

他剛剛給足了夫人面子，沒當眾說出此事。

喬氏張了張嘴，又閉上了，她自然知道，是因為長女。

雲文海說道：「英華長公主是明陽郡主的母親，梅公子是她的外孫，因意晚那日所為，長公主這才給咱們下了帖子，雖那帖子上沒有明說，實則長公主想請的人是意晚，夫人即便再順著意晚，也該帶著她去才是。」

喬氏抿了抿唇。「就說意晚病了，去不得。」

「夫人，妳糊塗啊！咱們府是什麼身分，長公主又是什麼尊貴身分？她壽辰那日，說不定宮裡的皇子們都會去，她又能見多少人？妳和意晴怕是連門邊都挨不上，但若是帶上意晚，長公主見意晚的時候，夫人不就能跟著嗎？這是多好的露臉機會，若意晚不去，妳覺得長公主會見妳嗎？」

聞言，喬氏也心裡有數了。

第四章

得知長姊也要一同去長公主府，雲意晴很不開心，可縱然她再不開心，等到長公主壽宴這日，雲意晚還是一同去了。

因為今日是壽宴，雲意晚穿了一件杏黃色的衣裳，雲意晴穿了一件酡紅色衣裙，喜氣洋洋的。

英華長公主是今上的親姑姑，地位尊榮，就連長公主府門口的石獅子看起來都比其他府上的尊貴精緻，門口的小廝看人下菜碟，一聽雲府母女三人是從五品的家眷，沒把她們放在眼中，儘管喬氏拿出了帖子，依舊沒有放行，直到管事的好好確認了一番，這才讓她們進去。

這還沒進門就憋了一肚子火，喬氏尚且能忍住，雲意晴則快爆發了，雲意晚死死握住了她的手，低聲道：「妹妹，妳若不喜歡這樣的宴席，以後不來就是了。」

雲意晚早已料到會受到冷待，所以對於長公主府下人的態度沒什麼特別的感覺，但她擔心妹妹胡亂發火，萬一得罪了長公主府上的人，那可不是開玩笑的。

雲意晴更氣了，她瞪了長姊一眼，快步朝前走了兩步。

雲意晚無奈搖頭，不知妹妹為何又生氣了。

正如雲文海所料，英華長公主果然特意見了她們，在外頭所有人羨慕的目光之下，喬氏帶著女兒進了內殿，此刻內殿裡坐著不少貴婦，當然，這些人都是有頭有臉的人，不是皇親國戚，就是國公府、侯府的夫人們。

她們進去時，裡面的人正低聲議論著什麼。

「……聽說皇上有意要為太子選太子妃了，可是真的？」

「確實有這麼回事。」

「長公主可知內情？」

「選妃的標準自古以來都差不多，無非是德容言功。」

見喬氏母女進來了，英華長公主止住了話題。

「見過長公主。」喬氏行禮，接著又說了一些賀壽的吉祥話。「祝您福如東海長流水，壽比南山不老松。」

雲意晚和雲意晴跟在後面行禮。

禮行完，喬氏正欲繼續說話，英華長公主身邊的嬤嬤揚聲道：「哪位是雲府的大姑娘，請上前回話。」

雲意晚看了母親一眼，從容上前。「見過長公主，小女雲意晚。」

英華長公主這時才開口。「抬起頭來讓本宮看看。」

雲意晚站直了身子，不卑不亢地看向英華長公主，只見英華長公主生得雍容華貴，年輕時定也是個美人，面上有幾分嚴肅，威嚴甚重。

英華長公主打量了雲意晚一眼，見她面容姣好沈靜，姿態大方自然，眼神乾淨澄澈，點點頭。「嗯，是個好姑娘。」說著，一揮手，讓嬤嬤把備好的禮遞過去。

雲意晚很意外，沒有接過。今日是長公主的壽辰，她們前來賀壽，理應是她們送禮，怎能還反過來收長公主的禮，這於理不合。

英華長公主別有深意地說道：「妳是個聰明細心的孩子，我一見妳就喜歡，且拿著吧。」

雲意晚明白了，這是長公主替梅公子給她的謝禮，她沒再推辭，收下了。

「多謝長公主賞賜！」

喬氏見長女這般不懂事，急死了，怎麼能收下長公主的禮呢，收了禮就不能再往來了，不如讓長公主欠他們府上一個人情，以後常來常往，換個別的恩情。

「意晚，妳那日救梅公子只是舉手之勞，怎麼能收長公主的禮——」

話還未說完，就見長公主看了過來，眼神頗為銳利，喬氏連忙閉了嘴。

雲意晚看著長公主的神色，笑著解釋。「母親許是記岔了，那日救了眾人的是京北大營的將士們，我只是路過罷了，不曾見過梅公子。」

她是什麼身分，梅公子又是什麼身分？長公主既然因梅公子一事親自謝她，可見梅公子在長公主心中的地位，按照長公主的心性，怕是梅公子要配高門貴女的，可不能跟她有什麼牽扯。

倒是識趣。英華長公主看向雲意晚的眼神又滿意了幾分。她給雲府下帖子，是為了報答這小姑娘沒在外面亂說話，給雲家抬抬身分，但她可不喜歡挾一點小恩小惠就圖報的貪得無厭之人。

隨後英華長公主端起茶，身邊的嬤嬤便喊道：「有請戶部尚書夫人。」

喬氏還想再解釋幾句，長公主府的婢女已經來到她面前，引著她們母女出去了。

直到走出了大殿，喬氏後背仍舊發著涼。她剛剛說錯話得罪了英華長公主，幸好意晚在一旁找補了幾句，不然這次夫君和兒子的仕途就要毀在她手中了。

他們是否能升官，就是這些貴人們一句話的事，同樣的，這些貴人們若是想毀了他們，也是一句話的事。

「哼，哪有這樣的人啊，給東西就給一份。」雲意晴在一旁嘟囔了一句。

喬氏瞪了女兒一眼，厲聲喝斥。「住嘴！」

雲意晴沒料到母親竟然發這麼大的火，委委屈屈地閉了嘴。

喬氏正滿心後怕和煩躁無處發洩，見女兒這般，忍不住說道：「妳多跟妳長姊學一學，別這麼不懂事，不該說的話不要說！」

雲意晚看也未看盒子裡的東西，便順手遞給了妹妹。

雲意晴說道：「我才不要妳不要的東西！」

喬氏說道：「意晴！」

雲意晴看著喬氏的目光，頓時不敢再說話。

喬氏看向長女，說道：「既然是長公主給妳的，妳便自己留著吧。」

雲意晚應道：「是，母親。」

喬氏帶著兩個女兒在長公主府後花園走了兩刻鐘也沒見著相熟的夫人，而來參加壽宴之人身分都不低，沒人願意搭理她，她思來想去，決定還是等在殿外不遠處。

果然沒多久後，永昌侯府的人來了，一行人被請進了殿內，又過了片刻，永昌侯夫人陳氏、二夫人何氏帶著女兒們從裡面出來，只有老夫人還留在殿內。

喬氏像是巧遇一般，立馬上前。「大嫂、二嫂，好久不見！」

對於喬氏的出現，陳氏沒說什麼，淡淡回禮。「三妹妹好。」

何氏性子直，毫不掩飾對喬氏的不喜。「三妹妹竟也在這裡，妳是跟著誰來的？」

喬氏維持著臉上的笑容。「是長公主府給我們府下的帖子，管事親自送到了府上。」

聞言，何氏挑了挑眉，譏諷道：「妹妹、妹夫好本事！」

一旁的喬婉瑩道：「想來長公主是為了感謝意晚表妹那日在燕山的幫助吧。」

喬氏笑著道：「瑩姑娘好聰明。」

何氏不知此事，看向姪女，喬婉瑩細細解釋了幾句。

何氏這才看向了雲意晚，見她生得不錯，道：「三妹妹好福氣。」

小輩們給長輩們見過禮後，陳氏道：「婉瑩，妳表妹們多年未來京城，對這裡不熟悉，妳帶著她們去認識認識各府上的姑娘吧。」

喬婉瑩有些不情願，但既然母親開口了，她也不好拒絕。「好的，母親。」

何氏瞥了一眼喬氏，又看向自己的女兒。「婉琪，妳外祖母也來了，隨我去見禮。」她可不像大嫂那麼周全，不想自己的女兒被喬氏纏上。

喬婉琪乖順道：「是，母親。」

說罷，何氏帶著女兒離開了。

喬氏如願留在了陳氏身邊，透過陳氏認識了不少權貴女眷，陳氏人緣一向好，眾人即便不喜歡喬氏，也多少會給陳氏面子。

另一邊，喬婉瑩帶著雲意晚姊妹去了貴女的圈子。

「婉瑩，妳終於來啦，等妳好久了。」

「縣主、欣茹，好久不見。」

看著喬婉瑩熱情地跟人打著招呼，瞧著各家貴女們身上華麗的穿戴，雲意晴心中好生羨慕。

等眾人打完招呼，這才有人發現了雲意晚和雲意晴的存在。

「這兩位是……」

喬婉瑩道：「呀，忘了介紹了，這兩位是我姑母家的表妹，姑母一家從前一直在外地，今年剛剛回京，表妹們也是第一次來這裡，還望大家能多多照顧。」

喬婉瑩面上一派真誠，看起來是真的忘了。

月珠縣主懂了喬婉瑩話中的意思，嗤笑一聲。「妳不說我還以為妳多了兩個丫鬟呢。」

人群中傳來了低低的笑聲，雲意晴覺得難堪極了，恨不得找個地縫鑽進去。

眾人笑了一陣，喬婉瑩才開口。「縣主……」

月珠縣主這才說道：「好啦，我知道妳脾氣好，做事周全，我不說就是了。」

喬婉瑩笑了，轉頭看向雲意晚姊妹。「表妹們莫要介意，縣主是直性子，人最是爽朗熱心。」

雲意晚並未多說什麼，她明白，既然想要打進不屬於自己的地盤，勢必會引來嘲笑，母親為了擠進京城上流圈子裡，在外想必沒少受到冷落。

嘲笑過後，眾人便聊起天來，雲意晴連忙站在喬婉瑩身邊，聽著眾人的話，努力附和著眾人，試圖擠進這個不屬於她的圈圈裡。

雲意晚逕自走在人群的末尾，欣賞著長公主府的景致，並未參與到這些人的談話中。

這時，一位身著天青色衣裙的姑娘走到了她身邊，低聲道：「雲姑娘莫要把他人充滿敵意的話放在心裡，仁者見仁、智者見智，愚蠢者……犯蠢。」

看清楚來人，雲意晚笑了。

這位是忠順伯爵府的嫡長女溫熙然，也是西寧表哥未來的妻子。

原來她這位表嫂這般有趣，前世見她時，她站在西寧表哥身邊，木著一張臉，沒什麼表情，話也不多說一個字。

「多謝溫姑娘。」雲意晚頓了頓，又道：「不過，捧高踩低是人之常情，若旁人不帶偏見之心，我當感激，如若不能，我也不會心生抱怨。」

溫熙然微微一怔，又笑了笑。「這話有道理。」

兩人正說著話，前面的人突然停下了腳步。

「那位冉公子可真是夠招搖的，頭上戴那麼一顆東珠，生怕旁人不知他家是暴發戶似的！」

「妳可小聲點，如今他姊姊正得聖寵，全家都輝煌著呢，萬一被他聽去了，小心給家裡父兄惹禍。」

「我們國公府會怕他？笑話！」

「我倒也不是說妳怕他，就是提醒妳別惹不必要的麻煩，像他們家這種招搖的性子，早晚要栽跟頭，紅不了幾年。」

月珠縣主回頭瞪了正碎嘴的兩人一眼，這二人思及月珠縣主對這位的喜歡，連忙閉了嘴。

雲意晚抬眸停下腳步，朝前看了過去。

只見對面走過來一行人，男男女女都有，裡面有皇子有貴女，也有各府的公子，這些人皆穿著華麗，笑得張揚肆意，最耀眼的就是走在最邊上的那位，面如冠玉，著一襲紫色華服，頭戴金冠，冠上有一顆東珠，在陽光下熠熠生輝，一時竟分不清究竟是東珠更耀眼，還是那一張臉更耀眼。

一旁的溫姑娘小聲道：「不說別的，這位冉公子長得可真好看啊，把一眾人都比了下去！」

雲意晚眼眸微閃，輕輕應了一聲。「嗯。」

很快，雙方相遇，都停下了腳步，互相見禮。

禮畢，月珠縣主朝前走了一步，朝著一人打招呼。「冉玠！」

冉玠客氣地點頭。「縣主。」

他的目光越過月珠縣主，看向了隊伍的最末尾。

月珠縣主絲毫不掩飾對冉玠的喜歡，不顧他態度冷淡，主動又道：「我昨日邀你去遊湖作詩，你說你病了，今日可好些了？」

冉玠隨口道：「哦，我冉家一介商賈，不懂作詩，怕丟了縣主的臉，故而沒去。」

月珠縣主的笑僵在了臉上，不過，看著冉玠那張堪稱絕色的臉，很快又自我修復好了。

「那你喜歡什麼，我改日攢個局，邀你一起啊！」

冉玠沒再理會月珠縣主，穿過人群，朝著隊伍最末端走去，一直走到雲意晚面前，停了下來。

時隔多年，再見到冉玠，雲意晚眼眶微熱，喃喃道：「阿烈，好久不見。」

聽到這個熟悉的小名，冉玠微微瞇了瞇眼。

好久不見？前些日子在寺中才見過，只是她不知道而已。

他輕啟薄唇，緩緩說道：「喲，這不是知州家的大小姐嗎？哦，不對，如今雲大人高升，是禮部員外郎了。」

語氣裡多少帶些陰陽怪氣，周圍的人都有些看不懂眼前的這一幕。

月珠縣主皺眉。「冉玠，你跟她是舊識？」

舊識？冉玠微微一笑。「說是舊識，見外了些，這位雲姑娘可是我的未——婚——妻！」

雲意晚抿了抿唇。的確，冉玠曾是她的未婚夫，不過，要加個「前」字，前未婚夫。

冉玠的話一出，周遭頓時一片寂靜，全都用眼神打量著他們二人。

三年前，皇上出宮南巡，帶了一位民間姑娘回京，這位姑娘便是冉玠的姊姊，也就是如今的冉妃娘娘。冉妃娘娘剛剛入宮時為貴人，兩年前產下一名小皇子，如今已晉升為冉妃。

「冉玠，你在開什麼玩笑啊，你何時訂親了？」二皇子笑著問道。

這話也說出了眾人心頭的疑惑。冉妃娘娘這幾年一直在為弟弟說親，這件事京城世家貴族都知曉，若他真的已經訂親，冉妃不可能再為他說親。

冉玠嘴角一勾，眼底盡是諷刺。

「三年前就訂親了，不過，一年前被人嫌棄退了婚，如今是自由身。」

雲意晚秀眉微蹙，周遭議論響起。

「啊？你被人嫌棄？這雲家也不過是從五品吧，怎麼敢嫌棄你？」

冉妃娘娘給弟弟說親，官職最低的也是四品官員的女眷，大多都是勛爵人家，這從五品官員之女，冉妃娘娘是瞧都瞧不上的。

喬婉瑩心頭也生出諸多疑惑，她從雲意晚的表情看不出什麼來，側頭看向了身側的雲意晴，只見剛剛還嘰嘰喳喳說個不停的人此刻正低著頭紅著臉，一臉尷尬的模樣，想來這位冉公子說的是真的。

這還真是有趣，姑母家竟然跟冉妃娘娘家結過親，如今還把冉妃娘娘一家得罪了。

「雲家敢退冉家的親？膽子可真不小，不過是區區從五品罷了，真以為來了京城就飛黃騰達了不成？也不照照鏡子看看自己這寡淡的模樣！」月珠縣主嫉妒死了！這個她瞧不上的女人竟然跟冉玠訂過親，而她連想見冉玠一面都難。

冉玠正欲再說什麼，看著雲意晚蹙起的眉頭，後面的話憋了回去，輕哼一聲，朝前走去。

月珠縣主瞪了雲意晚一眼，連忙跟了上去。

很快，雙方人都散了，雲意晚看著冉玠的背影，眼底有化不開的疑惑。

當初母親明明說冉家飛黃騰達了，瞧不上他們府的門第，提出了退親，為何在冉玠這裡好像反過來了呢？究竟誰說的是對的？

前世回到京城後，她深居簡出，很少出門，也沒參加長公主的壽宴，故而和冉家解除婚約後也沒再見過冉玠，也就沒聽他親口說這樣的話。後來再次聽說冉家的消息，是冉家出事了，冉家紅極一時，跌得也快，她都沒來得及再見見他，他便消失在她的生命中。

「姑娘，您沒事吧？」紫葉小聲問道。

雲意晚眼眸微動，思索片刻後道：「沒事，妳去給冉公子遞個消息，就說我在長公主府後花園明湖畔的小亭子裡等他，請他務必前來。」

紫葉有些遲疑。「姑娘……冉公子當初退親害您被嘲笑，如今他又倒打一耙，您又何必再找他，再說了，他如今跟皇子公主們在一處，也未必會來。」後面這句話聲音很小，像是生怕自家姑娘會難過一般。

雲意晚嘆了口氣，說道：「去吧。」

從剛剛冉玠的話以及他的反應來看，她想，他一定會來的。

紫葉無奈，只好去了。

雲意晚在亭子裡等了約莫一刻鐘左右，一抹紫色的衣角才出現在轉角處，很快地來到了她的面前。

「怎麼，雲姑娘不是瞧不上我冉家商賈出身嗎？如今覺得我冉家發達了，想要與我重修舊好？」冉玠出口依舊是諷刺，甚至比剛剛在眾人面前說的話還要難聽。
雲意晚靜靜看著冉玠，抿了抿唇，點出一個事實。
「當初我與你訂親之時，冉家只是商賈，並未與皇室有任何關聯，我雲家是否瞧不上冉家，你當明白才對。」
冉玠瞪了她一眼，一撩衣襬，坐在她對面。
「妳今日究竟找我何事，若是想再續前緣的話，那就——」
雲意晚說道：「你剛剛為何當眾說是我們雲府退的親，退親之事不是你們家提出來的嗎？」
冉玠看著雲意晚，嗤笑一聲。
「這本就是你們家上門來說的，怎麼，時間久了，想推到我冉家頭上了？」
雲意晚皺眉。「可外面不是這麼說的。」
冉玠不悅地道：「我姊姊進宮成了妃子，冉家地位比妳家高了，世人自然說是我家退的親，但妳我心知肚明，實則是妳母親親自去我家，找我爹娘退親！」
雲意晚大驚。「我母親親自去的？」
冉玠看著雲意晚的神情，漸漸回過味來。「妳不知道？」
雲意晚搖頭。「不知，這其中會不會有什麼誤會？」
冉玠不屑地道：「能有什麼誤會？那日我正好在家，親眼看到妳母親來府中退親，妳母親嘴上說著兩家差距太大，高攀不上我家，實則就是鐵了心想退親，不管我爹娘說什麼，她都執意要退親。」

雲意晚不解。她與冉玠相識多年，知曉他的性子，他沒理由說謊，可她實在想不明白，母親為何要在冉家最得勢的時候退親呢？

說起來，她與冉玠訂親時，冉家是揚州有名的商賈，家裡經營著布疋生意，家中富庶。兩人訂親一年後，皇上南巡，看中了冉玠的長姊，帶回京城封為貴人，而冉家也成了皇商。再過一年，冉貴人生下小皇子，晉升為妃，就在這時，母親卻突然上門退親……

這不合理啊！依著母親的性子，在冉家富貴之後應當更盡力維護兩家關係才對，為何反其道而行？

關於她的親事，總是有著諸多謎團。

「以前我也想不通為何，如今瞧著你們攀上了永昌侯府、定北侯府、長公主府，漸漸明白了，你們這是看不上我們家了，想攀高枝！」

雲意晚出聲反駁。「不是這樣的，我爹娘不是這樣的人。」

若她爹娘想攀高枝，後面就不會再把她許配給一個落榜的舉子了，只是，想到再後面他們強行把她嫁入侯府一事，一切又說不通了。

冉玠冷笑一聲。「哼，不是這樣的人？那妳母親今日在長公主府是在做什麼？妳母親來京之後又做了什麼？」

母親為了父親和兄長的仕途，最近的確一直在京城各權貴人家間周旋。雲意晚垂眸，沒有說話。

看著她的反應，冉玠心中更是煩悶，轉身便欲離開，不過剛走了幾步就被雲意晚喚住了。

「阿烈，你等等！」

聽到這個稱呼，冉玠心頭微顫，腳步也停下了。

雲意晚問：「你們冉家最近是不是正準備跟河東的蠶絲商趙家合作生意？」

沒有聽到自己想聽到的話，冉玠語氣不善。「是又怎樣，關妳何事？」

雲意晚說道：「我聽說趙家有問題，他們提供的蠶絲是假的，他們的身分也很可疑，若是要合作的話，你還是查清楚比較好。」

前世冉家出事後，雲意晚特意打聽過，得知是因為一批絲綢貢品有問題，被查出是冉家用了假蠶絲，冉家供出蠶絲是跟河東趙家進的，結果官府一查，發現這個所謂的趙家竟然並不存在，最終只能冉家揹下了所有罪名。民間議論都說是冉家靠勢升得太快、爬得太高，根基又太淺，生意場上得罪了人才被算計了。

冉玠轉身看向雲意晚，說道：「趙家是我長姊推薦的，妳覺得我是會信妳，還是會信我長姊？」

冉妃娘娘推薦的？雲意晚有些不懂了，難道當年冉家被算計，並非僅僅是商戶之間的競爭，還涉及到宮中？

冉玠說完便陰著臉離開了。

雲意晚回去時已經快要開席了，大部分人都已落坐，她一去，就成了焦點，不少人目光看向她，指指點點的。

雲意晚向來不怎麼在意外人的目光，任由眾人打量，從容地走到席末坐好。

不遠處，喬氏也是焦點，雲意晚耳邊傳來了自家母親的聲音。「我和我們家老爺是不怎麼在意門第的，世家也好，商賈也罷，只要人好、孩子喜歡，就訂了親事，可誰承想，沒過一年，人家發達了，這不就……哎……」

「你們當初沒嫌棄他們是商賈出身，他們發達了竟然還反過來嫌棄你們？真是不知禮數！」

「退了親也好，那樣的人家不能長久的。」

「不就是個商賈之家嗎，有什麼好得意的？」

喬氏說道：「哎，人家可是皇商，姊姊又是皇妃，我們就是普通五品官，配不上人家的。」

「別在意，我瞧著妳家女兒知書達禮，長得好，性子也好，將來定有好的姻緣。」

喬氏笑道：「哎，多謝各府夫人寬慰，只是我們小門小戶的，得罪不起那些人，還望夫人們莫要再提此事了。」

雲意晚抬眸瞥了一眼站在人群中的母親，臉色凝重，很想知道自己的親事在母親心中究竟算什麼？

喬氏利用和冉家退親一事在貴婦之間打開了話題，拉近了距離，回到座位上時，一臉神清氣爽。

雲意晴都快把頭埋進地裡去了，見母親回來了，連忙說道：「母親，您不知道，今日那冉玠在我們面前說了多難聽的話，處處譏諷長姊不說，還說了咱們府的不是。」

雲意晚沒做聲，抬眸看向喬氏。

「是嗎？」喬氏看了一眼長女，不以為意地道：「意晚，妳不必介意，事情已經過去一年了，孰是孰非眾人自有定論。」

那究竟誰是，誰又非呢？

雲意晚說道：「嗯。」

看著長女純淨的眼神，喬氏一陣心虛，眼角瞥到永昌侯老夫人時，轉移了話題。「妳們外祖母來了，快隨娘去給她請安。」

「是，母親。」

老太太的好心情在看到庶女時頓時散了一大半，喬氏恍若沒看到老太太神色驟變，笑著說：「母親，早就聽說您過來了，只是您一直在長公主那裡，女兒沒能給您請安，此刻見您來了，趕緊帶著意晚和意晴過來。」

姊妹倆向老太太請安。「見過外祖母。」

「嗯。」老太太神色始終淡淡的。

這時，一個年輕的男聲響了起來。「咦，這位表妹好生眼熟，好似在哪裡見過？」

眾人看向了說話之人，原來是喬琰寧，永昌侯府二房的長子。

雲意晚不禁覺得事情挺有意思的，前世她跟這位表哥第一次見面可不是在這裡，而是後來才在永昌侯府見面的，但他們初見時，表哥也說了同樣的話，說她瞧來頗為眼熟，至於眼熟的原因是像誰，她至今不知，因為她也就跟表哥說過那一次話而已，後來她出嫁了，二人甚少見面，即便見了也不同席。

喬婉琪默默吐槽兄長。「但凡好看的姑娘，三哥哥都眼熟。」

眾人聽到這話都笑了，看看喬琰寧，又看看雲意晚。

喬琰寧抬手敲了一下妹妹的頭。「怎麼說話的？我說的是實話，我是真的覺得這位表妹很眼熟，長得好像誰。」

喬氏眼眸微閃，手中的帕子攥緊了些，一旁老太太看到了喬氏的神情，皺了皺眉。

喬琰寧長得像已故的老侯爺，性子也像，是老侯爺在世時最疼愛的孫子，老太太愛屋及烏，也極疼愛這個孫子，此時見庶女心中不知在憋著什麼壞主意，深怕庶女胡說八道，壞了孫子的名聲，連忙道：「這是你姑母家的表妹，都是親戚，你瞧著眼熟也是常事。」

喬西寧看看表妹又看看堂弟，出來打圓場。「琰寧，走了，男賓那邊要開席了。」

喬琰寧仍在盯著雲意晚看，他是真的覺得好像在哪裡見過她，可怎麼都想不起來。祖母和堂哥都這麼說了，他也不好再多留，一步三回頭地離開了。

這點小插曲眾人沒放在心上，聊了幾句話後，長公主來了，隨後便開席了。

雲意晚這頓飯吃得有些不是滋味。自從剛剛遇到冉玠，她心緒就不像之前那般平和了，她原以為前世只有她嫁入侯府一事是解釋不通的，沒想到她跟冉玠的親事也是這般充滿了謎團。

她側頭看向母親，只見母親滿臉笑意，視線正看著永昌侯府一家人的方向，確切地說是在看瑩表姊。此刻瑩表姊正轉頭跟老太太說著什麼話，逗得老太太笑得合不攏嘴，摟著她說話，一副寵溺的模樣。

她恍然間發現，這一刻，母親的側臉與瑩表姊的側臉竟然出奇的像，比坐在身側的妹妹和自己還要像幾分。姪女像姑母，血緣可真是神奇。

飯後，賓客們各自上了自家馬車離開，永昌侯老夫人特意把長孫女喬婉瑩喚到身邊，祖孫倆共乘一輛馬車。

「今日祖母從長公主那裡得知，皇上有意讓貴妃娘娘為太子殿下選太子妃。」

喬婉瑩頓時心頭一喜。「祖母說的可是真的？」

老太太笑著說：「八九不離十了。」

喬婉瑩道：「可有說如何選？」

老太太道：「長公主私下透露了一點消息，說是皇上此次為太子選妃，更看重的是未來太子妃的禮儀、才華。」

說著，老太太笑著拍了拍孫女的手。

喬婉瑩臉上也露出一絲會心的笑。她從小就學習詩詞歌賦，於吟詩作賦上天賦極高，若皇上真重視這個的話，那麼她被選上的可能性極高。

老太太又道：「不過，長公主的意思是除了詩詞歌賦，可能還會看琴藝、棋藝、刺繡、騎射等等，其他的我都不擔心，只有刺繡和騎射是妳的弱項。」

喬婉瑩臉上的笑意減弱了幾分，但眼神依舊堅定。「孫女定會勤加練習的。」

老太太就喜歡長孫女這一點，道：「好。」

雲意晚回府後就回了自己的小院，坐在窗邊的榻上看著窗外想心事。

過了一會兒，她起身去正院找喬氏，得知喬氏正在換衣服，她在外間等了一會兒。

喬氏換裝好後，看著坐在外間的女兒問道：「怎麼沒去休息？」

雲意晚說道：「多謝母親關心，女兒不累。」

喬氏坐在椅子上喝了兩口茶醒醒神，看女兒的神色顯然心中有事，便主動問：「有事？」

「嗯……」雲意晚遲疑地看了看屋內伺候的人。

喬氏看懂了女兒的暗示，沒多問什麼，揮手讓屋內的人都退下了。

「說吧，何事？」

雲意晚抿了抿唇，問出了心頭的疑惑。「母親，女兒想知道，當初咱們府為何要與冉家退親？」

喬氏端著茶杯的手微微一頓，抬眸看向女兒。

「妳怎麼突然想起來問這件事，可是外面又有人說閒話了？」

雲意晚心微沈，她垂眸斂了斂心頭的情緒，道：「嗯，今日女兒在長公主府見到了冉玠，他說了幾句話，旁人便議論起我們二人的親事，故女兒有此一問。」

喬氏放下茶杯，拿起帕子擦了擦唇。「既然兩府已經退親，妳也不必太過在意此事，說起來當初跟冉家訂親便是委屈了妳，只是那時冉家的親事是劉知府的夫人提起的，劉知府又是妳父親的上司，不好推拒。後來我與妳父親覺得冉家哥兒是個品貌俱佳的，妳性子單純，冉家人口簡單，便同意了這門親事，再後來冉家姑娘成了妃子，又誕下皇子，他們府門楣比從前高了不少，自然就看不上咱們府了。」

雲意晚抿了抿唇沒說話。

喬氏接著道：「雖說如今冉家門楣高了，但歸根結底還是商賈，妳父親既已回了京城，咱們又跟長公主府、永昌侯府有了聯繫，自不會再委屈妳，把妳嫁入商賈之家，母親定會為妳說一門好親事。」

雲意晚垂眸。「多謝母親。」

從正院回來後，雲意晚便坐在榻上看著窗外的海棠樹發呆。

黃嬷嬷和紫葉見她心情不好，便吩咐院子裡的人小聲些，莫要吵到了主子。

雲意晚看著從樹上飄落的海棠樹葉，心裡仍在想今日的事情。剛剛去正院問母親退親一事時，她覺得母親的反應非常奇怪，按照母親先前對外的說辭，是冉家主動與他們退親，而不是雲府主動，可剛剛自己話語中刻意說是自家主動退親，以母親的性子，應該會先反駁她才對，可母親並未這麼做，而是根本沒聽出話中的玄機。

說起來妹妹的性子很像母親，若是在外面被其他門第高的夫人貴女欺負冷落，回頭定要發脾氣，即便是事情過去再久，提起此事也會憤怒地罵上幾句。

但異常的是，對於被退親一事，母親的反應卻過於平靜了。母親雖然把原因推到了冉家那邊，但話語中沒有一絲不悅，甚至聽得出有一絲輕鬆喜悅，好像對冉家退親一事很開心似的。

母親口口聲聲說會為她找更好的夫婿，若沒有經歷前世的事情她或許就信了，可從結果來看，最終母親為她尋的依舊是普通人家，而那時母親的說辭跟先前與冉家訂親的理由一致——

「意晚，妳不善交際，又不喜熱鬧，梁家人口簡單，正好適合妳……」

那時母親很想快些把她嫁入梁家，但梁家堅持要在兒子中了舉有功名之後再來迎娶。然而在梁大哥中了狀元，梁家來府中商議親事時，母親卻又以兄長的腿傷為由推遲了親事，跟梁家言明，要等兄長成親之後再辦兩家的親事。

沒過多久，瑩表姊死了，她便與梁家退親，嫁入了定北侯府。

關於與梁家退親的緣由，她一直認為是母親希望她嫁入定北侯府，所以才解除婚約，可今日聽了冉玠的話，她發現事情或許跟她想的不一樣。

第一次訂親，冉家當時僅僅是商賈，家中無人入仕。退親之時，冉家長女已經成了宮中寵妃，並育有皇子，冉家也成了皇商，家大業大。

第二次訂親，梁家雖有一門顯赫的親戚，但他們家只有孤兒寡母，且梁大哥秋闈落榜，只是一名秀才，家中只有幾畝薄田。後來退親時，梁大哥已考中狀元，入職翰林院，前途無量。

若只有梁家的事她或許還不會多想，但兩次訂親放在一起，很明顯能看出問題——她兩次親事都是在對方落魄時訂親，卻在對方發達時退親。

母親是……故意這麼做的嗎？

這時，遠處天際突然傳來了滾滾雷聲，雲意晚心中一顫，清醒了幾分，抬眸看向了天空，天上不知何時布滿了烏雲。

深秋的雨說下就下，屋外傳來一絲涼意，豆大的雨打在窗前，「嘎吱」一聲，門從外面推開了，紫葉匆匆進來了。

「姑娘，外面下雨了，小心染了風寒，您去裡間歇著吧。」

雲意晚還陷入沈思中。母親口口聲聲為她著想，以她不善交際、身子弱為由幫她安排家境普通的人家，但卻費盡心思把妹妹嫁入國公府，母親難道不知妹妹性子直，更不適合嫁入公爵府嗎？

母親那般疼愛妹妹，卻依舊為了自家利益把妹妹的親事視為工具，而不是為妹妹找一門適合的姻緣，又怎麼會為她這個不受寵的長女多有著想？母親究竟在想什麼……

「姑娘，您去裡間歇著吧，雨大著呢。」紫葉又提醒道。

雲意晚看著屋外的雨滴、落葉，心情沈重，應了一聲。「嗯。」

待雲意晚離開，紫葉走過來把窗子關上了。

自從白天在長公主府上見到了雲意晚，冉玠心情就再也難以平復，離開長公主府後他就早早回了自家府中，躺在床上睡了一會兒，醒來時外面天色已晚，甚至下起了雨，他心中更覺煩躁。

「來人！」

「少爺。」

「父親回來了嗎？」

「老爺已經回來了，正在書房與人議事。」

「好，我去一趟書房。」
元寶看了一眼自家少爺，少爺因不滿老爺想為其安排親事，已經跟老爺鬧了小半個月，今日怎地主動想去找老爺了？
冉玠等父親的客人走後，進入了書房。
冉老爺今日心情顯然不錯，看到不聽話的兒子也並未發火。
「聽說你今日去了英華長公主府，可有見著月珠縣主？」
冉玠眉頭微不可察地皺了皺，道：「父親，我身上一沒有功名，二沒有官職，配不上縣主，此事您莫要再提了。」
冉老爺臉色頓時就冷了下來，正欲訓斥兒子，被兒子打斷了。
「父親，剛剛那位可是趙家的管事？」
冉老爺沒好氣地說道：「是。這事你不用管，你先好好與縣主相處……」
「父親可有查過趙家的底細？」
「你年紀也不小了……趙家……什麼？」
冉玠一撩衣襬坐了下來。「長姊久居深宮，她介紹的人未必可靠，我們還是要謹慎些。」
冉老爺眉頭皺了起來。「你多慮了，你長姊雖久居深宮，但身分尊貴，旁人哪敢欺瞞於她。」

冉玠冷笑一聲。「或許旁人正是利用了這一點呢？如今宮裡宮外想抓咱們冉家錯處的人可多得是。」

冉老爺沈默了。兒子雖然在親事上不聽從他的安排，但在生意上從未出過任何差錯。

冉玠道：「父親不必擔心，兒子會查清此事，不過，在兒子有結論之前，父親請先不要與趙家合作。」

冉老爺雖然覺得兒子有些多此一舉，但還是同意了，謹慎些總是好的。

從書房出來後，冉玠的神色就不太好看，一旁的小廝元寶為其打著傘，好奇地問：「老爺不是已經同意了嗎，少爺怎麼還不高興？」

冉玠瞪了小廝一眼，不想回話。他的確很不高興，但氣的不是他爹，而是自己，明明雲意晚都拋棄了他，他竟還相信她的話。

與此同時，雲意晚也帶著點心與紫葉一同來到前院找父親，有些事情她想證實一下。

見女兒前來，雲文海非常開心。

「這麼晚了，還下著雨，妳怎麼過來了？」

雲意晚把點心盒放在桌子上，笑著說：「女兒幾日沒見著父親，想您了。女兒知曉您晚上喜歡看書，特意給您做了些點心送過來。」

雲文海看著桌子上的點心，笑意更甚。「妳有心了。」

「父親嚐一嚐好不好吃。」

「好。」說著，雲文海拿起點心吃了一口，邊吃邊點頭。「嗯，不錯不錯，手藝又精進了。」

吃了些點心，雲文海便問起女兒最近的生活，話題自然而然談到了今日去長公主做客一事，這正是雲意晚今日來書房的目的。

雲意晚說道：「父親，女兒今日見到了冉玠。」

一聽冉玠的名字，雲文海神色立即變了，他放下手中吃了一半的糕點，問道：「他說了什麼，是不是欺負妳了？」

雲意晚看著父親眼底濃濃的擔心，抿了抿唇，搖頭。

雲文海卻不這般想，長女向來貼心，從不會抱怨他人，今日定是受了委屈的。

「他冉家不過是商賈，咱們當年與他們家訂親已是自降身分，沒想到他們後來竟然還嫌棄咱們，這種背信棄義的人家定不會長久！意晚，妳莫要把那小子放在心上，爹爹將來定會為妳尋一門更好的親事，比他們冉家好一千倍、一萬倍！」

父親這般表現和母親截然不同。母親脾氣大，向來遇到一點事便要發火，父親正好相反，甚少會發火，可面對退親之事，二人卻展現和平日不同的反應。

「父親，當年是冉老爺親自來咱們府退親的嗎？」

「哼，他哪有臉！」雲文海譏諷道：「他們是既要裡子又想要面子，一再讓他的夫人暗示妳母親，逼著咱們府與他們退親，正好這門親事為父也不滿意，兩家便商議好退了親。」

當年之所以給女兒定了這樣一門親事，是因為夫人說冉家夫人和知府夫人是表姊妹，關係甚篤。他當時初到揚州諸事不順，在官場上被排擠，為了拉近與知府大人之間的關係，才有意結親，後來見過冉玠，覺得這孩子不錯，這才同意了，事後想想，多有後悔，覺得這門親事著實委屈了女兒。

雲意晚知曉父親的性子，有些重權勢又愛面子，想來在父親看來，這件事是冉家逼著自家退了親，如此恰恰證明與冉家退親一事沒那麼簡單。

雲意晚又與父親聊了一會兒，便從書房出來了。

不多時，主僕二人回到了小院，雲意晚進了房，紫葉連忙吩咐小廚房去熬薑湯。

不多時，一位身著豆綠色衣裙的婢女端著薑湯從外面進來了。

「姑娘，薑湯熬好了，還有些熱，您喝的時候慢些。」

「好。」雲意晚特意看了一眼面前的婢女，神情若有所思。

婢女說完話便默默退下了。

看著再次被關上的房門，雲意晚問紫葉。「我記得小薈的娘在正院伺候？」

紫葉回道：「對，她娘在夫人院子裡，白日裡幹些灑掃的活，晚上偶爾值夜看門。」

雲意晚點點頭，喝了幾口薑湯。薑湯還有些燙，薑味濃郁，有些辛辣，她忍住不適，趁熱把薑湯喝完了。

第五章

第二日一早，黃嬤嬤從櫃子裡拿出了一件薄襖。

「一場秋雨一場寒，外面冷了，姑娘加件衣裳。」黃嬤嬤道：「這衣裳是我前幾日剛做好的，正好用上了。」

雲意晚穿上黃嬤嬤做的襖子，大小正合適。黃嬤嬤瞧著自家姑娘穿上的樣子，臉上笑意加深。

「謝謝嬤嬤。」

「姑娘這是說的哪裡話，這都是我應該做的，您打小就愛穿我做的衣裳，旁人想要這個福氣還沒有呢。」

聽到這話，雲意晚心頭微微一動。

母親的繡技不錯，但她似乎從來沒穿過母親親手為她做的衣裳，可她記得小時候母親常常為妹妹做衣裳……

「姑娘，您怎麼了，可是哪裡不舒服？」黃嬤嬤見她臉色不太好，問道。

雲意晚看著黃嬤嬤擔心的神色，搖了搖頭。「沒事。」

她很掙扎，明知身為女兒，她不該這般想自己母親的，可懷疑的種子一旦種下，便會輕易在心裡生根發芽，從前那些她不甚在意的事情也一下子成了佐證。

黃嬤嬤琢磨了一下，道：「我聽紫葉說，您昨日在長公主府見到冉家公子了？」姑娘昨日回來便不開心，今日神色依舊不好，想來便是因為那冉家了。

雲意晚輕輕應了一聲。「嗯。」

黃嬤嬤嘆了口氣，道：「那冉家飛黃騰達之後便背信棄義，是小人行徑！您又何必為此事難過？如今您救了幾位世家公子，連長公主都點名讓您參加宴席，再加上有了永昌侯府這外家，冉家說到底也是商賈之流，您將來要說的親事定會比那冉家強，您這般好，總有他們後悔的時候。」

雲意晚抿了抿唇，看向黃嬤嬤。「或許事情並不是這樣的。」

黃嬤嬤一臉詫異。「啊？」

事情沒徹底搞清楚前，雲意晚也不想下肯定的結論，她握住嬤嬤的手說道：「嬤嬤，您坐，我有話想問您。」

黃嬤嬤坐在了一旁的椅子上。

「有個問題我想問您，希望您能如實告訴我。」

看著姑娘鄭重的模樣，黃嬤嬤也多了幾分認真。「姑娘您說。」

雲意晚問道：「母親是從何時不喜歡我的？」

母親這般待她，總該有個緣由，她想知道這個緣由究竟是什麼，如此才好對症下藥。

黃嬤嬤神色立即變了。夫人一直不喜歡大姑娘，大姑娘也因此事而介懷，但她怕姑娘多思傷身，每次都會寬慰她，沒想到大姑娘還是如此放在心裡。

「姑娘，您這是說的哪裡話，天底下哪有不喜歡自己女兒的母親……」

雲意晚看著黃嬤嬤，認真地說道：「嬤嬤，母親這些年對我如何，我心裡清楚，只是我的記憶大概在三、五歲時，再往前的事情就不記得了，還望嬤嬤說實話。」

黃嬤嬤張了張口，最後又閉上了，嘆了口氣後道：「夫人一共三個孩子，的確對您最不上心，不過，十指有長有短，總有個親疏遠近的，您也不必為此傷心難過，人人都有眼睛、有心，知道您才是府中最優秀的姑娘，您看，老爺和大少爺都最看重您。」

雲意晚猜測道：「所以母親是從我生下來就不喜歡我嗎？」

黃嬤嬤發現這次大姑娘是認真的，從前大姑娘也常常問這樣的問題，但每次她寬慰幾句，大姑娘便不會再多問，今日大姑娘卻一再追問。

大姑娘聰慧，定是早就察覺夫人不喜歡她，從夫人為大姑娘訂的親事也看得出來夫人的偏心，大姑娘若是早一日認清現實也好，免得再被夫人塞一門寒酸的親事。

「嗯。」黃嬤嬤點頭。「您生下來之後夫人就把您交給我了，她很少去看您，也幾乎不抱您，後來又嫌您哭鬧吵得她睡不好覺，便把您單獨安置在偏院。」

雲意晚第一次聽說這樣的事情，臉色有些難看。妹妹從出生後就是母親親自帶著的，直到妹妹十歲時才搬去跟她在同一個院裡住，直到現在妹妹也常常去母親那裡過夜。

她不明白，既然母親不喜歡她，當初為何又要生下她？

雲意晚緊了緊手中的帕子，問：「嬤嬤可知母親為何這般不喜歡我？」

黃嬤嬤看著大姑娘眼底的難過，搖了搖頭。

「其實我也一直沒想通原因，自從夫人有了身孕，就把我安排在她院子裡伺候，您在她肚子裡時非常乖巧安靜，夫人也對您很上心，常常請大夫過府來把脈，看得出來夫人很期待肚子裡的孩子，可不知為何，自從生下您之後，夫人看您的眼神就變了。

「夫人是在侯府生您的，她臨近生產前突然收到孫姨娘身子不適的消息，便趕回侯府看她，當時下著大雪，夫人住了幾天，直到生下您當日才抱著您回來，我還納悶夫人怎麼不留在侯府養養身子，何苦一生完就趕著回來？後來我隱約聽說孫姨娘被侯府老夫人罰了，也不知為什麼，總之我猜測當時在侯府必定出了什麼事。」

孫姨娘是前永昌侯的妾室，也是喬氏的生母。

雲意晚聽得眉頭緊鎖，不知究竟發生了何事，能讓母親厭惡她至今，看來，要調查清楚當年的事情得從永昌侯府下手了。

黃嬤嬤看著大姑娘難看的神色，伸手握住了她的手。「姑娘，我本不該與您說這些的，不想惹您不高興，您今日這般問，想必是有緣由的，但不管是何種緣由，我希望您不要因為夫人的薄待而難過，多想想老爺和大少爺，他們是真心喜歡您的，說到底這個家還是老爺作主，將來也是大少爺作主，您多孝順老爺，老爺定會為您尋一門好親事。」

雲意晚心中一熱，反手握住了嬤嬤的手，哽咽道：「好。」

吃過早飯，雲意晚心中仍不平靜，她帶上前幾日新買的襖子和書，去了府中放置雜物的院子看弟妹。

她來到雜物間時，只見意平正坐在屋裡看書，意安則坐在房簷下繡花。

看著二人身上的舊襖，雲意晚把新襖遞給他們。

意安看著身上的新襖，臉上的笑意加深，眼睛彎彎的，雲意晚抬手摸了摸她的頭，然後又把特別準備的書給了意平，隨後檢查了一下雜物間，看著又薄又舊的被子，對紫葉吩咐了幾句。

紫葉轉身離開了院子，不多時便拿來兩床新的被褥。

雲意晚來到簷下，和意安坐在一處，看著她繡的荷花，她滿意地點了點頭。「我們家安安可真棒，今日阿姊教妳繡牡丹，可好？」

意安抿唇，笑著點了點頭。

雲意晚這一待便是一日，和弟妹在一處看書繡花，煩躁的心情漸漸平復下來。

「意平，以後若是缺什麼東西便去我院子裡要，聽到沒？」

意平沒說話。

「你和安安若是病了，阿姊會心疼的，別讓阿姊擔心，好嗎？」

意平眼神微動，點了點頭。

「你好好讀書，等你們長大了，阿姊定會幫你和意安光明正大走出這裡。」

聽到這句話，意平眼眶一下子紅了。

雲意晚揉了揉意平的頭，離開了小院。

回到自己院子後，雲意晚坐在了窗邊，看向屋外。一場秋雨過後，院子裡的樹稀疏了不少，樹葉落了一地。

看著正在院子裡打掃樹葉的小薈，雲意晚道：「紫葉，明日起，妳讓小薈留意正院的一舉一動，母親若是出門的話提前告知於我。」

關於她與冉玠退親一事，冉玠、母親、父親各自的說辭截然不同，這裡面定然有隱情。

她原以為只要瑩表姊好好地嫁入定北侯府，長命百歲、一世安穩，她就能避免前世的厄運，可如今看來，她的厄運不僅僅與表姊有關，她依舊會一再退親，而母親不知又會給她安排什麼樣的親事。

事關自己的婚姻與性命，她定要弄個明白才行，而最好的缺口便是母親！

姑娘向來不關注他人的事，今日突然這樣吩咐，紫葉微微有些詫異，但還是應道：「是，姑娘。」

去過長公主府之後，喬氏的應酬顯然比之前多了，而雲意晚一改之前的態度，時常提出想要跟著喬氏出門，至於雲意晴，因為在外面受到了不少冷待，倒是不怎麼愛出門了。

喬氏雖然不太喜歡讓長女出門，但長女會說話會辦事，在外倒是幫了她不少忙，日子久了，她也就沒再說什麼。

很快，一個月過去了，雲意晚也在這段時間漸漸摸清了母親的態度。

相較於自己，母親更喜歡帶著意晴出門，她樂於跟各家夫人介紹意晴，話裡話外要為意晴找個好夫婿，每每有夫人提及意晴的親事，母親總要多問幾句；相反的，母親對她的親事並不上心，有夫人提及時，母親甚至會岔開話題。

這段時日去別的府邸母親都帶著她，但有兩次去永昌侯府時，母親刻意不帶任何人，事後她問起時，母親話語中遮遮掩掩，隱瞞了自己去侯府一事。

回自己娘家有什麼好隱瞞的？除非這裡面另有隱情。

她覺得母親似乎特別不想讓她去永昌侯府，解開謎團的關鍵應該就在永昌侯府。

這一日，雲意晚正坐在窗邊繡著帕子，紫葉從外面回來了。

「姑娘，夫人吃過午飯後和王嬤嬤出門了，現在剛剛回來，一臉喜色，馬房的小廝聽到她們好像說起了永昌侯府。」

母親今日身上不爽利，免了兒女的請安，一上午都在正院裡休息，怎地中午突然出去了？最近母親的行為舉止頗為奇怪，常常悄悄地去侯府。

雲意晚想了想，放下手中的針線道：「小薈好幾日沒去找她娘了吧，晌午我新做了點心，讓她帶去給她娘嚐一嚐。」

紫葉說道：「是，姑娘。」

半個時辰後，小薈從正院回來了，將母親那裡得到的第一手消息鉅細靡遺的交代出來。

「母親說，夫人和王嬤嬤回來後就差人去找二姑娘，我去了沒多久，二姑娘就來了，和夫人在裡間談話，屋裡伺候的人都被攆了出去，沒多久二姑娘就出來了，神情看起來很開心。」

紫葉有些著急地問：「就沒人聽到什麼隻言片語嗎？」

小薈搖了搖頭，紫葉很失望。

雲意晚沈思片刻，抬眸看向小薈。「我記得妳有個弟弟在外院幹活。」

小薈不知大姑娘是何意，但還是如實地說：「對，我弟弟今年十三歲，在外院灑掃。」

雲意晚說道：「大少爺如今中了舉，年後若是考中，必會授官，屆時他身邊便不會只有兩個隨從，我聽說妳弟弟做事索利，頭腦靈活，看來很適合留在大哥身邊跑跑腿。」

她知道小薈的弟弟名叫小栓子，前世兄長突生變故，性情大變，府中人都不願去伺候他，小栓子一直在兄長身邊伺候著，人倒是挺忠心的。

小薈眼前一亮。大少爺學問好，將來前途無量，在外院灑掃哪裡有在大少爺身邊伺候有前途，她連忙跪在地上給雲意晚磕頭。「多謝大姑娘提攜！」

紫葉看了雲意晚一眼，又看向小薈。「妳還不快把這個好消息告訴妳娘。」

小薈看看紫葉，又看看雲意晚，頓時明白過來。

「好，我這就去。」

雲意晚端起茶。「嗯，去吧。」

若想讓人辦事，須得給些好處，而最有效的方法就是給對方想要的東西。她不喜歡耍手段，可有些事若不用些手段很難辦成。

她只想要一個真相，要一個公平，不想再渾渾噩噩地被人安排！

晚上，小薈再次過來了。

「姑娘，我娘打聽到了下午夫人和二姑娘說的事，原來後日京郊圍場有一場秋獵，宮裡的皇子和京中一些世家公子和小姐們都會去，侯府老太太同意二姑娘跟著侯府的姑娘們一同去，夫人下午讓王嬤嬤出門去給二姑娘做了一身騎裝。」

雲意晚有些納悶，秋獵？如今已是深秋時節，馬上要入冬了，怎麼突然舉辦秋獵了？而且妹妹並不會騎射，母親特意讓妹妹去，還避開她，神神秘秘的。

這時，小薈又說了一句。「剛剛小栓子已跟我說，程大管事把他調去了大少爺的院子裡，多謝大姑娘。」

雲意晚回過神來，看向小薈。「妳好好做，我自不會虧待於妳。」

小薈連忙道：「大姑娘對我們家有再造之恩，我娘特別感激大姑娘，以後定會聽大姑娘差遣。」

小薈走後，雲意晚心頭仍舊有諸多不解。

外祖母明明不喜母親，也不喜歡妹妹，為何會同意讓妹妹跟著一同去秋獵？母親這一個月以來頻頻去永昌侯府，難道是和外祖母達成了什麼交易不成？

若二人真的達成了交易，那定是母親許諾了什麼好處，外祖母才會給妹妹這次機會，會是什麼好處呢？

雲意晚琢磨了許久也沒想通，天色已晚，看著屋內昏黃的燭光，她決定不想了，既然想不通，不如親自去看看。

這次秋獵的安排想必不簡單，母親籠絡了那麼久，妹妹都只能跟著永昌侯府去，不能以雲家的名義去，她若是去求父親恐怕也沒用，只能靠她自己了。

當晚，雲意晚坐在書桌前寫信。她是右撇子，但左手也能寫字，兩隻手的筆跡完全不同，為了避免不必要的麻煩，這封信她特意用左手寫的。

寫好之後，她用火漆把信封了起來，交給紫葉，囑託道：「明日一早就讓人送去太傅府給陳大公子。」

自從上次燕山一事，陳大公子便把她視為恩人，時常慰問，也偶爾託兄長送些東西，只是她一樣也沒收。這回她想著，既然對方一直記著這份恩情，不如用掉，安了彼此的心。

紫葉應道：「是，姑娘。」

陳大公子辦事效率極高，不到午時，便有一封帖子送到了雲府。

雲意晚正在屋裡看書，正院突然來了人，說母親讓她過去一趟。到了正院，她看到了幾名內侍。

「這位想必便是雲大姑娘吧？」內侍問道。

雲意晚心中頗為疑惑，這些宮中的內侍怎會來了家裡？她看了一眼母親，只見母親神色不太好看，難道……出了什麼事？

雲意晚穩住心神，朝著內侍福了福身。「見過公公，小女雲意晚。」

內侍很滿意雲意晚的態度，笑著點了點頭。「雲大姑娘客氣了。貴妃娘娘聽說雲姑娘之前在燕山做的義舉，很是欣賞雲姑娘的機智果敢，明日貴妃娘娘在京郊馬場辦了一場秋獵，特邀請雲姑娘前去放鬆放鬆。」

雲意晚心頭詫異不已，她沒想到此事竟然驚動了貴妃娘娘，原以為只是京城世家之間的一次聚會，看來並不簡單，怪不得母親沒法弄到請帖，只能讓妹妹隨永昌侯府去。

她正欲回話，被喬氏出言打斷了。

「多謝貴妃娘娘抬愛，公公有所不知，我家長女身子弱，於騎射一事一竅不通，去了也只能站在一旁看著，怕是會掃了諸位皇子公主的興致，還望公公跟貴妃娘娘說一聲，我家長女就不去丟人現眼了。」

雲意晚驚異地看向母親，從來沒有這麼一刻，讓她覺得母親是那樣的陌生。妹妹不懂騎射，母親千方百計去求人，以求獲得一次在貴人面前露臉的機會；她不懂騎射，母親也去求人，求的卻是把機會推出去。

皇后娘娘薨逝多年，顏貴妃等同於後宮的主子，在她身邊伺候的內侍在哪裡都要高人一等，何時被人拒絕過？聽到喬氏的話，內侍的臉色立馬沈了下來，尖細的嗓音在花廳內響起。「夫人這是想要抗旨嗎？」

喬氏看著內侍凌厲的眼神，心中一顫，忙解釋道：「我……我不是那個意思。」

雲意晚收回看向母親的目光，再次對內侍福了福身。

「公公請息怒，家母只是不放心小女剛從揚州來京，不懂京中的規矩，怕在外惹怒了貴人，故而說了剛剛那番話。但請您放心，家母絕沒有抗旨之意，我雖不通騎射，但也知曉這是貴妃娘娘對我的厚愛，萬不敢推辭，今日我會在府中好好學習規矩，定不會辜負了貴妃娘娘的盛情相邀。」

內侍臉色這才漸漸緩和了。

臨走前，雲意晚讓黃嬤嬤去準備了些銀錢給來送帖子的內侍。

「還望公公莫要把剛剛的事情說出去。」

內侍打開荷包看了看裡面的銀子，滿意地點了點頭，往前走了兩步，又停下步子，回頭說了幾句。「雖時間倉促，但姑娘還是要好好準備明日的秋獵才是。咱家瞧著姑娘品貌俱佳，一看便是有大造化的，莫要被家人所累。」

雲意晚微微一怔，客氣地道：「多謝公公提點。」

把內侍送走後，黃嬤嬤心疼地說道：「您月例本就不高，今日又送出去那麼多，明明是夫人說錯話，怎地還讓姑娘您出錢善後。」

黃嬤嬤從前一直在雲意晚面前說喬氏的好話，緩和母女間的關係，自從上次雲意晚流露出對喬氏的懷疑，黃嬤嬤便不再像從前那樣了，尤其是今日，貴妃娘娘親自下旨請雲意晚參加遊獵，夫人竟然張口便要拒絕，更是讓她心頭不適，夫人也太偏心了！

雲意晚說道：「雖是母親得罪了宮裡的內侍，但若是不安撫好，難免他在宮裡的主子面前說府中的不是，屆時遭殃的只會是父兄。」

黃嬤嬤嘆了下氣，沒再說什麼。

雲意晚剛剛回到院中，雲意晴就過來了，一進來，她便直接問道：「姊姊，聽說貴妃娘娘給妳送來了帖子？」

雲意晚道：「對，確有此事。」

雲意晴心中嫉妒死了，母親費盡心思才在永昌侯府給她安排了一個位置，長姊什麼都沒做卻能得到她想要的。

「娘娘為何會特意給妳下帖子？」

雲意晚垂眸，隱去了她給陳伯鑒寫信一事，道：「聽內侍的意思是因為燕山一事。」

雲意晴想了想，說道：「那妳把帖子讓給我吧。」

聞言，雲意晚抬眸看向她。

雲意晴看著雲意晚平靜無波的眼神，有些心虛，但還是鼓起勇氣再次說道：「反正妳也不愛出門，不喜歡應酬，我喜歡熱鬧，不如妳讓給我吧。」

雲意晚說道：「恐怕不行。」

這還是她第一次拒絕。雲意晚向來不跟妹妹爭，雲意晴想要什麼她都給。

雲意晴頓時就不高興了。「為何不行？」

雲意晚耐心解釋。「這是貴妃娘娘親自下的帖子，帖子上寫的是我的名字，若我不去的話，便是不給娘娘面子，恐會惹怒宮裡的貴人。」

雲意晴越發不悅。

雲意晚安撫道：「雖不能直接把帖子給妳，但——」她可以帶著妹妹一同前往。

她話未說完，就被雲意晴打斷了。「咱們是親姊妹，這麼點小事妳都不答應我，說到底姊姊就是捨不得這樣的好機會吧？原先我以為姊姊什麼都不在乎，原來是姊姊瞧不上罷了，我告訴妳，這是母親的意思，妳不給也得給。」

聽到後面這句話，雲意晚的臉色立馬冷了下來。

她性情溫和，從來沒跟妹妹發過火，此刻這副樣子把雲意晴嚇到了，不敢再說話。

雲意晚沈聲道：「那妳讓母親親自來跟我說。」

雲意晴沒料到長姊今日竟然這般強硬，心裡憋屈極了。

「妳平日裡老說要讓著我，我真求妳的時候妳就不同意了，原來姊妹情深都是假的，妳不過是在人前做做樣子罷了！」

這話著實傷人心，雲意晚也被氣到了，她平日什麼都讓著妹妹，只有今日拒絕了，沒想到對妹妹來說，這一次拒絕就抹殺了過去她所有的好。

「意晴，妳走吧，我只當妳這番話是氣話。」

雲意晴看著長姊平靜無波的臉，心頭的火更加旺盛了。

「妳根本就沒把我當親妹妹疼！妳教雜物間那兩個賤人讀書繡花，卻從未教過我，對他們兩個人分明比對我好，妳以後莫要在外面擺出一副長姊的姿態管我，讓人噁心。」

這話徹底惹惱了雲意晚，她看向雲意晴的眼神格外冷。

「不管妳願不願意承認，意平和意安都是我們的弟妹，我不強求妳多愛護他們，但妳不該欺負他們，也不該說這種羞辱人的話。」

長姊竟然為了那兩個野種批評她！雲意晴心中委屈極了，眼眶一下子就紅了，轉身就要離開，雲意晚的聲音在身後響了起來。

「還有，意晴，妳說我沒有盡到長姊的責任，那妳可有把我當成姊姊？母親昨日就告訴妳要去秋獵的事情吧？既然妳來質問我，我也想問問妳，妳聽說了這件事之後有想過要帶我一起去嗎？還是說，妳不僅沒想過帶我去，甚至特意交代身邊的人不准透露消息，以免我搶了妳的風頭？」

雲意晚一下子就把姊妹間的遮羞布掀開了。

雲意晴猛然回頭為自己辯駁。「我沒有，妳別亂說。」

雲意晚說道：「有沒有，妳心裡明白。」

看著長姊彷彿透視一切的眼神，雲意晴心慌意亂，眼淚一下子就流了出來，哭著跑了出去。

雲意晚閉了閉眼，心頭煩躁不安，長長嘆了一口氣。

她剛剛的話是重了些，自從開始懷疑母親後，她的心便不像從前那般平靜了，連帶著對妹妹也少了幾分耐心。

但意晴又有什麼錯呢？她還小。

「紫葉，去看看她，讓妹妹身邊的春雨多照看她。」

「是，姑娘。」

過了半個時辰，雲意晚聽紫葉說妹妹在院子裡練習射箭，鬆了一口氣，心想妹妹此刻應該還在氣頭上，等明日一早再邀她同去秋獵吧。

紫葉說完事並未離開，而是吞吞吐吐地說道：「姑娘，還有一事……」

雲意晚抬眸問道：「嗯？」

紫葉往前走了半步，低聲道：「我剛剛去打聽了一下，二姑娘來咱們院子裡鬧之前先去了正院，她是從正院離開後才直奔咱們院子。」

雲意晚眼眸微動。所以，妹妹剛剛說母親提議讓她把帖子讓出去的事極有可能是真的。

她沈聲道：「嗯，我知道了。」

第二日一早，雲意晚去了正房用飯。飯桌上，得知長女的帖子是貴妃娘娘親自指名給的，雲文海很是開心。

「意晚，騎射一事妳不通，去了之後在一旁看著就好，不必逞強，注意安全。」

雲意晚心裡暖暖的。「多謝父親寬慰，女兒記住了。」

雲意晴昨日剛跟姊姊吵架，此刻心頭的氣還沒消，陰陽怪氣地說道：「今日是秋獵，不會的話還去做什麼？那還不如在家繡花好了。」

雲文海的臉立即冷了下來。「愚蠢！咱們青龍國重文輕武，精於騎射的就沒多少人，與其逞強比試丟人現眼，不如在一旁安安靜靜看著。妳長姊是貴妃娘娘邀請的，這是娘娘給咱們家的榮耀，怎能拂了娘娘的好意！」

被父親說教，雲意晴心裡憋屈極了，看向自家母親。

喬氏說道：「老爺，您少說兩句吧，意晴不過是擔心她姊姊罷了。」

雲文海瞥了一眼次女。「再擔心也不能說這種愚蠢的話，妳今日在外給我老老實實的，莫要惹禍！」

長姊是家裡的榮耀，她就是個惹禍精……父親也太偏心了！雲意晴噘著嘴，一個字也沒說。

見次女這番表現，雲文海不放心地看向長女。「意晚，妳好好看著妳妹妹，別讓她惹禍。」

若是從前，雲意晚定會答應下來，可聽到剛剛意晴的那一番話，再想到昨日發生的事情，饒是她再疼愛妹妹，心頭也有些不適。

「妹妹今日跟著永昌侯府前去，位置可能跟我不在一處。」

雲文海並不知此事，看向喬氏問道：「意晴跟著侯府做什麼，為何不和她姊姊一起？」

喬氏瞥了長女一眼。「這不是提前跟侯府說好的嗎，不好再改了。」

意晚被安排的位置肯定不好，意晴只有跟在瑩姑娘身邊才有露臉的機會。

雲文海眉頭皺了起來，但也沒在孩子和下人面前說什麼。

等兩個女兒離開後，雲文海跟喬氏說道：「要我說，妳就不該讓意晴跟著侯府的人去，她什麼都不懂，去了也只能像個婢女似的站在一旁，不如跟著意晚，有意晚在旁邊照看著，意晴也不會出錯。」

聞言，喬氏臉色不太好看。

「我記得我前幾日跟老爺說侯府同意的時候，老爺也是贊同的。」

雲文海被噎了一下，頓了頓後道：「家中女兒能去自然是好的，只是夫人為何讓意晴去，不讓意晚去？意晚處處比意晴優秀，再有這樣的好機會，夫人該想著意晚才是。」

且不說他看重長女，單單從品貌角度看也是長女更出色，這麼重要的場合還是長女去才能將利益最大化。

喬氏說道：「我這不是想著意晚身體不好，又不喜歡這樣的熱鬧才讓意晴去的嗎？」

「她最近不是常常跟著妳出門嗎？我瞧著她比從前活潑了許多，她年紀也到了，該說親了，往後要是有什麼宴席，妳就帶著她去吧。意晴還是得在家中先好好學學規矩才是，免得出門在外惹了禍。」

喬氏握緊了手中的帕子。「知道了。」

此次秋獵是貴妃娘娘牽的頭，沒有貴妃娘娘的帖子誰也去不了，雲意晴還小，可以跟在喬婉瑩身邊當成丫鬟帶進去蒙混過關，但喬氏就不行了，她若是跟著女兒蹭進去，定會成為全京城的笑柄，所以秋獵只有雲意晚和雲意晴二人去。

因家中只有一輛馬車，兩姊妹還是一同前往，只不過往日出門雲意晚對妹妹多有照顧，但今日上了馬車後她便靠著車廂閉目養神，一句話也不說。

雲意晴嘟囔了幾句，發了一路脾氣，無人搭理她。

馬車很快到了秋獵的地方，雲意晴第一個下車去找永昌侯府的人，雲意晚收拾了一番也下車了。

秋獵定的是巳正開始，此刻剛剛辰正。在京城中參加宴席有一個約定俗成的規矩，那就是身分越低者到得越早，最尊貴的人最後到。

因雲家位分低，按照規矩，她們是提前一個時辰到，而讓雲意晚意外的是，她們竟然不是最早到的，場內已經來了許多人。

不遠處一輛馬車朝著這邊駛來，車廂簾子忽然被人掀開，露出一張年輕英俊的臉。

「咦，那不是雲姑娘嗎？」梅淵道。

聽到這個名字，陳伯鑒微微一怔，探頭看向外面，見到雲意晚的身影，他神色有些複雜，淡淡地應了一聲。「嗯。」

因為上次在燕山發生的事情，梅淵對雲意晚的印象極好，此刻他的臉上笑意加深，急著催促車夫。「快一點，趕緊過去。」

等馬車停下，梅淵激動地喊道：「雲姑娘！」

雲意晚剛走了兩步便聽到身後有人喚她，她轉身望了過去，看到了兩位熟悉的公子，分別是太傅府的陳大公子、明陽郡主府的梅公子。

她往後退了兩步，福了福身。「陳公子好，梅公子好。」

距離把握得剛剛好。

兩位公子拱手朝著雲意晚回禮。

「真巧，一到這裡就遇到了雲姑娘。」梅淵像上次見面時一樣熱情，說話間他看向一旁的陳伯鑒。「是吧，伯鑒？」

陳伯鑒沒說話，只是盯著雲意晚看。

梅淵有些詫異。之前伯鑒一直都對這位雲姑娘很是關心，上次四人合作送畫的主意也是他提出來的，怎麼今日伯鑒突然對雲姑娘的態度冷了下來，難道這中間發生了什麼他不知道的事？

此刻不好多問，他繼續笑著跟雲意晚說話。「不知上次我們幾人送的畫，雲姑娘是否喜歡？」

雲意晚臉上帶著淺淺的笑意。「多謝幾位公子，禮物非常貴重，我很喜歡。」

梅淵笑著說：「雲姑娘喜歡就好，妳救了我們，我們才真不知該如何感激妳才是，一幅畫不算什麼，以後若是有需要幫忙之處，妳儘管提。」

雲意晚客氣地道：「不過是舉手之勞罷了，上次長公主已經表達過謝意，梅公子不必再記掛在心上。」

梅淵道：「外祖母是外祖母，我是我，雲姑娘只要有需求儘管說便是。」

雲意晚笑了笑，沒再多說。

此時陳伯鑒逕自對梅淵道：「走吧，先去跟貴妃娘娘和太子請安。」

說著，陳伯鑒對雲意晚點了點頭，朝前走去。

梅淵叫道：「哎，著什麼急啊？娘娘和太子還沒來吧？」

陳伯鑒像是沒聽到一樣繼續往前走去。

梅淵無奈，對雲意晚解釋。「雲姑娘勿怪，伯鑒在他祖父身邊長大，太傅大人一板一眼的，不通人情。」

「沒事，我曉得，您請。」雲意晚知道梅淵是為了給她留面子特意解釋的。

梅淵很快便追上了陳伯鑒，見他走得急，扯了扯他的衣袖。

「喂，你走那麼快做什麼？」

陳伯鑒放慢了腳步，梅淵打量了一下他的神色，問道：「你之前不是很喜歡那位雲姑娘嗎？口口聲聲叫人家表妹，今日怎地這般冷淡，這般不給人面子？」

陳伯鑒瞥了梅淵一眼。「我看是你今日過分熱情了，那位雲姑娘未必像你以為的那般。」

梅淵不解。「你這話是何意？我瞧著那位雲姑娘人挺好的啊。」

陳伯鑒卻沒再解釋。

跟陳伯鑒和梅淵告別後，雲意晚也往前走去，不多時，她走到了休息的地方。

圍場周圍有一圈位置是特地為前來觀看的人準備的，雲意晚的位置被安排在最後，也是離貴人最遠的地方。

她走到自己的位置上坐好，觀察著場內的世家公子和貴女們，發現貴女們雖人人都穿著騎裝，臉上卻化著精緻的妝容，微微覺得不對勁，一般秋獵的話妝容以簡潔為主。

永昌侯府的姑娘們也來了，瑩表姊今日格外耀眼，旁人的騎裝都有些寬鬆，瑩表姊的卻剛剛好，襯得身形綽約多姿。意晴站在瑩表姊身後，正試圖融入那一圈貴女之中。

雲意晚收回目光，心中暗想，不知今日的秋獵到底有什麼目的。

漸漸地，圍場上的人越來越多了。距離開始前一刻鐘左右，場內突然騷動起來。

雲意晚順著眾人的目光看了過去，只見一群人朝場中走去，為首那位身著明黃色衣裳，臉上洋溢著笑容，是太子殿下。在他的身後跟著一位穿著黑色華服的男子，臉色如同衣裳一般冷，太子時不時回頭跟其說幾句話，那人反應非常冷淡。

雖然只看到了側臉，但雲意晚還是一眼就認出來那人，是顧敬臣。

他每日都忙得腳不沾地，怎麼會來秋獵？而且，據她所知前世他跟太子的關係極差，現在關係怎麼這般好？

場中太子跟顧敬臣正說著話。

「表哥，聽說永昌侯府的姑娘也來了。」

「嗯。」

「表哥放心，孤都明白。」太子朝著顧敬臣擠眉弄眼。

顧敬臣眉頭不禁皺了起來。

因為意安，雲意晚懂些手語和口語，她從太子的口形中看出來有提到「永昌侯府」幾個字。她抬眸看向永昌侯府的方向，瞧見瑩表姊含羞帶笑的模樣，瞬間明白了，想必他是為喜歡的人而來的。

太子的到來使得圍場熱鬧了起來，一些未婚官家姑娘的視線紛紛看向太子的方向，年輕的世家子弟也抓住機會往太子身邊湊。

雲意晚一直坐在自己位置上，看著熱鬧的圍場。

貴妃娘娘今日宮中有事，說是會晚一會兒來，主持大局的人是康王，今上的弟弟。

康王一聲令下，太子攜世家貴族子弟騎著馬衝向了圍場，這一去一回，沒有一個時辰回不來。太子一離開，熱鬧的場地瞬間安靜下來，那些平日裡嘰嘰喳喳說個不停的姑娘們也都不知去了哪裡，四處散開了。

雲意晚跟這些貴女們並不熟，沒有往那邊湊，她坐在自己的位置上安安靜靜喝著茶，看著圍場的風景。

她大概猜到母親硬要把意晴塞進來的緣由了。今日來的基本上都是年輕未婚的男男女女，且一個個家世都不差，母親這是想讓意晴來此選個好夫婿。

同樣是母親的女兒，母親對她的態度卻截然不同，而千方百計不想讓她來，這可真是諷刺。

「姑娘，冉公子身邊的招財來了，說他家主子在旁邊的小樹林裡等著您。」紫葉輕聲說道。

雲意晚微微一怔。冉玠？他今日竟然也來了，她剛剛怎麼沒瞧見他？

想到上次她說的事他似乎沒放在心上，雲意晚琢磨了一下，還是起身離開了座位。

剛離開場地不遠，雲意晚就看到了各個府中的貴女，有的正騎著馬兒跑著，有的正練習著射箭，她不禁有些詫異，難不成一會兒這些貴女們也要去狩獵？

帶著疑惑，雲意晚走到了樹林邊，她剛一入樹林，遠遠地就看到了背靠著樹幹的少年。

少年皮膚白皙，身高頎長，陽光透過樹葉的縫隙照在他稜角分明的五官上，有一種破碎的美感。

他們相識多年，即便先前誤以為冉家故意退親，她也不曾怨過他，想到前世冉家後來的結局，彷彿從天上跌進泥土裡，她心中仍覺得遺憾，如果還有轉圜的餘地，她希望他能好好的。

隨著雲意晚走近，冉玠睜開了雙眸，那一雙眼睛雖不像從前那般乾淨清澈，但依舊明亮。

「阿烈。」

聽到這個稱呼，冉玠臉上浮現出一絲笑意，只是，在看清雲意晚身上穿的騎裝時，那未達眼底的笑立馬消失了。

「妳一會兒要參加射箭比賽？妳何時學會射箭的？」冉玠的聲音冷極了，比深秋的天還要冷。

兩人畢竟相識多年，正如雲意晚了解冉玠一樣，冉玠也多少了解她。

「射箭比賽？」

雲意晚既不明白他變臉的原因，也不解他話中之意。

「妳不知道？」

雲意晚搖頭。她剛剛看到貴女們在練習射箭，的確想過可能有射箭比賽，但也不確定。

冉玠沈聲問：「那妳今日為何來此？據我所知雲家還不夠資格參加秋獵。」

雲意晚抿了抿唇，這是她的家事，此事她不想告訴別人，但又不願撒謊欺騙冉玠，只能隨口帶過。

「有些事情沒有想明白，想來此處尋個答案。」

冉玠看出她不想多說，好看的眸子瞇了瞇。「尋個答案？什麼答案？難不成妳那日在崇陽寺中所求姻緣是嫁給太子？」

雲意晚抬眸看向冉玠，沒想到他竟然知道她去過崇陽寺。

「不是。」她否認道。

冉玠心頭無端火起，他們二人不過是短短一年沒見，卻像是隔了千山萬水一般。她心中有了秘密，看他的眼裡沒了光，也不再相信他。

「妳說不是就不是嗎？今日的秋獵是為太子辦的，目的就是看看各家姑娘們的騎射功夫，從中選出太子妃人選。我不知妳透過什麼手段求來了貴妃娘娘的帖子，想來也不容易，妳費盡心思，卻告訴我不是為了太子而來，妳不覺得很可笑嗎？」

雲意晚終於明白了所有的事情。原來這一場秋獵的目的是選太子妃，所以秋獵只是個名頭，真正的重頭戲在後面。怪不得太子一走，貴女們也都散了，各自找地方練習射箭、馬術。

「不管你信不信，來之前我的確不知，此刻你說了之後我才知曉此次秋獵的真正目的。」

冉玠看著雲意晚真誠的眼神，頓覺自己不滿的表現像個跳梁小丑一般，明明她不通騎射，之前又一直老老實實坐在自己的位置上。

他有些後悔說了剛剛那番話。「我……」

冉玠張口正欲再解釋，忽然察覺一支箭正飛射而來，他臉色突變，想也未想地一把扯住雲意晚的胳膊，將其緊緊擁在懷中，用自己的背擋住危險。

雲意晚被他突如其來的動作搞得有些懵，還來不及詢問原因，下一瞬，一支箭從他身後咻地飛過，她心頭一跳，怔住了。

冉玠緊張地看著懷中的人，上上下下打量了一遍，確認道：「妳沒事吧？箭有沒有傷到妳？」

雲意晚此刻驚魂未定，她搖了搖頭，輕聲道：「沒有。」

冉玠看著她臉上的神情，再次問道：「真沒有？」

雲意晚說道：「沒有，我沒事。」

聽她這麼說，冉玠提著的心終於放下了。

這時，身後傳來了腳步聲，冉玠鬆開雲意晚，轉身看向來人。

「呀，真是不好意思，我許久沒射箭，手生射偏了，雲姑娘沒事吧？」月珠縣主的聲音響了起來。

雲意晚看向來人，眼神微冷，客套話一個字也說不出來。

這已不是月珠縣主第一次針對她了，故意和無意，很容易區分。

看著雲意晚蒼白的臉色，月珠縣主臉上帶著幾分笑意。「我瞧著雲姑娘沒受傷，想來應該不會跟本縣主計較吧？」

聞言，冉玠瞇了瞇眼，轉身看向插在不遠處地上的箭，朝著箭走去。

這時，月珠縣主走到了雲意晚面前，壓低聲音對雲意晚道：「不屬於自己的東西最好離遠一些，否則下次妳可就沒這麼好的運氣——啊！」

一支箭劃空而來，月珠縣主嚇得後退半步，摔倒在地，而那一支箭就插在自己兩腳之間的地上，就差那麼一點點就要傷到她了。

月珠縣主臉色慘白，看向了射箭之人。

冉玠信步走來，拍了拍手上不存在的灰塵，語氣輕鬆地說道：「哎呀，真是不好意思，手生射偏了。」

月珠縣主眼神滿是受傷，不可置信。

冉玠滿不在乎地又道：「我瞧著縣主也沒受傷，應該不會跟我計較吧？」陰陽怪氣地把剛剛月珠縣主的話全還給了她。

月珠縣主的婢女終於反應過來，連忙蹲下扶起自家縣主，憤怒地看向冉玠。「冉公子，你好大的膽子，竟然敢拿箭傷我們家縣主！此事我定會告訴我家郡王，為我家縣主主持公道！」

冉玠輕嗤一聲。「哪裡來的狗在此亂吠，妳是眼瞎了嗎？分明是妳家縣主用箭射我在先，我不過是把箭還了回去，怎地在妳口中變成了我的不是？」

婢女沒料到冉玠這般不給他們縣主面子，一時不知該說些什麼。

月珠縣主餘悸猶存地摸著快速跳動的心臟，看看冉玠，又看向雲意晚。「冉玠，你竟然為了這麼一個賤人傷我，別怪本縣主——」

冉玠抬腳站在雲意晚身前，擋住了月珠縣主的視線，伸出自己的左胳膊道：「麻煩縣主搞清楚了，受傷之人是我，別亂扯別人，妳傷我在先，還不允許我把箭還回去？我這人就是這樣，誰若傷我一分，我必要還三分回去！」

「這……」月珠縣主這才發現他受傷了，抿了抿唇，心情頗為複雜。「算了，我今日心情好，便饒你一次，不去找太子和康王要個說法了。但若是被我聽到誰在外面嚼舌根，就別怪我不客氣了。」

冉玠沒有說話，看了看月珠縣主，又看向月珠縣主身邊的婢女，眼神中滿是警告。

月珠縣主看著冉玠眼底的厭惡，再也受不了委屈，哭著跑了。

冉玠沒多看她一眼，轉身看向雲意晚。
雲意晚看著他左側的胳膊，輕聲道：「你受傷了。」
冉玠笑了。「我騙她的，其實沒受傷，只不過衣裳被箭劃破了。」
雲意晚不信，湊近了些，抬手檢查他的衣裳。
一股熟悉的氣息撲面而來，讓冉玠的耳朵一下子紅了起來，下意識想要後退，雲意晚一把拉住他。「別動。」
冉玠頓時不敢再動。
「嘶！」
隨著雲意晚的檢查，冉玠忍不住發出聲音。
雲意晚抬眸看了他一眼，又繼續仔細檢查冉玠的胳膊。幸好如今天氣冷了，穿的衣裳厚，不然就得破皮出血了。
「雖然沒受傷，但我瞧著今日太醫也來了，你一會兒還是去看看。」
冉玠不甚在意。「不用了。」
雲意晚抬眸看向冉玠，就這般靜靜地看著他不說話。
冉玠敗下陣來，道：「那些太醫是為秋獵受傷的人準備的，我這都沒上圍場，且連傷口都沒有就去找太醫，豈不是要被人笑死？我可丟不起這個人。」
雲意晚了解冉玠的性子，知道他好面子，便沒再堅持。

「那就等回府之後找個郎中看看。」

冉玠本想說不用，但怕她又要說他，隨口道：「知道了。」

兩個人都沒再說話，此刻他們二人靠得很近，剛剛那番話又像是話家常一樣，竟像是回到了幾年前兩個人還有婚約時一樣溫馨。

雲意晚察覺自己還扯著冉玠的衣裳，微微有些尷尬，鬆開了他，後退半步。

冉玠突然開口。「河東趙家的蠶絲沒有問題。」

雲意晚抬眸看向他。

沒有問題？怎麼可能。

冉玠笑了。「河東趙家的蠶絲沒問題，但與我父親接洽的趙老爺是假的，真正的趙老爺在來京的途中出了意外，遭山匪劫殺而亡，而且我查到這個假的趙老爺竟和大梁國有關係。」

雲意晚一怔，怪不得前世冉家會迅速倒臺，連榮寵一時的冉妃都被廢了，原來不光是商場利益、後宮鬥爭問題，還與敵國有關，這頂帽子往大裡說就是通敵賣國。

「可有留下證據？」她問。

「正在查，相信很快就能拿到證據。」

雲意晚頓時鬆了一口氣。「那就好。」

兩人沒再說話，耳邊只有風吹樹葉的聲音，冉玠看著面前的姑娘，千言萬語在心中，但最後只化為淡淡一句。「多謝妳提醒。」

雲意晚抬眸看向他。「不用謝我，我也是偶然間聽人說起的。」

冉玠還想再說什麼，招財和紫葉匆匆過來了。

「少爺、雲姑娘，貴妃娘娘到了。」

聞言，冉玠點點頭，轉身跟著招財要走出樹林，走了幾步才發現雲意晚並未跟上，他回頭看向雲意晚，用眼神詢問緣由。

雲意晚說道：「你先走，我鞋子髒了，整理一下再出去。」

冉玠頓了頓，似乎明白了什麼，輕哼一聲走了。

等冉玠消失在眼前，雲意晚這才和紫葉一起離開，此處人多嘴雜，總要儘量避嫌。

第六章

「嘖嘖，孤真是沒想到，這個冉家小兒竟是個癡情種子，為了紅顏竟然敢直接對上月珠縣主。」太子周景禕托著下巴說道。

在樹林深處另一邊，周景禕和顧敬臣全程看到了冉玠和雲意晚、月珠縣主三人起衝突的過程。

今日的秋獵不過是個幌子，目的是為太子選妃，可周景禕本人實在覺得無趣，帶領眾人入了圍場後沒多久就自己繞回來了。

顧敬臣目視前方的窈窕身影，沒有說話。

周景禕又道：「剛剛瞧表哥緊張的模樣，孤還以為那姑娘是永昌侯府那位，沒想到不是，表哥是不是也看錯了？」

顧敬臣收回目光，並未回答太子的問題，而是說道：「殿下，冉玠口中的趙家要好好查一查。」

周景禕也不在意，順著他的話說道：「嗯，是得好好查查，這冉家運氣可真好啊，孤聽聞他們家前些日子差點就跟趙家立契了，若是立契之後查出趙家有問題，莫說冉家，冉妃可能都得死。」

周景禕眼裡閃過一道精光，近來冉妃越發得寵了，她生的那個小的也越來越得父皇喜歡，礙眼得很。

但顧敬臣可不這樣認為。「那也不一定，即便真的走到這一步，冉家也是受害者，刑部和大理寺定能還他們一個清白。」

周景禕嘴角一勾。「呵呵，茲事體大，誰又能說得清他們冉家是否參與其中呢？再者，冉妃這幾年深受父皇恩寵，可沒少得罪人，不知多少人等著踩上一腳。」

此話涉及到宮中，顧敬臣沒敢接話。

周景禕頓了頓，又提到其他事。「孤倒是對那個被冉玠護著的姑娘有些好奇，冉玠長得比姑娘家還要好看幾分，真不知他看上的姑娘長什麼樣子。喂，你說，那姑娘會不會比他還好看？」

他的位置從頭到尾只看到那位姑娘的背影，真是可惜啊！

「這……臣不知……」

顧敬臣眼眸微動，腦海中浮現出那日在姻緣樹下的一幕，對她，他倒是極有印象，但在多事的表弟面前，他可不想多透露半點。

周景禕突然詫異地看向他，通常這種閒話表哥是不會接的，今日竟然有反應，好生奇怪，若不是知曉表哥心儀的是永昌侯府的姑娘，他都要懷疑表哥看上剛剛那位姑娘了。

「哎，表哥，你怎麼了？」他湊近了顧敬臣，有些曖昧地說道：「是不是欲蓋彌彰啊？

你明明有看到那位姑娘……」

顧敬臣皺眉。「殿下，貴妃娘娘到了，想必去狩獵的世家公子們也快回來了，咱們該回了。」

見顧敬臣不悅，周景禕道：「好吧好吧，孤不說就是了。」

說著，周景禕往圍場走去，但走了幾步，又突然停下腳步，看向顧敬臣。「表哥放心，孤知道你的心意，孤絕不會選永昌侯府的姑娘。」

顧敬臣一愣，思及太子數次在他面前提及永昌侯府的姑娘，忍不住問：「殿下是不是誤會了什麼？臣與永昌侯府的姑娘毫無瓜葛。」

瞧著顧敬臣認真的神情，周景禕也有些懷疑是不是自己判斷失誤。他琢磨了一下，試探地說道：「當真？若表哥不喜歡，那孤可就把她選入東宮了。」

顧敬臣朝著周景禕行了一禮，道：「永昌侯府的姑娘能否入東宮全憑皇上、太子殿下、貴妃娘娘決定，臣沒有任何意見。」

周景禕盯著顧敬臣看了片刻，沒看出什麼來。

「算了，不說了。」

說完，他轉身朝著圍場走去。

雲意晚回到了圍場，看到顏貴妃和幾位貴人已到場，正高高坐在席上。

按照禮數，雲意晚本該去貴妃娘娘面前請安行禮，不過她身分低微，是沒有資格去行禮的，這般貿然上前只會讓人誤以為有意攀附和巴結，因此她索性遠遠地朝著貴妃娘娘的方向福了福身，就回到自己的座位上。

雲意晚坐下後沒多久，去狩獵的世家子弟們回來了，由鎮北將軍的長子聶雲拔得頭籌。

康王笑道：「咱們青龍國的兒郎都是好樣的，有勇有謀。」

此時康王妃接了一句。「咱們青龍國的姑娘也不遑多讓，騎馬、射箭樣樣拿手。」

康王有些不信。「是嗎？」

康王妃回道：「自然是的，王爺若是不信就問問貴妃娘娘。」

兩人一唱一和，把早已決定好的重頭戲推了出來。

顏貴妃坐在帷幕後，抿唇笑了笑，說道：「本宮說了不算，不如讓姑娘們比試一番，也好讓兒郎們瞧一瞧咱們青龍國姑娘的風采。」

聲音如黃鶯出谷，清脆中帶著一絲嬌柔，單單是聽聲音也知這位貴妃娘娘的容貌不一般。

說話間，場地準備好了。

先比的是騎馬，一組約莫有十人，從上馬的姿勢就能看得出有些姑娘有底子，而有一些像是初學者，當指令響起，馬兒衝了出去，這下子差距越來越明顯了，有幾位姑娘的馬兒跑得飛快，像箭一般，展現出英姿颯爽的模樣，好看極了，但有些姑娘的馬兒就像是在散步，甚至還有馬兒不聽指令朝著另一個方向跑去。

場內響起了加油聲，混合著稀稀落落的嘲笑聲。

顏貴妃跟康王妃耳語著什麼，一旁的宮女在手中的冊子上記錄著。

這一場比賽明顯是武將之女有優勢，當第一組的姑娘回來後，站在邊上等著參加騎馬比賽的姑娘頓時少了一半。

雲意晚想，那些姑娘大概是發現丟人還不如不去參加的好，所以有些人自動選擇退出。

剩下兩組人雖然少了，但沒有像第一組一樣有丟人的初學者了。

康王笑著說：「京城中的貴女果然不同，既可寫詩作畫，又能騎馬馳騁。」

康王妃看了一眼顏貴妃，又看向康王，說道：「王爺有所不知，她們不僅會騎馬，射箭功夫也不弱呢。」

康王驚異道：「哦？真的嗎？那可得好好看一看。」

射箭的場地早已準備好了，射箭與騎馬不同，騎馬的距離遠，場內的人看不清最後的結果，究竟是誰的馬兒跑得快、誰的馬兒跑錯了方向，都仰賴小兵通報；而射箭的場地就在眼前，人人都能看得到比賽現況。

這對於射箭技術高超的人來說是好事，但對於那些射箭水準一般的人可就不是什麼幸事了，而是一件糗事，人人皆知的糗事。

「吏部侍郎府二小姐，脫靶一次！」

「吏部侍郎府二小姐，脫靶兩次！」
「吏部侍郎府二小姐，脫靶三次！」
內侍尖而細的聲音在場內響了起來。
嘲笑和議論聲此起彼伏，就在此時——
「鎮北將軍長女，射中靶心！」
場內頓時響起了驚嘆聲。
「有其父必有其女啊！」
「不愧是將門之女，厲害！」
雲意晚看向站在場內身著騎裝的一位姑娘，那姑娘臉上洋溢著燦爛的笑容，眼睛直勾勾地看著一個方向，朝著那人露出一個自信的笑容。
不用看她也知道這位將軍府的長女看的是誰。
顧敬臣。
已故的前定北侯與鎮北將軍關係甚篤，顧敬臣與其長女聶扶搖從小就認識，聶扶搖和侯府老夫人關係也不錯，前世她嫁給顧敬臣後，還經常在侯府見到聶扶搖。
雲意晚順著聶扶搖的目光看過去，沒想到正好跟顧敬臣的目光對上了，她心裡頓時咯噔一下，暗暗驚訝，顧敬臣為何突然看向這邊了？
她穩住心神，想假裝看不見，或者等顧敬臣先移開視線，可顧敬臣一直看著她，她只能無奈朝著他客氣一笑，點了點頭，而顧敬臣竟也對她點了點頭。

雲意晚連忙收回視線，端起桌上的茶，輕輕抿了一口。

聶扶搖一直看著顧敬臣，自然發現了他在看別處，可惜從她的位置無法判斷顧敬臣究竟在看誰，只知他看的是女眷的方向。

他在看誰？難道顧大哥有了心儀之人？

「永昌侯府長女，脫靶一次！」

場內突然響起內侍的報靶聲，雲意晚看向場中的喬婉瑩，她剛剛脫靶一次，可從臉上絲毫看不出挫敗，依舊掛著從容又得體的笑容，彷彿脫靶只是一件再普通不過的事情。

這樣的表現反倒是讓人高看一眼，嘲笑她的人甚少，不少夫人對她大方自然的表現微微點頭。

喬婉瑩再次拉弓射箭，她的姿勢並不是特別標準，但射箭的樣子優雅極了，靜止了一會兒後，箭射了出去。

「永昌侯府長女，中！」

「永昌侯府長女，中！」

「永昌侯府長女，脫靶一次，射中兩次！」

喬婉瑩朝著貴妃娘娘和太子的方向行禮，贏得了不少掌聲。緊接著是二姑娘喬婉琪射箭，結果只射中靶一次。

雲意晚以為下一個便會是雲意晴，沒想到卻是其他府的姑娘登場。她仔細找了找，這才發現雲意晴竟然沒打算上場，此刻正在永昌侯府的位置站著，像一個合格的婢女。

妹妹今日穿了騎裝，又在府中練習過，顯然原本是準備上場的，偏偏未能如願，想來是永昌侯府沒同意。

雲意晚看向坐在位置上正與人說話的侯府老太太，沒想到外祖母竟然也來了，不知她何時來的？早些時候她並未瞧見。

看著永昌侯府一群人的方向，她心中一動，起身走過去。

那些她想不通的事有七、八成是與侯府有關的，平日裡母親又不喜她去侯府，今日正好有機會，說不定能探聽一下。

「見過外祖母。」

老太太聞聲看了雲意晚一眼，雲意晚今日穿了騎裝，和平日裡素淨的打扮完全不同，頭髮紮了起來，顯得清爽俐落許多。

老太太微微一怔，這麼漂亮的小姑娘她怎麼沒什麼印象？隨後經由一旁的方嬤嬤提醒，這才想起雲意晚的身分。

「哦，是妳啊。」老太太說著轉頭看向雲意晴的方向，目光有些輕視，話中帶了諷刺。「妳母親說只會帶一個姑娘來，沒想到妳們姊妹倆都來了。」

雲意晚解釋道：「昨日貴妃娘娘把帖子下到了府上。」

聽到她的話，老太太立刻看向她。「娘娘給你們家下了帖子？」

雲意晚緩聲說道：「嗯，娘娘因之前燕山那件事給我下了帖子，母親本打算讓妹妹隨我一同前來，只是，我亦初來京城，不懂秋獵的事情，故而母親讓妹妹跟著外祖母前來。」

老太太點點頭。「哦，原來是這樣啊。」

她本對雲意晚印象極好，覺得這小姑娘頗為面善，剛剛那般說也是因為不喜歡庶女，牽連到她身上，此刻明白了前因後果，便沒了不悅。

「這也是妳的福報。」

雲意晚說道：「不過是舉手之勞罷了，我也沒做什麼。」

這時，永昌侯府的兩位姑娘回來了，喬婉瑩撒嬌地喊道：「祖母，孫女讓您失望了。」

老太太看向長孫女，臉上露出笑容。「這是哪裡話？妳剛剛表現得極好，第一次雖然失敗了，但穩住了心態，贏得了喝彩，祖母非常滿意。」

這次太子選妃雖說是要考校貴女們的騎射之術，但哪裡又真的需要她們樣樣精通？只要別太差就好了，畢竟太子妃將來可是要母儀天下的，儀態氣度才是重中之重。

老太太一直在誇長孫女，像是忘了還有一個孫女似的，不過喬婉琪早就習慣了，她看到雲意晚，朝著她福了福身。「表姊。」

雲意晚輕聲道：「婉琪表妹也很厲害。」

喬婉琪吐了吐舌頭。「還好有中一箭，不然丟人丟大了。」

剛說完，頭上就被人拍了一下。

「妳還好意思說呢，竟然脫靶了，枉我白教妳那麼久，妳以後出門在外莫要說是我妹妹，我可丟不起這個人。」喬琰寧的聲音響了起來。

喬婉琪抬手拍掉兄長的手，故意道：「你不讓我說我就偏要說，就是你教的，都怪你！」

喬琰寧回道：「嘿，越說越來勁了是吧？討打！」

兄妹倆打打鬧鬧慣了，喬婉琪身手靈活地躲到了雲意晚身後，朝著她兄長吐舌頭，不一會兒又竄到了喬西寧身後。

「大堂哥救我！」

喬西寧立馬站在了堂妹這邊。「好了，三弟，我也覺得妹妹說得有道理，你騎射功夫了得，若是好好教，妹妹不至於脫靶，你定是沒盡心。」

喬婉琪立刻拍馬屁。「大堂哥英明！」

喬琰寧罵道：「妳就知道找藉口、找靠山，明明婉瑩也是我教的，她才脫靶一次，妳怎麼不怪妳自己太笨！」

喬婉琪臉上的笑淡了幾分。「哼，你怎麼不說你教了大堂姊多久，又教了我多久？」

雲意晚看著打打鬧鬧的表兄妹們，不禁想到了自家兄長，自從秋闈過後，兄長一直忙於明年的會試，兩個人已經好久沒見過面了。

「意晚表妹也來了。」喬西寧主動跟雲意晚打了聲招呼。

後頭的雲意晴嫉妒得眼睛都要噴火了，她來了這麼久，表哥們都沒理她，長姊一來他們就主動打招呼，明明大家都是一樣的關係！

「見過兩位表兄。」雲意晚朝著喬西寧和喬琰寧行禮。

喬琰寧這才注意到雲意晚，看著她今日的裝扮，一時竟怔住了。

這時，一位老夫人朝這邊走了過來。

「老姊姊，沒想到今日竟能在這裡遇到妳。」

侯府老太太正與長孫女說話，聽到這話，朝著聲音的來源看去，發現來人不是旁人，是她閨中好友柳梅，當年她們二人一人嫁給了永昌侯，一人嫁入了遼東世家馮府。

永昌侯府在京城，馮家在遼東，一南一北，隔著千里地，她們二人已經多年未見過面了。

「梅兒！」

老太太激動地站了起來，馮老夫人笑呵呵地上前抱住她。

雲意晚看著相擁在一起的兩位老太太，突然有些感動和羨慕。能打動人心的不只愛情，也有友情，尤其是這種歷經多年的友情。

老太太問道：「妳何時進京的，怎麼沒跟我說一聲？」

馮老夫人說道：「前幾日剛到，正是為了今日的事情來的。」

老太太試探道：「難道馮家也有意……」

馮老夫人搖搖頭。「哎，我是沒這個打算，只是我那兒子不甘心，我這老婆子只好帶著孫女來走這一遭了。」說著，馮老夫人把自己的孫女介紹給好友認識。「這就是我那鄉下長大的不成器的孫女，來，柔兒，見見老夫人。」

馮樂柔上前福了福身。「見過老夫人。」

老太太笑道：「妳這孫女長得可真好看，溫婉端莊。」

馮老夫人謙虛道：「遼東長大的，沒進過京，沒見過世面，哪裡能比得上妳的孫女。」

老太太笑了笑，也順勢介紹起自家孫女。「這是我那兩個孫女。」

馮老夫人順著老太太手指的方向看了過去，看到了四個年輕的小姑娘，個個長得嬌俏出眾，尤其是最邊邊那位，一看見她，馮老夫人眼睛就亮了起來。

「妳先別說，讓我猜猜哪兩個是妳孫女，看我猜得準不準。」

老太太笑著說：「好啊，妳們都站好了，讓馮老夫人看看。」

喬婉瑩滿臉笑意地看著馮老夫人，雲意晚正看著馮樂柔，手腕卻突然被人抓了起來。

「別的我不敢確定，但這個一看就是妳孫女，跟妳年輕時太像了！」

馮老夫人的聲音響了起來，一時之間，場面安靜下來。

「這就對了！」喬琰寧此時也拍手附和。「我終於想起來意晚表妹像誰了，像祖父房裡掛著的祖母的畫像！」

這話一出，空氣似乎都凝滯了，眾人看看雲意晚，又看看老太太。

若是馮老夫人沒說，大家還不覺得，但此刻看著她們二人比對，眉眼間還真有些像，可這話卻不能說，因為大家都知道老太太不喜歡庶女。

雲意晚心頭也不平靜，她長得……像外祖母嗎？前後兩世，她還是頭一次聽人這麼說。

馮老夫人敏銳地察覺到了氣氛不對，也意識到自己認錯了人，可她左看看右看看，怎麼看都覺得雲意晚長得最像自己的好友，至於其他幾個小姑娘，有一個還有一點點像，其他兩個完全不像。

雲意晚第一個反應過來，她朝著馮老夫人福了福身。「見過老夫人，不過，您認錯人了，我母親是侯府的三姑娘。」

馮老夫人恍然大悟，像是找到了臺階，立即笑著說：「這樣也不算認錯，孫女和外孫女都差不多，我那外孫女就長得像我。」

氣氛不知為何再次變得尷尬，馮老夫人張了張口，正欲說什麼，袖子被孫女扯了扯，見孫女朝著自己搖頭，她突然想起好友似乎沒生過女兒，那這樣說起來，她此刻抓著的姑娘應是侯府庶女所出。

她這位好友最是好面子，又極不喜庶女，想必此刻定然心情不佳。

雲意晚看到了馮老夫人眼中的尷尬和為難，貼心地開口解圍。「能長得像外祖母是我的福氣，多謝老夫人讚賞。」

隨後，她為馮老夫人介紹了正主。「這位是大舅舅家嫡出的大表姊，這位是二舅舅家嫡出的二表妹。」

介紹完之後，她自覺地往後退了一步，把主場交給侯府嫡親的孫女們。

馮老夫人感激地看了雲意晚一眼，心中對這個小姑娘生了幾分好感，隨後，她的目光看向了喬婉瑩和喬婉琪，笑著道：「瞧我這老眼昏花認錯了人，分明是這兩個小姑娘像老姊姊，老姊姊，妳可莫要怪我啊。」

老太太也恢復過來，笑著說：「妳一向糊塗，我還能因為這一點小事怪妳不成？」

喬琰寧意識到自己說錯了話，垂頭尷尬地摸了摸鼻子。

可是，真的好像啊！

喬西寧見狀，大方地站了出來，給馮老夫人行禮。

「見過馮老夫人。」

喬琰寧也連忙行禮。

馮老夫人看著喬西寧和喬琰寧，眼睛一亮，再看看自家孫女，心中頓時有了主意。一入宮門深似海，孫女嫁什麼太子啊，嫁到侯府多好！永昌侯府門第不差，她這老姊姊雖然看重權勢，但人還不錯，有她看顧著，孫女在侯府也吃不了虧。

「好好好，都長得好，看著也精神，將來大有可為。」馮老夫人笑著說。

她越看這兩個兒郎越覺得滿意，只覺得哪個都好，再看一旁安安靜靜的孫女，覺得他們甚是相配。

孫兒被誇，老太太也是開心的，不過嘴上還是謙虛地說道：「只囫圇讀過幾年書罷了，剛剛入朝堂，還不成氣候，當不得妳的誇讚。」

馮老夫人道：「妳這話就不對了，我瞧著這兩孩子都不錯。」

兩人雖然幾年未見，但畢竟相識多年，老太太隱約明白了馮老夫人的意思。遼東馮家家世不錯，若他們有意參選太子妃，會是孫女的勁敵，但若他們退出的話，馮家倒不失為一樁好姻緣。

她看了一眼馮樂柔，又看了看自家孫子，也有些意動。

見場內的比賽已經結束，馮老夫人順勢說道：「柔兒初來京城，還沒好好逛過，眼瞧著這邊要結束了，不如你們幾人帶著她四處去逛逛？」

喬婉瑩立馬上前，握住了馮樂柔的手，笑著說：「好啊！圍場這附近我來過幾次了，這就帶著馮家妹妹去逛逛。」

馮老夫人滿意地道：「瑩兒知書達禮，一看就是妳祖母教得好。」

喬婉瑩福了福身。「老夫人謬讚。」

幾個小輩的剛離開，馮老夫人就忍不住跟老太太說起了自己的想法，在得知喬琰寧尚未訂親，且老太太也有意時，點頭笑了。

喬婉瑩一行人離開後在圍場附近轉了轉，雲意晚走在最後頭，看見雲意晴一直想上前跟走在前面的表兄們說話，忍不住扯了扯她的衣袖。

「幹什麼？」雲意晴態度很不友善。

「妹妹，他們畢竟是表兄，男女有別，咱們還是先離開吧。」雲意晚道，秋獵已經結束，她們留在這裡也沒有意義。

雲意晴冷哼一聲。「姊姊現在知道避嫌了？剛剛妳不是還跟太傅府的陳公子、明陽郡主府的梅公子在一處說話？」

雲意晚眉頭皺了起來，開口解釋。「我只是跟他們打招呼。」

雲意晴卻不聽，甩開了雲意晚的手。「不只是他們，剛剛姊姊跟表兄們也聊得甚是開心，這會兒卻又說男女有別，真不知妳心中究竟如何想的。」

說完，雲意晴轉身追上前，站在喬婉瑩身邊，時不時跟一旁的馮樂柔說上幾句話。

能看得出來，喬婉瑩和馮樂柔對雲意晴的態度有些冷淡，雲意晚不禁輕嘆了口氣。

喬婉琪本來在前面，走著走著來到了雲意晚身邊，見自家兄姊、表妹跟馮樂柔說得開心的模樣，低聲吐槽了一句。「倒像一家人似的。表姊，妳看大堂姊跟二表妹多像一對親姊妹啊，長得像，笑起來也像。」

「嗯，大舅母也曾這樣說過。」雲意晚道。

喬婉琪微微一怔，看向雲意晚說道：「真的嗎？原來我跟大伯母看法一致啊。」她突然湊近雲意晚，小聲問：「大伯母說這番話時大堂姊在嗎？她什麼反應啊？是不是鼻子都被氣歪了？」

雲意晚沒料到喬婉琪會這麼說，驚訝地看向她。

喬婉琪解釋。「表姊不知，大堂姊最討厭別人像她了，衣裳都不能穿同樣的顏色，更何況是長相，幸好我跟她長得不像。」

喬婉琪這話不好接，雲意晚沒說話，但也同時想起了初次去侯府的情形，那日妹妹和瑩表姊穿了同樣顏色的衣裳。瑩表姊的表情就很耐人尋味。

喬婉琪忽然察覺自己多嘴了，吐了吐舌頭。「沒有啦，我開玩笑的，表姊可別跟大堂姊說，不然她又要生我的氣了。」

雲意晚說道：「不會，表姊脾氣很好，當時並未生氣。」

幾人正在圍場附近逛著，迎面走過來一群人，為首的赫然是太子殿下。

雲意晚看到太子後面的那個人，秀眉微蹙，她連忙垂頭，往喬西寧身後挪了半步，想利用他寬大的身影擋住自己。

喬婉琪看著雲意晚的舉動，頗為驚訝，來此的人多數都不惜刻意表現，只求讓貴人留下印象，但表姊是真的很低調，不被名利所惑，她心中對表姊的喜歡又增添了幾分。

「見過太子殿下、定北侯。」喬西寧朝著太子等人行禮，行完禮，又對著後面其他幾位公子行了平輩禮，雲意晚等人也跟著他行禮。

看著永昌侯府的諸位少爺和姑娘，周景禕心中了然。

怪不得，表哥剛剛本已經決定要走了，卻又突然改變主意跟著他過來，肯定是看到這一群人才改變主意的，嘴上說不在意永昌侯府的姑娘，行動上卻很誠實嘛。

「西寧，你們要去哪裡？是要回府嗎？」周景禕問道。

周景禕和喬西寧差不多的年紀，從小就認識。

「還沒呢。」喬西寧大大方方地介紹。「這位是遼東馮府的姑娘，初到京城，馮老夫人與我祖母關係甚篤，她請大妹妹帶著馮姑娘在附近走走逛逛，我們其他人就充當陪客。」

「原來是馮家的姑娘。」周景禕看向馮樂柔，眼前嬌柔如一朵茉莉花般純淨的姑娘讓他心頭像是被羽毛輕輕拂過一般，癢癢的。「馮姑娘和馮將軍長得可真是不像。」

馮樂柔抬眸看向太子，淺淺一笑，再次福身行禮。「見過太子殿下。」

才行完禮，一旁的一個聲音響了起來。

「馮將軍行伍出身，粗獷健壯，馮妹妹是姑娘家，身子柔弱，再加上平日將軍嬌慣了些也是有的，二人自是不同。」喬婉瑩邊說著，腳步往前挪了一步，站在離太子最近的地方。

「又來了……」後頭的喬婉琪低聲嘟囔了一句，她這個大堂姊最喜歡踩著別人表現自己了。

想到那些被大堂姊當墊腳石的日子，她臉上的神情便不太好看，雲意晚離得近，聽到了這句話，忍不住側頭看了一眼婉琪表妹。

瑩表姊這番話確實過了，當著這麼多外男的面說馮樂柔身子柔弱，有損女子名聲，畢竟女子身子若是不好，會影響繁衍子嗣，這一點也是各個府上的夫人相看兒媳時最看重的部分，何況是選太子妃。

馮樂柔初至京城，眾人對她尚不了解，若今日真的傳出去這樣的話，落得個體弱多病的名聲，再想找一門合適的親事可就難了。

不過，瑩表姊這次怕是要失算了，就在這時，馮樂柔開口了。

「喬姊姊說得對，家父打小在軍營長大，未及弱冠便屢立戰功，難免一身殺伐之氣；而我常年生活在內宅之中，由祖母和母親教導讀書識字、刺繡琴棋、學禮儀規矩，康健平安到大，不必上戰場，自是跟父親大大不同。不過，我聽祖母說喬姊姊當年生下來不足月，七個月時就出生了，不知如今身子可養好了？」

馮樂柔先誇了自己父親的功績，又誇了自己什麼都會，最後把「身子弱」這個缺點拋給了喬婉瑩，可謂高招。

若說馮樂柔身子弱只是喬婉瑩的隨口一提，那麼這個點在她自己身上卻是坐實的了，畢竟她的確是不足月出生的，與永昌侯府親近的人都知道。

刀刀致命！未來的太子妃果然不是會輕易任人拿捏之人，雲意晚垂眸沈吟不語。

喬婉琪呆愣愣地看向馮樂柔，滿臉不可思議。她還以為這小姑娘是個軟弱可欺的，沒想到說起話來這般厲害。

喬婉瑩也沒料到剛剛一聲不吭的馮樂柔竟如此口齒伶俐，她頓了頓，笑著說：「多謝馮妹妹關心，蒙祖父祖母垂憐，自我生下來就遍訪名醫，將我好生養著，兼之平日也練武鍛鍊身體，現今略通騎射之術，我已多年未曾生過病請過郎中了，倒是我看馮妹妹沒參加騎射比賽，可是身子不適？」

喬婉瑩不甘示弱，指出馮樂柔沒參加比賽，可以證明真正身子弱的人是她。

馮樂柔笑了。「多謝姊姊關心，不過，我之所以沒參加並非因為身子弱，而是因為來京遲了，路上遇到了災民，我與祖母幫忙知府救助百姓耽擱了幾日，來晚了，沒來得及報名。」

太子一言不發地看著眼前妳來我往的兩位世家貴女，覺得甚是有趣。

喬婉琪也低聲道：「好精彩！」

雲意晚忍不住看了一眼身側的喬婉琪，扯了扯她的衣袖提醒，她幸災樂禍的表情過於明顯了，若是被旁人看到難免多生是非。

喬婉琪這才注意到自己剛剛笑得太開心了，連忙斂了斂臉上的表情，不過，眼睛卻是直勾勾盯著前面兩個人，期待著她們後面的對話。

喬婉瑩滿臉驚訝。「哦？原來馮妹妹是沒來得及報名才沒參賽啊！當真是可惜了，馮妹妹雖然身子柔弱，但畢竟是將門虎女，想來騎射功夫不弱。」

嘴上說著可惜，話裡話外卻是在暗諷馮樂柔故意找藉口不參加。

雲意晴敏銳地聽出這一點，故作不解地小聲說了一句。「雖說三日前報名就截止了，但也有不少人今日現場報名的。」

雲意晚心裡一沈，意晴真是太不懂事了，一個是永昌侯府，一個是遼東馮家，這兩個人愛怎麼爭怎麼鬥是她們的事，他們一個從五品的門第可得罪不起這兩人，何況馮樂柔是將來的太子妃，意晴這樣恐會給家裡惹禍。

馮樂柔看向雲意晴，笑了笑。「娘娘的確這般說過，只是我和祖母不想破壞規矩罷了。」

雲意晴立即道：「是不想破壞規矩還是妳不會，故意——」

「妹妹！」雲意晚打斷了她的話，目光凌厲地看向她。

雲意晴嚇了一跳，後面的話嚥了回去。

雲意晚朝前走了兩步，擋在了雲意晴身前，看向馮樂柔。「馮將軍驍勇善戰，幾十年來守衛青龍國東面領土從未懈怠，作為青龍國的子民，意晚對其甚是敬佩和感激。馮姑娘是馮將軍的女兒，武將門第出身，騎射功夫定然不弱，是否參賽當然任憑您自己選擇。」

一個人是好意或惡意還是能看得出來的，馮樂柔對雲意晚笑了笑。

雲意晴看著擋在自己面前的長姊很是不悅，上前想說什麼，但她的手腕被長姊死死攥住了。

周景禕瞥了一眼雲意晚，他記得這個姑娘，這不就是剛剛在樹林裡跟冉家那小子摟摟抱抱的那個嗎？剛剛只看到了背影和側面，沒看到正臉，此刻離得近了，覺得那冉家小子的確有眼光，這姑娘長得還真是不錯。

不過，他更關心的是守衛東面、手握兵權的遼東馮家。

喬婉瑩見太子正在看馮樂柔，心裡一緊，想了想，她噗哧一聲笑了出來，拿著帕子遮了遮唇。

「表妹這話可真有意思，今日是秋獵，比的就是騎馬射箭，若不比試，來這裡做什麼呢？表妹不會，不代表柔妹妹不會啊。剛剛鎮北將軍府的聶姑娘三箭全中，同樣是將門之女，真想一睹馮姑娘的風采。」

這一番話把雲意晚和馮樂柔都嘲諷進去了，不過，還是很明顯有區別，對雲意晚是直接嘲諷，對馮樂柔是捧殺。

雲意晚抬眸，恰好與馮樂柔的視線交會，看著馮樂柔眼底的自信，她覺得瑩表姊完了……哦不對，她忘了顧敬臣也在場，他又怎會看著表姊出糗呢？

她瞥了顧敬臣一眼，恰與顧敬臣眼神撞在了一處，果然就在下一瞬，顧敬臣開口了。

「殿下，時辰不早了，既然秋獵已經結束，該回了。」

雲意晚垂眸。果然，他會幫表姊解圍。

周景禕看看定北侯，又看看喬婉瑩，最後看向了馮樂柔。「今日無緣得見馮姑娘的英姿，甚是可惜，孤很期待馮姑娘其他方面的表現，希望馮姑娘不會讓孤失望。」

喬婉瑩在口頭上勝了，馮姑娘得到了太子的讚賞，兩個人也算是打成了平手，這件事也該結束了，然而這兩位姑娘卻似乎都不想就這樣算了，她們二人看著太子，同時開口了。

喬婉瑩笑了。「是啊，真可惜。」

馮樂柔也笑了。「既然殿下和瑩姊姊都想看，我若不試一試，豈不是太不給面子了？」

周景禕已經抬步，聽到這話又停下了腳步，深深地看了馮樂柔一眼，眼裡的興致更濃。

「好！馮姑娘不愧是將門虎女。」說完，他吩咐一旁的內侍。「去看看場地收起了沒有，若是收起來了，重新搭建。」

馮樂柔道：「殿下，不必如此麻煩，在此處便好，只需讓人把靶子取過來，丈量好距離便是。」

周景禕眼中的興趣越發濃厚了。「照馮姑娘的話去做。」

「是，殿下。」

馮樂柔看向身邊的婢女。「去把我的弓箭取來。」

喬婉瑩本是想看馮樂柔笑話的，聽到馮樂柔的安排，心裡突然有了一絲不祥的預感，下意識地握緊了手中的帕子。

她看起來柔柔弱弱的，該不會真的精於騎射吧？不，不可能，她手腕纖細、手指乾淨，不像是精於騎射之人，何況若她精於騎射，剛剛不可能不參加比賽。

場內的人開始忙起來了，雲意晴乘機甩開了雲意晚的胳膊，嘲諷道：「我從來不知姊姊這般會巴結人，還以為姊姊什麼都不在乎，風輕雲淡，原來只是沒遇到妳想巴結的人啊，剛剛妳可真會說話，平日裡也太會裝了！」

雲意晚蹙眉。「我說的是事實。」

雲意晴冷哼一聲。「踩著自己妹妹誇別人，這也叫事實？我回去就告訴母親，看她如何罰妳！」

雲意晚臉色沈了下來。「隨便妳，時辰不早了，這裡也沒咱們什麼事，咱們就回府吧。」

雲意晴嗤笑一聲。「回府？妳想回妳自己回去吧，我才不要走，我是跟著侯府來的，自然要跟侯府一起走。」

說完，她沒再理雲意晚，走到了喬婉瑩身邊，一到喬婉瑩身邊，她立即換上了笑臉。

此時喬婉琪來到了雲意晚身邊，扯了扯她的袖子，雲意晚收回目光，看向身側之人。

喬婉琪安慰道：「表姊莫氣，我知道妳是為了二表妹好，二表妹還小，不懂事，等她自己吃了虧就知道了。」

她從小到大可沒少吃過虧，從前是她傻、是她蠢，沒看出大堂姊的真面目，即便母親說大堂姊是個壞的，她也不信，直到自己在她手上吃了幾次暗虧之後才終於領悟了。

如今她不再聽大堂姊的話了，大堂姊便又換了個人在她身邊當綠葉。

雲意晚勉強擠出一個笑容。「嗯。」

父親只是從五品，在權貴如雲的京城，他們誰都得罪不起。

很快，靶子和弓箭都拿了過來，這裡圍觀的人也越來越多。秋獵結束後，已經有人離開了，一些還沒走的，聽說了這邊的事情，都過來看熱鬧了。

雲意晚覺得此事還不算完，一會兒等馮樂柔射完箭，事情定會越演越烈，她本想藉機帶妹妹離開，遠離是非之地，可惜她不走，她也只能留下來。

馮樂柔側身而立，雙腳微微跨開，旁人一看她這個姿勢便知她是懂射箭的。

「表姊，妳不用擔心，馮樂柔肯定不行的，她就是說大話罷了，看她那樣也知道她不會射箭。」

喬婉瑩心煩意亂，忍不住瞪了雲意晴一眼，雲意晴嚇了一跳，連忙閉嘴，沒敢再多說。

「嗖！」

只見一支箭射了出去，雖然沒有正中靶心，但卻穩穩地留在靶上。

「好！」

人群中有人不禁喝彩出聲，周景禕看向馮樂柔的眼神也變了。他原以為這是一隻小白兔，沒想到竟然還有這樣的一面，有趣，真的是太有趣了。

馮樂柔再次拿起弓箭，把箭射了出去，第二次依舊沒有脫靶。

喬婉瑩臉色越發難看了。馮樂柔的成績已經跟她一樣了，若是第三箭再中，就超過她了。

馮樂柔第三次拿起弓箭，瞄準，射了出去，這一次正中靶心。

全場沸騰起來，太子看馮樂柔的眼神充滿了喜歡和欣賞。

喬婉瑩的臉色有些難看。這次是她徹底失算了，本想貶低馮樂柔表現自己，沒想到結果卻相反，被馮樂柔藉機展現了自己的才能，博得太子的注意。

馮樂柔笑了，她看了喬婉瑩一眼，對太子道：「既然報名已於三日前結束，我今日的成績就不必記下了，免得有人覺得不公平，可好？」

馮樂柔這話明顯是在點喬婉瑩，喬婉瑩覺得不舒服極了，但她什麼都沒說。

太子笑著說：「如馮姑娘所願。」

比賽本就是為了讓各府姑娘展現才藝而安排的，如今馮樂柔的才藝已經在太子面前展現出來了，記與不記，又有什麼區別？

雲意晚看著眼前的一切，心中則是在想，怪不得馮樂柔最後能成為太子妃。

只有雲意晴還傻傻的想安慰喬婉瑩。「表姊，妳不用擔心了，她剛剛說了不用把成績記下來。」

喬婉瑩不想理她，記不記的還重要嗎？太子都已經注意到她了，而且想必對馮樂柔的印象極好。

不，不能這樣下去。

她平復了一下情緒，走到太子和馮樂柔中間，笑著說：「我剛剛就說馮家妹妹騎射功夫了得，此刻一看果然如此。殿下，您看，被我猜中了吧？」

馮樂柔臉上露出一絲意味深長的笑，這位永昌侯府的大小姐當真是有意思極了。

周景禕看向喬婉瑩，笑了笑。

喬婉瑩道：「不過，馮妹妹的成績還是記下來得好，畢竟馮妹妹是因為路上有事情才耽擱了報名，她從遼東趕來，費了近一個月的時間，也是不容易，還望殿下能夠通融一下。」

這番話端的是一位知心大姊姊的樣子，端莊知禮，在場的人紛紛誇讚喬婉瑩大方得體。

喬婉琪撇了撇嘴。她這個大堂姊一向如此，踩著別人上位不說，還能屈能伸，明明是個虛偽至極的人，卻總是得到別人的讚賞，那些人都是眼瞎心盲之人！

「妹妹不愧是我永昌侯府的姑娘，就是識大體！」喬琰寧讚道。

喬婉琪聽到親哥哥的這句話，磨了磨後槽牙。

她宣佈，她哥哥才是全京城最瞎的人！

雲意晚垂眸，臉上沒什麼多餘的反應，此刻只想趕緊帶著妹妹離開，遠離這些是非。

然而，有時候想什麼來什麼，越不想讓壞事情發生，壞事情越會發生。

「我聽說剛剛有人說馮姑娘不通騎射，馮姑娘的父親是將軍，她怎麼可能不通騎射呢？」

「是啊，馮家是武將世家，族中的子姪多半都習武，還好馮姑娘證明了自己，也不知是誰這麼沒有眼色，胡亂編排。」

議論的人剛剛並不在現場，是聽說太子在這邊才過來看熱鬧的，並不知前因後果。
喬婉瑩握緊了帕子，眼睛瞥向站在身側的雲意晴。
她剛剛可沒有明確說馮姑娘不通騎射，要說是何人明確說過，那就是她身邊的表妹了，她順勢開口。「表妹，剛剛幸虧沒聽妳的話，不然大家就誤以為馮妹妹不懂騎射了，還好殿下給了馮妹妹機會。」
雲意晴一臉震驚，不知表姊為何突然這樣說她？自己先前的行為，完全是為了維護表姊啊！表姊難道不清楚嗎？
旁人因她的話又議論起來。
「哦，原來是她說的啊，這位姑娘是何人，怎麼以前沒見過？」
「是啊，我也沒見過，照理說不應該沒見過啊，今日來的不是三品以上的官家女眷嗎？」
「難道是京城外的世家？」
「可瞧著衣裳不像，一副小門小戶的樣子。」
雲意晴看著眾人對她的指指點點，委屈極了。「表姊，我……」
喬婉瑩一副善解人意的知心姊姊模樣，抬手握住她的手說道：「表妹，妳做錯了事就要認，錯了就是錯了，咱們這次改了，以後不再犯，馮妹妹會原諒妳的。」
「哦，原來是永昌侯府的親戚啊，怪不得不認識，想來是個上門打秋風的窮親戚。」

「你說得對，我瞧她一直站在喬大姑娘身邊，定是跟著永昌侯府來的。」

「小門小戶的，就是眼皮子淺。」

「可不是嘛。」

雲意晴委屈極了，周圍人的指指點點像一根根銀針一樣刺在她的身上，她像是墜入了湖中，漸漸窒息，喘不上氣。

這時，一個身影擋在了自己面前。

是長姊。

她如同溺水之人，抓住了一根浮木。

雲意晚看著胳膊上的手，抬手輕輕拍了拍，柔聲道：「別怕，有長姊在。」

雲意晴的眼淚一下子就流了下來。

第七章

安撫好雲意晴，雲意晚看向喬婉瑩道：「表姊，我希望妳能跟我妹妹道歉。」

喬婉瑩一臉疑惑。「道歉？表妹，妳在說什麼呀？妳難道是想說她沒說過馮姑娘什麼話嗎？」

雲意晚說道：「她有沒有說過、又說過什麼，剛剛在場的人都有聽到，我想說的是，我妹妹今日是跟著表姊來的，她沒來過圍場，也沒有參加射箭，只想來看看秋獵，不認識馮姑娘，也跟馮姑娘沒有仇怨、沒有競爭，她剛剛為何說那樣的話、是為誰說了那樣的話，但凡會獨立思考的人都能想明白。」

雲晚晴身分低微，又沒有參與太子妃的競選，自然跟任何人都沒有利害關係，既如此，她就是被人當槍使了。

周圍的人開始嘀嘀咕咕議論起來。

「這位姑娘又是誰啊，怎麼沒見過？長得好漂亮！」

「是啊，這麼美的姑娘，我若是見過定是有印象的。」

「你沒聽到她話裡的意思嗎？想必是那位姑娘的姊姊。」

「哦哦，又是侯府的窮親戚啊。」

「也不知她說她妹妹是被何人利用了。」

「也怪這位馮姑娘太優秀了，家世好，長得好，擋了別人的路唄。」

喬婉瑩臉上的笑瞬間淡了幾分，站在後頭的喬婉琪看向雲意晚的眼神則滿是崇拜。

她怎麼就沒表姊這麼會說話呢？以前她被堂姊冤枉甩鍋時根本無法辯解，說越多越像是自己的錯。

馮樂柔看了一眼喬婉瑩，又看向雲意晚，笑著說：「我瞧著這位妹妹天真爽朗，想必是被人利用了才這麼說的，兩位姊姊不必在意，我也不會放在心上。」

周圍又傳來了誇讚馮樂柔的聲音。

聽著周遭的議論聲，喬婉瑩心裡很快做了決定，她看向站在雲意晚身後的雲意晴，一臉驚訝。「原來表妹是被旁人利用才說了那樣的話呀，妳怎麼不跟我說呢？」

喬婉琪覺得幸好自己剛剛午飯吃不多，不然要吐出來了。

本來事情到這裡可以結束了，結果，一個聲音突然插了進來。

「什麼利用不利用，分明是她自己蠢！」

是月珠縣主。

月珠縣主剛剛在雲意晚面前丟了臉，此刻恨死她了，罵完雲意晴，她看向雲意晚，眼神裡像是淬了毒。「妳們姊妹倆是從五品小官的家眷，硬要來這裡做什麼？剛剛也沒見到妳們參加射箭比賽，想來是不會，難道來這裡是為了給自己找個夫婿嗎？」

這話一出，周圍議論聲更大了，喬婉瑩的尷尬頓時緩解，心裡也有幾分輕鬆。

聽著大家都在說兩位表妹的不是，她心中暢快極了，見火候差不多了，站出來說道：「縣主，別這樣說，她們是我的表妹，只不過是跟來見見世面罷了。」

話音剛落，她再次被打臉。

「雲姑娘是得了貴妃娘娘的帖子來的，縣主是對貴妃娘娘有意見嗎？」陳伯鑒從人群中走了出來。

月珠縣主一臉不可置信。得了貴妃娘娘的帖子？怎麼可能！只是，陳伯鑒是太傅府長孫，沒有說謊的必要。

不只月珠縣主驚訝，圍觀的人也很驚訝，不過，既然知道是貴妃娘娘下的帖子後，便沒人敢多說什麼了，人家貴妃娘娘親自送了帖子，自然有她的道理，不管緣由為何，雲家姑娘都是光明正大來的。

這倒顯得月珠縣主刻薄了些，月珠縣主有些下不了臺，冷著臉道：「既得了貴妃娘娘的帖子，為何不參加射箭比賽？不會射箭就別硬蹭。」

簡直是沒完沒了了，言語無禮，加上剛剛又故意把箭射向她，饒是雲意晚脾氣好，此刻也被激怒了。

她深深地看了月珠縣主一眼，隨後看向馮樂柔。「馮姑娘，可否借弓箭一用？」

馮樂柔眼裡閃過一絲意外，笑著說：「雲姑娘但用無妨。」

雲意晚說道：「多謝。」

雲意晚從馮樂柔手中接過弓箭，調整好站姿，手握住弓把的中央，箭搭在弓把上，勾弦、推弓、開弓、瞄準，箭射了出去，整個過程一氣呵成，沒有一絲猶豫。

箭矢正中靶心！

周圍一片寂靜，眾人看向雲意晚的眼神滿是震驚，連向來喜怒不形於色的顧敬臣眼裡也閃過訝異。

眾人期待著雲意晚接下來的兩箭，但雲意晚此舉並非是為了參加射箭比賽，因此沒再繼續，把弓箭還給了馮樂柔。

轉身之際，雲意晚看向月珠縣主。「縣主，不是每個人都會把箭射偏的，希望您以後多加練習，莫傷了無辜的人。」

留下這句話，雲意晚拉著妹妹的手離開了。

周景禕的目光看向雲意晚的背影，眼裡閃過一絲玩味。京城何時來了這麼多有意思的姑娘，當真是有趣。

正看著呢，視線突然被人擋住了。

顧敬臣說道：「殿下，娘娘已經走了，您也該回宮了。」

周景禕問道：「表哥，你看到了嗎？那位雲姑娘輕輕鬆鬆就射中了靶心。」他語氣裡帶著一絲興奮。

顧敬臣面無表情地道：「再晚宮門就要落鎖了。」

周景禕無奈搖頭。「表哥，你怎麼這般無趣？」

顧敬臣只是伸出手，說了一個字。「請。」

臨走前，周景禕看了一眼馮樂柔，對她笑了笑，馮樂柔也回了他一個溫婉的笑容。

一切盡在不言中。

天色不知何時變了，像是要下雨的樣子，太子一走，場內的人也都三三兩兩散開了。

離開的時候大家還在討論著雲意晚剛剛那一箭，不少人詢問她的身分，看起來對她非常感興趣。

「剛剛那小姑娘真不錯，沈穩大氣，長得還好看，剛剛聽人說她父親是從五品，不知是哪個府上的？」

「好像是禮部一個官員。」

聽著周圍人對雲意晚的稱讚，月珠縣主快要把一口銀牙咬碎了。她今日的臉面真的是被丟盡了，而讓她丟臉之人是同一個人，此刻她恨死雲意晚了。

喬婉瑩也同樣氣得牙癢癢的，今日真是失算了，她不僅沒博得太子的好感，還成全了馮樂柔，連想要把錯都推到雲意晴身上的計劃也被雲意晚打亂了。

如今雲意晚在眾人心中留下了一個好印象，而她什麼都沒有，不行！她得穩住腳步，還不到和這對姊妹撕破臉的時候，雲意晴還有用處呢……

「氣死我了，這個雲意晚算什麼東西，處處跟本縣主作對！」月珠縣主罵道。

喬婉瑩看向身側的月珠縣主，好在月珠縣主橫插一槓，想必眾人把月珠縣主和雲意晚看成了對立的兩面，要罵也是罵月珠縣主。

她見四下無人，低聲道：「別氣了，那些小門小戶出身的向來不懂規矩，又頗有心機手段，縣主您性子直率、待人真誠，自是比不過那樣的人。您是珠玉，又何必跟那些石頭計較？」

這些話說到了月珠縣主心坎裡，但是，她心中還是有些遷怒好友。

「妳怎麼會有這樣的親戚？」

聞言，喬婉瑩嘆了口氣。「哎，我也挺無奈的，她雖是我表妹，可您也聽到了剛剛她是如何說我的。她母親常常來我們府上求我祖母和母親辦事，沒想到到頭來卻得了這樣的回報。」

聽她這麼說，月珠縣主看向好友的眼神充滿了同情，於是握住了好友的手，道：「妳也是不容易。」

喬婉瑩道：「能有什麼辦法呢，誰家沒幾個這樣的窮親戚？只是像這種恩將仇報的少之又少。」

月珠縣主開始為好友抱不平，說著雲意晚的壞話。

喬婉瑩話裡在維護雲意晚，實則在拱火，兩人倒是聊得投機。

冉玠剛剛一直在跟戶部尚書府的公子說話，待問完自己想問的，來到自家馬前準備離開時，招財跟他說起了雲意晚那邊發生的事情。

聽到那些事情，冉玠瞇了瞇眼睛，看來月珠縣主沒把他說過的話放在心上。

「雲姑娘呢？」

「聽說和她妹妹一同離開了。」

冉玠正欲離開，眼角餘光瞧見了與自家相鄰的另一輛馬車，他問道：「那是月珠縣主的馬車？」

招財回道：「對，原本不在此處，縣主是知曉咱們府的馬車停在這裡，才特意跟人換的。」

冉玠嘴角微勾，冷哼一聲，伸手要招財附耳過來，他低聲說了些話。

招財頓時一臉愁苦，有些猶豫。「公子，這樣做……不好吧？畢竟那是縣主，萬一被老爺知道了……」

冉玠冷冷地看向他。「你不說父親如何知道？」

招財縮了縮脖子，沒敢再勸。

另一邊，因為雲家門第低，馬車停在最遠的地方，雲意晚和雲意晴在前頭等了好一會兒，都還沒瞧見自家的馬車過來，前面停著不少馬車，自家的馬車一時半刻出不來。

等了約莫兩刻鐘左右，陳伯鑒過來了。

雲意晚朝著他福了福身。「剛剛多謝陳公子。」

雲意晴見到來人眼前一亮，也朝著陳伯鑒行禮。「見過陳公子。」

陳伯鑒看著雲意晚，心情頗有些複雜，他鼓起了勇氣，朝著雲意晚施了一禮。「今日是我誤會了表妹，我在這裡向妳道歉。」

陳伯鑒對雲意晚的稱呼又改了回來。

雲意晚詫異問道：「嗯？陳公子這是何意，您剛剛幫了我。」

陳伯鑒抿了抿唇。其實前日收到雲意晚的信件時，他非常失望，府中早已收到了貴妃娘娘的帖子，他也知曉這次秋獵的真正意圖，從五品官員的女眷是沒資格參加的，雲意晚卻求著他要帖子，此舉有何目的，不言而喻。

然而今日見了雲意晚在圍場的表現，他方知自己想錯了。

憑著她剛剛射箭的本事，若她上場，定能得到頭名，但她並未報名，而是安安靜靜在一旁坐著，後來若不是月珠縣主挑釁，她根本就不會出手，想來今日她來此並非是為了太子妃之位，應是有別的事情。

「我之前因為一些事誤會了表妹，總之非常抱歉。」

說完，陳伯鑒覺得非常汗顏，轉身離開了。

瞧著陳伯鑒的反應，雲意晚也猜到了，他恐怕是誤會她求帖子的用意了，所以先前才態度不變，而今發現自己無意選太子妃，又解開了誤會。
若真是如此，她倒是有些欣賞他了。
即便不認同這樣的野心，他依舊信守承諾幫她拿到帖子，甚至在眾人面前維護她。或許正是因為這樣的性格，所以前世在燕山出事之後才會愧疚一輩子。不知那時究竟是造成多嚴重的傷亡，竟會讓本該意氣風發的幾位公子變得那般頹喪。
雲意晴站在長姊身邊，不自覺地低頭看向地上。
只要有長姊在的地方，果然沒有人會注意到她，她知道自己不該這樣想，可心裡就是忍不住會嫉妒。
過了片刻，擋在前面的馬車都漸漸離去，雲府馬車終於出現了，雲意晚帶著妹妹正想走過去，就在這時，身後傳來了一個聲音。
「表妹請留步。」
聽著這個熟悉的聲音，雲意晚和雲意晴停下腳步，轉身看向來人。
喬婉瑩面色如常地走來，像是剛剛的事情從未發生一樣。
「表姊。」雲意晚朝著喬婉瑩行禮。
雲意晴則抿了抿唇，垂眸看著地面，並未行禮。
喬婉瑩開口問道：「妳們這是準備回去了嗎？」
雲意晚說道：「嗯，天色不早，又快下雨了，我和妹妹正打算回去。」

喬婉瑩點了點頭，視線看向站在雲意晚身後的雲意晴，見雲意晴一直垂著頭，她伸手想要拉她，結果卻被雲意晴躲開了。

喬婉瑩不僅沒有生氣，語氣反倒是更加溫和了。「晴晴，妳還在生我的氣啊？」

雲意晴頓了一下，表姊叫她「晴晴」，可見是與自己關係更近一些，只是想到剛剛表姊在眾人面前的所作所為，她的心又硬了起來，往雲意晚身後躲了躲，道：「沒有。」

喬婉瑩沒有放棄，繼續說道：「妳剛剛不是說要同我一起走嗎？我在前面等妳，妳都沒有過來，我特意過來問問。」

雲意晴抬眸看向喬婉瑩，心裡有些欣喜。表姊竟然記得她說過的話，還特意等她！

見雲意晴不語，喬婉瑩道：「我們之前說好要一起來圍場，可妳早上卻是跟著意晚一同來的，我早上就沒等到妳，現在妳又生氣不和我一起走，是存心要讓表姊難過嗎？表姊跟妳道歉好不好？都是表姊的不是，是表姊誤會妳了。」

雲意晴眼眸微動，心裡掀起了波瀾。表姊是永昌侯府的嫡長女，跟縣主以及幾位皇子的關係都不錯，甚至能在太子面前說上話，這樣一個高高在上的人竟然會特意等她。

看著雲意晴的眼神，喬婉瑩知道她心軟了，刻意又道：「妳這麼生氣，不然我現在就去找太子殿下說清楚，說是我誤會妳了，在太子殿下面前跟妳道歉賠不是，好不好？」

這話一出，雲意晴徹底軟了下來，抬手拉住喬婉瑩的手腕。

「不……不用……剛剛我確實說了那樣的話，表姊也不算誤會我。」

其實仔細想來，剛剛是她自己無禮亂說話，不能怪表姊。

喬婉瑩反握住她的手，笑著說：「晴晴，妳這是說的什麼話，表姊錯了就是錯了，只要妳能原諒我我就很開心了。」

雲意晴看著喬婉瑩溫柔的眼神，有些慚愧，又有些受寵若驚。

「嗯，我不怪表姊。」

喬婉瑩道：「那咱們走吧，侯府的馬車寬大舒適，我還帶了好多妳喜歡的零嘴還有故事書，回去的路上咱們說說笑笑的，定不會乏味。」

雲意晚看著面前的這一幕，眼神微冷，說道：「多謝表姊，就不煩勞侯府了，我們姊妹倆一同坐府裡的馬車回去。」

喬婉瑩一臉詫異。「意晚，妳為何不太高興的樣子？啊，可是因為我沒邀請妳一同坐侯府的馬車？」說完，又一副恍然大悟的神情。「真是不好意思啊，我只想到晴晴，把妳忘記了，可是侯府的馬車再多兩個人坐不下，下次好不好，下次我定邀妳一起。」

雲意晚認真地看向喬婉瑩。這位瑩表姊可真會挑撥關係，不知她葫蘆裡究竟賣的什麼藥，想到她剛剛的所作所為，她不放心把意晴交給她。

雲意晚看向雲意晴說道：「意晴，馬車來了，跟我回去吧！」

喬婉瑩又道：「晴晴，侯府的馬車就在前面等著，妳兩位表哥也會跟咱們一同回去。」

喬婉瑩可真是太了解雲意晴了，她在外面何時受過這樣的待遇？剛剛陳公子只看長姊，壓根兒沒注意到她。如今表姊正好反了過來，只看到了自己，沒看到長姊，不得不說，她很喜歡表姊這樣的態度。

而且，兩位表哥也在，這一路上她定能跟表哥說上話。

雲意晴看看長姊，又看看表姊，最終把目光放在了長姊身上。

「姊姊，妳自己回去吧，我坐侯府的馬車回去。」

雲意晚不敢相信自己的耳朵，又問了一遍。「妳確定要坐侯府的馬車回去？」

剛剛發生的事猶在眼前，妹妹竟然還敢相信瑩表姊，她真想扒開她的腦子看看裡面到底裝了什麼東西。

雲意晴瞥了一眼長姊，有些心虛說道：「姊姊，母親說了讓我今日跟著表姊，妳就別再攔著我了。」

雲意晚皺了皺眉。母親到底想要做什麼，明明自己才是意晴的親姊姊，竟然把意晴交給喬婉瑩？

「剛剛的事妳都忘了？」她再次提醒。

雲意晴迅速看了一眼喬婉瑩，生怕喬婉瑩生氣似的，快速說道：「姊姊，妳說什麼呢，表姊都跟我道歉了，妳還計較什麼？難不成妳也在生氣？」

雲意晚的確還在生氣，但她更氣的是自己妹妹的態度，她怎麼能蠢到這個地步！

她還沒說什麼，就聽雲意晴又說道：「妳不會是因為表姊沒邀妳，就不想讓我去吧？」

雲意晚被氣笑了。「妳心裡是這樣想的？」

雲意晴抿了抿唇，小聲嘟囔了一句。「反正我今日要坐侯府的馬車一同回去，妳自己走吧。」

雲意晚冷淡道：「好，我知道了。」

喬婉瑩笑了。「晴晴，走吧。」

雲意晴開心地點頭。「嗯。」

雲意晚看了一眼兩人離去的背影，轉身上了自家馬車。

上了馬車後，紫葉看著自家姑娘的臉色，小聲道：「二姑娘怎麼這般糊塗，好壞親疏都分不清，剛剛瑩姑娘那麼對她，她還跟她走。」

雲意晚沈聲道：「她未必分不清好壞，只是在她心中，侯府的榮華富貴更重要罷了。」

雲意晴跟母親真是像極了，臉面在她們心裡不值什麼，只要能攀附上榮華富貴就好。

「我真擔心瑩表姊有其他的算計。」她嘆了口氣，緩聲說道。

紫葉一驚。「啊？二姑娘身上有什麼值得瑩姑娘算計的？」

這也是雲意晚沒想通的事情。透過這幾次接觸，她基本上了解瑩表姊的性子，對於身分比自己低的人，她是不會費心思應酬的，當初瑩表姊對她們就是一副愛答不理的模樣，今日更是明晃晃的嘲諷她。

而從婉琪表妹的種種反應，她也大概明白了瑩表姊能容忍意晴待在她身邊的原因，就是要利用意晴來襯托自己。

但今日在圍場上發生了馮姑娘那件事，瑩表姊不顧意晴的感受責怪她，應該就是不想再留她在身邊了，怎麼現在又來安撫她了？意晴身上究竟有什麼東西是她想要的？

想了一會兒還是想不透，她長長嘆了一口氣。「不知道。」該做的她都做了，既然妹妹不想領情，她也不會再多問。她跟妹妹已經有了隔閡，過多干預只會讓妹妹和母親厭煩，算了，只要她的愚蠢不會害到全家，她也懶得管了。

紫葉覷了一眼雲意晚的神色，適時地轉移了話題。「對了，姑娘是何時學會射箭的，我怎麼不知？」

雲意晚微怔，垂眸道：「可能是在夢裡學會的吧。」

「什麼？」紫葉沒聽清楚。

這時一陣風吹過，馬車上的車簾被吹動了一角，涼涼的。

「下雨了。」雲意晚喃喃道。

「是啊。」紫葉被雨聲吸引了注意力，看了一眼天色。「得走快些才好，免得在路上被雨淋了。」

「嗯。」雲意晚點頭。

紫葉隨即吩咐車夫上路，就在這時，一輛馬車從雲府馬車旁邊駛過，裡面傳出熟悉的笑聲，像是故意示威似的。

是永昌侯府的馬車。

永昌侯府的馬車比雲府的馬車寬敞，拉車的馬匹也比雲府的馬健碩、跑得快，一眨眼的工夫就消失在前方。

雲意晚此刻心情有些煩躁，她從一旁的抽屜中拿出一本書看了起來，翻看了一會兒，外面天色越來越黑，馬車內也越來越暗，書上的字有些看不清了。

雲意晚也不是真的想看書，她只是想靜一靜，見光線昏暗，便把書收起來，逕自靠著車廂，閉上了眼睛。

今日發生了太多事情，多到她此刻心裡亂糟糟的，剪不斷理還亂，此刻閉上眼睛，眼前似乎又浮現出剛剛發生的一切。

馮老夫人竟然覺得她長得像外祖母！更讓人意外的是，不僅僅是馮老夫人，還有琰寧表哥也覺得像。

她長得真的很像外祖母嗎？這可真是太令人意外了。

還有另一件事也令她非常意外。

瑩表姊將來會嫁給顧敬臣，可從剛剛的情況看來，她分明心繫太子，所以她究竟是如何嫁給顧敬臣的？難道是因為沒能嫁給太子，所以後來退而求其次嫁給了顧敬臣？若真是如此，顧敬臣也真是可憐，娶了一個不愛自己的人。

她原以為這兩個人是相愛的，沒想到竟然不是。不過，不知為何她竟然因此感到莫名的舒爽，心頭的煩躁消散了一大半，前世嫁給顧敬臣之後的事一幕一幕如畫卷一般浮現在眼前。

外頭的雨越下越大，一滴雨似乎滴落在自己手上，雲意晚緩緩睜開眼睛。

「哈啾！」在馬車上的顧敬臣突然打了一個噴嚏。

「侯爺，您不會是剛剛淋了雨染上風寒了吧？」車外傳來揚風關切的聲音。

顧敬臣沈聲道：「無礙。」

他剛剛只是覺得鼻子突然有些癢，沒忍住。

雨越下越大，瞧著一時半刻不會停，若是等天色暗了，路便更不好走了。

「快些回去吧。」顧敬臣道。

「是，侯爺。」揚風說著，手裡揚起馬鞭。

馬車的速度比剛剛快了許多，然而，一刻鐘後，速度卻突然又緩了下來。

顧敬臣睜開眼。「發生了何事？」

揚風回答。「侯爺，前面有人攔住去路。」

顧敬臣濃眉皺了起來。「何人？」

「屬下去問問。」

揚風停穩馬車，尚未開口詢問，就聽對方大聲說道：「你們是哪個府上的？我家縣主的馬車壞了，快把你們的馬車讓給我們。」

聲音裡充滿了傲慢和無禮，揚風眼神一下子冷了下來，居高臨下地說道：「定北侯府。」

顧敬臣的馬車頗為低調，通體黑色，沒有多餘的掛件，也沒有露出府上的標誌，一眼看過去倒像是哪個小門小戶的官家馬車。

一聽這幾個字，小廝明顯愣怔了一下，片刻後，再次開口。「請侯爺恕罪，是小的錯，小的有眼不識泰山，不知是侯爺的馬車，唐突了侯爺！」

不僅小廝態度不變，月珠縣主原本在馬車裡坐著，聽到定北侯的名字，也立即下了馬車。

定北侯在京城中的地位非常特殊，深受皇上器重，年紀輕輕就在軍中威名赫赫，如今京城的安危全仰賴他的守護，不僅如此，他還是太子的表兄，太子對其禮敬三分。

他不僅身分尊貴，長相更是英俊，是京城中貴女最想嫁的人之一。

「月珠見過侯爺。」月珠縣主朝著馬車福了福身。「侯爺，我們府上的馬車壞了，侯爺是否方便載我一程？」

月珠縣主的態度前所未有的好，即便心繫冉玠，她少女懷春之時也曾心儀過定北侯，只是定北侯如同一朵高嶺之花，高高在上，態度冷淡，她也只敢想想罷了，不敢靠近。

她話音剛落，就聽車內傳來三個字。「不方便。」

月珠縣主沒想到會得到這樣幾個字，一時之間尷尬極了。

只是此刻雨大風急，她先前已經等了許久都沒等到人可以幫忙，只好厚著臉皮又說道：「侯爺，您把我送到城門口就好，我讓府中的人來接。」

月珠縣主說完，馬車內沒有任何回應。

揚風冷笑一聲。「縣主，煩勞讓一讓。」

月珠縣主臉臊得通紅，得虧現在天色暗，看不清，她垂下頭，往旁邊讓了一下。

揚風揚起馬鞭，馬車再次朝著前面駛去。

這月珠縣主也真是臉大，他們侯爺可不是一個會憐香惜玉的人，對任何人都是如此。

又過了一刻鐘左右，揚風的速度再次降了下來，顧敬臣皺了皺眉，眼睛沒有睜開，問道：「又怎麼了？」

聲音裡帶了幾分不耐，揚風聽出來侯爺這是發火的前兆，心裡一緊。「侯爺，前面路上有輛馬車陷入爛泥裡了。」

顧敬臣沒說話。

說話間，馬車又往前走了一些，揚風道：「好像是那位雲姑娘的馬車。」

他記得這輛馬車，上次雲姑娘去京郊大營求救時就是坐這輛。

顧敬臣的眼睛一下子睜開了，他微微掀開車簾，看向了外面。

恰好兩輛馬車交會，此時雨絲如簾，秋風蕭瑟，身著騎裝的女子正站在泥漿中用力地推著馬車，那一張如玉的臉被雨水打濕，凌亂的髮絲散落在臉頰，隨風輕輕揚起，眼神清又倔強。

馬車即將駛離，顧敬臣沈聲道：「停車！」

揚風已經準備直接過去了，一聽這話，連忙快速拉停馬兒，馬兒嘶叫一聲，正在推車的主僕三人全都朝停下的馬車看去。

因為曾在京郊大營外見過，紫葉一眼就認出揚風，臉上露出一絲笑容。

有救了，這位軍爺雖然脾氣差、性子急，氣勢逼人，但姑娘說過他是個好人。

雲府馬車陷入了泥巴裡，車夫一個人推不動，她和她家姑娘也下來推馬車，然而她們力氣實在是太小了，推了好久也沒能讓馬車順利上路，反而陷入了僵局之中，如今總算來了一個力氣大的男子，她焉能不開心？

相較於紫葉的開心，雲意晚心裡一沈。

這輛馬車她再熟悉不過了，是顧敬臣的馬車，揚風在這裡，想必此刻他也在馬車裡。

得到指令，揚風把馬車停在一旁，穿上蓑衣，下車去幫忙了。

「雲姑娘，您往旁邊站一站，我來推。」揚風對雲意晚說道。

雲意晚抿了抿唇。「多謝，不過這馬車陷得很深，還是大家一起推吧。」

揚風捋了捋袖子，笑了。「不用，您站旁邊看著就好。」

雲意晚看著眼前小小的馬車，再看看揚風的塊頭，頓時明白了什麼，便跟紫葉二人站旁邊去了。

紫葉小聲道：「姑娘，真的不用我們幫忙嗎？」

雲意晚說道：「馬車小，人多了不好施力，咱們站那裡或許只會幫倒忙。」

紫葉見揚風一個人往那裡一站，幾乎能把馬車攬起來，頓時明白了。

揚風打小習武，力氣大得很，才推了幾下馬車就開始動了。

「哇，這位大人的力氣好大啊！」紫葉忍不住驚嘆。一推就推動了，果然人跟人是不一樣的。

雲意晚道：「嗯，行伍出身的人力氣總是比旁人大些。」

說話間，她瞥向了一旁的黑色馬車，馬車車簾緊閉，看不到車裡是否有人，可直覺告訴她，車內有人，顧敬臣就在裡面。

太子的馬車很早就離開了，她們離開時圍場幾乎沒有人了，顧敬臣怎麼這麼晚才走？

很快，馬車從泥濘中出來了，馬兒噠噠地往前跑了幾步。

「多謝大人。」雲意晚朝著揚風行禮。

揚風快速看了一眼自家馬車，連忙讓開了。

「雲姑娘客氣了。」

對於揚風的反應，雲意晚有些詫異。揚風雖然只是顧敬臣身邊的護衛，但據她所知在軍中也是有品級的，應該跟她父親差不多，且今日他還幫了她，她謝他也合情合理，他受得起她的禮。

接著，她就聽到揚風說道：「您要謝就謝我們家侯爺吧，都是侯爺吩咐的。」

說完，揚風朝著雲意晚鞠躬拱手，隨後上了自家馬車。

雲意晚早就猜到顧敬臣此刻就在馬車上，本想假裝不知此事，趕緊離開，沒想到被揚風點了出來，此刻若不親自過去道謝就是不懂禮數了。

雲意晚站在原地猶豫片刻後，朝著定北侯府的馬車走去。

「多謝侯爺搭手相助。」

沒了？紫葉看向自家姑娘。照姑娘的性子，若是得了旁人的幫助，定會銘記於心，想辦法報答，但今日她一句要報答的話都沒說，只說了一個謝字，這是為何？

「雲姑娘不必客氣。」車內傳出一個低沈的男聲。

那個聲音頓了頓，又道：「揚風，走吧。」

雲意晚往旁邊退了退，就在這時，雲府車夫匆匆跑來。

「大姑娘，我剛剛檢查了一下，咱們的馬車頂棚壞了，裡面會漏雨，墊子都濕透了，不能再坐了。」

聞言，雲意晚蹙了蹙眉。

紫葉看著天色有些著急，小聲問：「姑娘，咱們該怎麼辦啊？」

雲意晚靜下心來，拍了拍她的手，示意她稍安勿躁。

揚風瞥了一眼車夫，又看向雲意晚。這也太巧了吧？難不成是故意的？前些年倒是有不少姑娘對他們侯爺耍心機，後來見識過侯爺的冷漠後就再也沒人敢這樣做了。這位雲姑娘是外地回來的，怕是不知曉此事。

不過沒關係，她很快就會知道了。

揚風正坐在位置上冷眼旁觀，就在這時，只聽車內之人說道：「上來吧。」

所有人都看向緊閉的車簾，揚風也愣住了。

下一瞬，只聽見雲意晚拒絕了。

「不用了，多謝侯爺好意，時辰不早了，不敢耽擱侯爺的事，您先行吧。」說著，雲意晚往路旁退了半步，一副要撇清關係的樣子。

揚風更是大大的怔住了。

他們家侯爺竟然被拒絕了？這姑娘是不是不知道他們家侯爺是誰啊！

馬車內，顧敬臣臉色微沈。他發現這位雲姑娘似乎討厭他，每次都是一副避之唯恐不及的模樣，他可不記得自己在什麼時候得罪過這位姑娘。

紫葉忍不住小聲說道：「姑娘，圍場那邊的人幾乎都走光了，不坐侯爺的馬車，咱們怎麼回去啊？」

此處前不著村後不著店的，離圍場有些遠，離京城也不近，從他們陷入爛泥中至今只遇到了這一輛馬車，若拒絕了定北侯，他們該怎麼辦？

雲意晚扯了扯紫葉，示意她別說話。

只是頂棚壞了，馬沒事，車架子沒事，她們可以披著蓑衣打著傘坐在裡面，她不想跟顧敬臣有任何的牽扯。

就在這時，馬車簾子從裡面被掀開了，顧敬臣出現在雲意晚的視線中。他的身影依舊高大，一身氣勢逼人，讓人不敢直視。

顧敬臣跳下馬車，抬手把蓑衣穿上，整個過程乾脆俐落。

「雲姑娘上去吧，我坐外面。」

揚風簡直不敢相信自己的耳朵和眼睛，他們家侯爺何時這樣憐香惜玉過，又何曾委屈過自己？

紫葉雖不了解顧敬臣的性子，但也知道他的身分，對他的做法也很震驚。

同樣震驚的還有雲意晚。

她不解，顧敬臣為何要這樣做？

雨越下越大，隨著風打在身上，涼意更甚，紫葉忍不住哆嗦了一下，打了個噴嚏。「哈啾！」

雲意晚看了一眼凍得瑟瑟發抖的紫葉，只見她衣衫單薄，身上的衣裳都濕透了，想來是剛剛只顧著給她打傘，顧不得自己。

見雲意晚看向自己，紫葉吸了吸鼻子，道：「姑娘，我沒事。」

雲意晚想了想，若只有她一人，她無論如何都不會上顧敬臣的馬車，可身邊還有紫葉，她得為她著想。

主意已定，雲意晚看向顧敬臣。「那就多謝侯爺了。」

顧敬臣微微點頭示意，眼裡平靜無波。

雲意晚看向車夫。「馬車還能走嗎？」

車夫回道：「沒問題，可以走。」

「那我和紫葉就請侯爺送一程，你小心駕著府裡的馬車回去，天雨路滑，別搶快。」

「是，姑娘。」

吩咐完車夫，雲意晚走向定北侯府的馬車，來到車廂前。

定北侯府的馬車較高，這輛馬車又是顧敬臣的，沒載過女眷，因此沒有矮凳，她正猶豫該怎麼上去時，顧敬臣的手突然伸來。

雲意晚一愣，這隻手她曾握過，知曉上面的溫度和力道，此刻再看，熟悉又陌生，她順著手看向顧敬臣的臉。

顧敬臣的臉依舊如冰塊一般，毫無表情。「扶著我上去。」

雲意晚抿了抿唇，避開顧敬臣的手，抓住了他的手腕，但就在抓住他手腕的那一瞬間，她心頭突然一跳，像是有什麼東西竄過身體一樣，酥酥麻麻的。

「姑娘？」紫葉提醒。

意識到自己停頓太久，雲意晚連忙施力上了馬車。

她沒注意到的是，在剛剛兩人相碰的一瞬間，顧敬臣的眼神也變了一下。

揚風給紫葉使了個眼色，紫葉見狀，連忙扶著揚風的手上了馬車。

雲意晚掀開簾子，看著熟悉的馬車，愣怔了片刻。

「坐穩了。」顧敬臣的聲音從外面響了起來。

雲意晚連忙自動找了個位置坐好。

紫葉跟在後頭，瞧見自家姑娘竟坐在主位，微微有些詫異。姑娘不是這樣不懂禮數的人，平時坐別人的馬車也從來不會坐在主位上，難道是剛剛太著急忘了？

紫葉邊想著，邊納悶地坐在側邊。

馬車順利地上路，紫葉看著寬大的車廂，忍不住驚嘆道：「這輛馬車好大啊。」

這車廂裡面看起來能容納十個人，站起來也不用彎腰，她還沒見過這麼大的馬車。

從前在地方上她還覺得自家老爺的官職高，來到京城方知自己目光短淺，跟侯府比，他們老爺的從五品真不算什麼。她看向雲意晚，見自家姑娘平靜的神色，她很佩服。

然而雲意晚表面上平靜，此刻心思其實非常混亂。

這輛馬車她前世坐過幾次，當時裡面的設置跟此刻的並不太一樣，現在馬車裡面跟外面幾乎是一樣的風格，冷淡簡潔，車廂雖大，陳設卻非常簡單，三面座椅，正中央這一面中間有一個矮桌，上面放著幾本書、一套茶具，還有一些筆墨紙硯，整個車廂顯得空蕩蕩的。

前世她乘坐馬車時車廂已經改裝過了，中間這一面座椅安裝了厚厚的墊子，坐上去軟軟的，不像現在這麼硬，像是坐在木板上一樣，很是顛簸。

另一面的座椅也加寬過，兩個人躺上去都沒問題，如今卻只能躺一人。一旁還放置了一個小櫃子，抽屜裡放著一些點心和蜜餞果子。

那些東西現在沒有，後來她嫁入侯府時才有，想來應該是為表姊準備的。

「嗯，確實挺大的。」雲意晚收回目光。

外面的雨聲越來越大了，馬車裡卻安安靜靜的，不似剛剛坐自家馬車時那樣吵。

馬車外，揚風看了一眼坐在身側的侯爺。

侯爺今日怎麼怪怪的？廉郡王和侯爺有些交情，剛剛侯爺依舊拒絕了他的掌上明珠月珠縣主；禮部員外郎雲文海不過是從五品小官，又跟侯爺沒什麼交情，侯爺何故如此照顧他的女兒？

上次在燕山時他就覺得侯爺對這位雲姑娘不一般，可據他觀察，裡面那位雲姑娘似乎一直躲著他們家侯爺。

侯爺年紀也不小了，若侯爺真的對雲姑娘有意的話……

揚風清了清嗓子，刻意揚聲道：「侯爺，您前幾日為了救營中的新兵傷了肩膀，外面冷，您可別舊傷復發了。」

定北侯看向自己的下屬，臉上雖然沒什麼情緒，但還是把揚風嚇得不輕。

知道自己多嘴了，揚風縮了縮脖子，恨不得抽自己兩巴掌。

等回到侯府，等待他的還不知是什麼懲罰，不過他心想，若是能幫到侯爺，他挨打也是值得的。

偏偏令他失望的是，等了好久都沒聽到車廂裡面有動靜，難道是風大雨大沒聽到？

雲意晚自然聽到了，此刻她內心正在掙扎猶豫。

這是顧敬臣的馬車，顧敬臣為了避嫌坐在外面，但受過傷的身體可不好受，這車廂很大，又有紫葉在，讓他進來坐倒也無妨，可……她不想見到他。

這一猶豫，一刻鐘過去了。

雲意晚透過被風吹開的車簾，看到外頭一輛馬車駛過，馬車上的人看向這邊，令她感到有些不妥。這裡距離京城不遠了，路上的人會越來越多……

她思索片刻，終於做出了決定。

「紫葉，妳去請侯爺進來坐。」

她意識到自己想錯了，原本擔心自己若是和顧敬臣同坐在車廂裡，消息傳出去可能會被人說閒話，加上她也不想跟他有任何牽扯，所以遲遲不表態。

可事實上，顧敬臣坐在外面才更惹人注目。

馬車外頭沒有任何標誌，知曉這是顧府馬車的人不多，偏偏顧敬臣直接坐在車前方，認識的人不注意到也難，萬一又被人發現車廂裡另有客人……麻煩就大了。

紫葉應道：「是。」

聽到婢女的傳話，揚風心裡鬆了一口氣。還好，那位雲姑娘不是個鐵石心腸的。

顧敬臣也沒有拒絕，想到剛剛過去的那輛馬車，他似乎明白了什麼，順勢起身進入車廂。

走進去之後，顧敬臣把身上的蓑衣脫去，注意到車內地板乾掉的泥漿痕跡，濃眉微動。

雲意晚注意到他的視線，這才發現自己和紫葉把馬車踩髒了，剛剛上馬車時比較著急，沒來得及弄乾淨，想起顧敬臣喜潔，她連忙起身道歉。「抱歉，我馬上擦乾淨。」

顧敬臣收回視線，淡淡道：「不必。」

說完，他朝著中間這一面主位走去，撩開衣襬，坐在了左側。

身形高大的他，雙腿岔開，占了一半的位置。

見他坐下，雲意晚也準備坐下，但此時終於意識到一個問題，自己剛剛竟然坐在了主位上！

前世的習慣竟然帶到了現在，那時他是定北侯，她是定北侯夫人，兩個人是夫妻，座位自然是平起平坐。

可如今不是了。

雲意晚後背一陣發麻，她不自然地站直了身子，往旁邊挪了一步，坐在馬車右側的座椅上。

顧敬臣深深地看了雲意晚一眼。

紫葉是有些佩服自家姑娘的。定北侯氣場這麼強大，面色又那麼冷，讓人心生畏懼，自家姑娘是如何能做到面不改色地坐在侯爺面前的？反觀她根本不敢坐下。

雲意晚心思紛亂，過了一會兒才發現紫葉竟然站在一旁，並未坐下。她示意紫葉坐在自己旁邊，紫葉搖了搖頭，沒敢坐。

顧敬臣注意到她們，道：「坐下吧。」

聽到這話，紫葉才終於敢坐下，不過，她只敢坐一點邊邊，坐直了身子，一副拘謹的模樣。

馬車行駛得很快，因為下雨路面不平，有些顛簸，雲意晚不自覺蹙了蹙眉。

「慢一些！」顧敬臣沈聲道。

揚風還以為自己聽錯了，剛剛侯爺不是讓他快一些，怎麼又突然讓他慢了？雖心中有不解，但他還是照做了。

馬車內安安靜靜，無人說話。

紫葉忽然有些羨慕坐在外面的揚風了，外面雖然冷，但至少可以呼吸一下新鮮又自由的空氣，不像車廂裡的氣氛這樣尷尬，讓人窒息。

「雲姑娘師從何人？」顧敬臣的聲音在馬車內響了起來。

雲意晚抬眸看向顧敬臣，面露疑惑。

顧敬臣解釋道：「我瞧著雲姑娘射箭的姿勢非常專業和特別，想知道是何人教妳的。」

雲意晚愣了一下，大家不都是這樣射箭的嗎？她射箭的姿勢難道跟旁人不一樣？

顧敬臣進一步解釋。「雲姑娘靠弦的動作一步完成，而且舉弓時的姿勢也跟旁人不同。」

雲意晚抿了抿唇。她從來不知道自己這些姿勢跟旁人不同，當初他怎麼教她的，她就怎麼做，若是知曉自己動作特殊，剛剛她射箭時肯定會先改掉。

「就是在揚州時隨便找了個師傅學的。」雲意晚垂眸，隨口答道。

聽得出她不想回答，顧敬臣也沒再追問。

他之所以會問，是因為他發現雲意晚射箭的小習慣跟他一樣，但既然對方不想多說，他也不好多問。

不多時，馬車駛入了京城中，外面的聲音漸漸熱鬧起來。

「住址。」顧敬臣依舊言簡意賅。

雲意晚本想到了京城就下馬車，可這時才想到外面有行人，她若是下車勢必會被有心人看到。雲府所在的地方反倒是僻靜一些，若是停在後門就更隱密了。

權衡利弊之後，她如實地說出雲府的地址，至於去後門這種話，她沒好意思說，畢竟顧敬臣好心好意送她回來，她不該讓人走後門。

片刻後，馬車抵達雲府門口。

紫葉已經站了起來，但是透過被風吹起一角的車簾，雲意晚看到外面有人，有些猶豫。

顧敬臣看了雲意晚一眼，彷彿察知了她的顧慮，突然開口吩咐道：「去後門。」

雲意晚驚異地看向顧敬臣，他竟然猜到了她的想法！

不一會兒，馬車繞到了雲府後門，這條小道較狹窄，也幾乎沒人路過，在這裡下馬車不用擔心被好事者看到。

「多謝侯爺。」

雲意晚再次道謝，那些承諾報答的話她依舊一個字沒說。顧敬臣是定北侯，她是從五品官員的女兒，想必他也不需要她的回報。

「嗯。」顧敬臣冷淡地應了一聲。

紫葉先行下了馬車，轉身準備扶雲意晚。

「侯爺慢走。」雲意晚朝著顧敬臣福了福身，隨即在紫葉扶持下下馬車。

馬車很快又駛離了巷道，雲意晚敲了敲門，進入府中。

「一會兒母親若是問起，就說咱們的馬車壞了，我們是在路上搭了一戶商家小姐的馬車順路回來的，記得也交代一下車夫，給他些銀子，讓他不要亂說話。」

「是，姑娘。」

第八章

皇宮內，皇上看著站在下面的兒子，問：「今日可有看中意的姑娘？」
周景禕回道：「但憑父皇和貴妃娘娘作主。」
聞言，皇上微頓，看著兒子說道：「你若是有看中的人選可以說出來，不想跟朕說就去跟貴妃說，雖是娶太子妃，但也是將來與你相伴一生的人，總要選個喜歡的才好。」
周景禕腦海中浮現出馮樂柔的身影，但他並未多說。「兒子明白，多謝父皇。」
這時，一名內侍匆匆進來了。
皇上看向內侍。「何事這般慌張？」
內侍略顯著急地說道：「皇上，六皇子病了，高熱不退，冉妃娘娘請您過去一趟。」
皇上眉頭緊緊皺了起來，滿臉擔憂。
他起身朝著外面走去，走到大殿中央時，看著站在旁邊的兒子，道：「選妃一事你自己好好想想，時辰不早了，退下吧。」說罷，皇上匆匆朝著外面走去。
「是。」
出了勤政殿，周景禕的臉色冷了下來。父皇眼中只有那些小的，這些年越來越不把他放在心上了。

「大哥！」一個聲音打斷了他的思緒。

周景禕看向朝他奔來的少年，臉上的神情又溫和了起來。

「阿祺？你何時回宮的？」

四皇子周景祺向太子行了禮後回道：「今日傍晚方回。回來之後我就一直在尋大哥，聽說大哥白天去了圍場，弟弟等了許久，好不容易等到大哥回宮，結果大哥又被父皇叫去了，唉，如今要見大哥一面好難啊！」

周景禕拍了拍四弟的肩膀，笑著說：「大哥這不是回來了嗎？走，大哥那裡有好酒，咱們今晚一同暢飲，你也跟大哥說一說這半年你在外遊歷的事情。」

周景祺一臉興奮。「好啊！」

一旁的內侍小聲道：「四殿下，貴妃娘娘那邊還等著您呢。」

周景禕看向四弟，埋怨道：「你怎麼還沒跟娘娘說？」

周景祺摸了摸頭。「我這不是急著想見大哥嗎？」

周景禕無奈地搖了搖頭，看向內侍。「你去跟娘娘說一聲，四弟今晚不回去了，隨我去東宮。」

內侍連忙道：「是，殿下。」

顧敬臣回府之後去了前院。

啟航看到顧敬臣，連忙拿著一封書信走了過去，因走得太快，沒看到廊上的水漬，腳下一滑，以他的功夫，完全可以避免摔倒在地，但為了護住信，他選擇後背朝下摔倒在地。

看見顧敬臣冷冷的臉色，他嚇得哆嗦了一下，連忙起身跪下。

「屬下失禮，請侯爺責罰。」

顧敬臣瞥了他一眼。

啟航覺得這次恐怕要挨二十軍棍了，但讓人意外的是，顧敬臣看了他一眼就收回了目光。

「下次小心點。」說完，推開書房的門進去了。

揚風和啟航互看了一眼，都看到了對方眼中的驚訝。

「侯爺這次竟然沒罰我？」啟航低聲道。

要知道，侯爺治軍嚴格，平日裡他們連犯一點小錯都要被罰。剛剛他毛毛躁躁的，若是放在平時，怎麼也得挨十軍棍。

「今日侯爺心情不錯？」啟航猜測。

揚風搖了搖頭，表示他也不知道，他只知道他們家侯爺今日怪得很，從看到那位雲姑娘起就像是變了個人似的。

與此同時，雲意晚才剛回府，她自覺有些狼狽，因此先回小院梳洗了一番，換了一身衣裳才去正院。

她心想，今日在圍場發生了太多事，想必意晴回來之後都跟母親說了，意晴受了委屈，而她在圍場出了風頭，母親不喜她出風頭，還不知會如何說她……

雲意晚很快來到了正院。

但令她意外的是，母親竟然沒發怒，甚至眼底還有喜悅，看來是她想多了，母親並未因為圍場的事情而生氣。

「見過母親。」

「嗯，今日天氣不好，妳在外一天，也累了，早些回去歇著吧。」

雲意晚有些詫異，難道妹妹還沒回來？她琢磨了一下，問道：「瑩表姊邀請妹妹一同坐侯府的馬車回來，我瞧著她們在我前面走的，不知妹妹回來了嗎？」

聞言，喬氏笑了。「沒回來，她去侯府了。侯府那邊傳來了消息，婉瑩很喜歡意晴，要留她在侯府小住兩日。」

雲意晚心中更是詫異，瑩表姊葫蘆裡究竟賣的什麼藥？

她想了想，提醒道：「母親，今日在圍場上發生了一些事，瑩表姊當眾說了意晴不是，意晴很難過……」

話尚未說完就被喬氏打斷了，喬氏頓時冷了臉，說道：「婉瑩已經來信解釋過了，那些都是誤會，意晴也在信上說婉瑩待她極好，她已經原諒了婉瑩。我倒是聽說妳跟婉瑩發生了一些衝突是嗎？我剛剛忍著沒說妳，妳倒是反過來告狀挑撥她們表姊妹的關係，妳來京城後怎麼像變了個人似的？從前那麼懂事聽話，如今卻無理取鬧。」

雲意晚怔怔地看向母親，眼裡滿是不可置信，但想到許是母親聽侯府的人說了什麼，她有必要再解釋一下，便又說道：「母親，事情並非您想的那樣……」

喬氏有些不耐煩，抬了抬手要她別說了。「好了，事情原委我已經知曉，妳不必再多說，意晴跟侯府關係好是她的本事，以後妳妹妹的事情妳少管，這幾日妳也不要出門了，好好在家反省反省。」

雲意晚忍住眼中的淚意，道：「是，母親。」

回到小院後，黃嬤嬤瞧著雲意晚的臉色難看，問了幾句。

紫葉再也忍不住，把整件事跟黃嬤嬤說了一遍，最後抱怨道：「夫人怎能這樣說大姑娘，明明就是瑩姑娘欺負了二姑娘，大姑娘幫忙應對，怎麼到頭來成了姑娘的不是了！」

黃嬤嬤也氣到不行。「原以為夫人只偏心二姑娘，如今瞧著她也偏心瑩姑娘，她的心就沒在大姑娘身上。」

紫葉說道：「要我說，姑娘您以後少管二姑娘，就聽琪姑娘的，讓二姑娘自己多吃點虧，以後她就知道誰對她好了。」

雲意晚臉色微沈。「她今日吃了虧，可妳看她真的明白了嗎？」

紫葉張了張口，沒再說什麼。

黃嬤嬤嘆了口氣。「哎，都是一個府上的，不幫也不行，二姑娘在外面丟臉，人家只會說咱們雲府的不是，還是會連累姑娘。」

黃嬤嬤是最懂雲意晚的，知道雲意晚為何要幫妹妹。

雲意晚說道：「我累了，晚飯就不吃了，妳們先下去吧。」

黃嬤嬤和紫葉對視一眼，退了下去。

雲意晚今日心頭煩悶，本以為會睡不著，結果聽著窗外淅淅瀝瀝的雨聲，漸漸地睡著了。

這一晚，她作了一個長長的夢，夢到自己來到了燕山，有無數人神色慌張、連滾帶爬地從山上逃下來，很多人鞋子、衣裳都被踩爛了，她看得心慌，就這麼一眨眼，她突然又出現在半山腰，這裡的情形更加觸目驚心，人太多了，一群少年、姑娘正推推搡搡，很多人受了傷，亦有很多人從山上摔下去，整座燕山如同一個修羅地獄。

忽然，她看到了被人推到一邊的兄長，連忙跑過去想要拉兄長一把，然而就在伸手要拉住兄長的前一刻，卻來不及了，兄長還是掉下去了。

怎麼會這樣？顧敬臣不是已把兄長救回來了，為何兄長還是滾落山崖了？顧敬臣呢？顧敬臣去了哪裡？

「顧敬臣……顧敬臣……」

她親眼看到兄長從山上滾落，跌跌撞撞，最終倒在山腳下，一塊巨石正好落下，砸在了他的腿上。

「哥哥！哥哥——」

情緒太激動，雲意晚猛然從噩夢中驚醒過來，只見天尚未亮，灰濛濛的，外面依舊下著雨，她的臉上也早已淚流滿面。她怎麼會作這樣的夢？鮮血、嘶吼、哀鳴，夢境格外真實，像是真的發生過一樣，閉上眼，那些慘狀依舊在眼前浮現。

兄長不會真的沒有救回來，依舊傷了腿吧？

想到這一點，雲意晚心一沈，急忙叫人。

「來人！」

紫葉匆匆從外面進來了。「姑娘，您怎麼了？」

雲意晚抓著紫葉的胳膊，緊張地問：「大哥在哪裡？」

紫葉詫異回道：「大少爺？他不是去書院了嗎？還沒回來呢。」

人在書院？那就好……雲意晚鬆了一口氣，她隨即又問：「那二妹呢？意平、意安可有好好在府內？」

「都在呢，只有二姑娘昨日跟瑩姑娘去了永昌侯府，說是小住幾日，您忘了嗎？」

雲意晚提著的心徹底放了下來，還好，夢裡的事情沒有發生。她剛剛只是作了一個噩夢，一切都沒事。

「姑娘可是被夢魘了？」紫葉擔憂地問。

雲意晚平復了一下心情，道：「嗯，作了一個噩夢。」

紫葉坐在床邊，抬手撫摸著雲意晚的背。「姑娘莫怕，夢裡的事情都是假的，不會發生的，此刻天色快亮了，等天亮了一切都會好的。」

雲意晚說道：「嗯。」

另一邊，顧敬臣今日罕見地起晚了。

揚風覷了一眼自家主子的臉色，問道：「侯爺，您是不是身體不舒服？要不要去給您告假？」

顧敬臣眼神微變，臉上的表情也有些不自然，冷硬地說：「不必。」

從房中出來後，顧敬臣吩咐府裡的總管。「房間不用收拾，今日不許任何人進去。」

李總管恭敬地道：「是，侯爺。」

此時揚風問：「侯爺，外面還下著雨，今日您是要騎馬還是坐馬車？」

顧敬臣看了一眼昨日的馬車，迅速說道：「坐馬車。」

揚風詫異地看了侯爺一眼。

侯爺向來不愛坐馬車和轎子，除非陰雨天，否則無一例外都會騎馬。今日的雨也不算大啊，他不過是照例問了一句，沒想到侯爺會選擇馬車。

上了馬車後，顧敬臣下意識地看向昨日雲意晚坐過的位置。馬車昨日打掃過，地上的泥漿已經擦拭乾淨，旁邊的位置也收拾齊整，看似什麼都不曾發生過。

顧敬臣收回目光，靠在車上閉目養神，一閉眼，眼前又浮現了昨晚的夢。

紅燭、羅帳、鴛鴦戲水被、並蒂蓮花枕，以及那一雙如水洗過的清澈眼睛，和白皙嬌嫩掐一下就留下紅印子的肌膚……

顧敬臣的手微微一顫，上面彷彿還殘留著夢境中的感覺，突然，心頭莫名升起一股燥熱的感覺。

他猛然睜開眼，抬手捏了捏眉心，長長地嘆了一口氣。他怎麼會作這樣的夢，早上竟還因此起晚了！

一想到昨日雲意晚曾坐過這馬車，他就感覺馬車裡隱隱有一股淡淡的荷花香揮散不去，燥熱的感覺盤旋在心頭，越發濃烈。

「停車！」

他突然喊道，揚風趕緊把馬車停了下來。

「回去騎馬。」

「什麼？」揚風先是一愣，緊接著連忙道：「是。」

馬車調轉方向回到府中，下了馬車，顧敬臣冷冷地對總管說道：「以後車裡不要放薰香。」

李總管愣住了，沒人放薰香啊！

侯爺向來不喜歡薰香，這是闔府上下都知道的事情，尤其打掃馬車的婆子是在侯府待了幾十年的老人，不可能犯這樣的錯，且他昨日也檢查過。

但此刻侯爺臉色陰沈，他不敢多說，只能應道：「是。」

顧敬臣走後，總管把打掃的婆子叫過來問，婆子申辯自己並未用香，隨後總管和婆子一起去查看了馬車，怎麼聞都聞不到有什麼香味。

但是侯爺是不可能有錯的，所以錯的只能是他們。

最後總管只好丟下一句。「再打掃一遍吧，通通風、散散味。」

「是。」

此時的雲府——

用過早飯後，雲意晚坐在榻上，看著窗外淅瀝的雨，對紫葉道：「妳去放置雜物的院子看看，檢查一下意平和意安房間裡有沒有漏雨，被褥可還夠。」

此事本該她親自去的，但眼下她被母親禁足在院子裡，不方便出去。

「莫要告訴他們我被禁足一事，免得他們擔心。」雲意晚補充了一句。

紫葉應道：「是，姑娘。」

紫葉走後，雲意晚坐在榻上開始繡花。

想到昨晚那個夢，今日她給兄長繡起了荷包，再過幾個月兄長就要參加會試，她希望兄長能夠一舉得中，因此，她在荷包上繡了竹子，寓意節節高升。

聽著屋外淅淅瀝瀝的雨聲，繡著手中的荷包，她的心緒漸漸平靜下來，黃嬤嬤看見她繡的荷包，不禁讚道：「姑娘繡的花樣可真好看，大少爺用了這樣的荷包一定能考中的。」
雲意晚笑了笑，沒說話。
她也這麼希望，她希望兄長能夠徹底擺脫前世的厄運，有一個光明的未來。
過了一會兒，紫葉回來了，身後還跟著小薈，她帶來了正院昨天的消息。
「昨日夫人哪裡也沒去，在等二姑娘回來的消息，後來永昌侯府的人來了，給了夫人兩封信，一封是瑩姑娘寫的，一封是二姑娘寫的。夫人在正堂看的信，看完之後很是開心，嘴裡一直在誇瑩姑娘，說瑩姑娘識大體又懂事之類的，還有……」
說到這裡，小薈面上露出猶豫的神情，雲意晚平靜地問：「信上可是提到了我？」
小薈點了點頭，接著說道：「二姑娘在信上說您處處出風頭，跟瑩姑娘起了衝突，夫人很生氣，罵了幾句……昨天大概就這些了。」
「好，我知道了，妳先回去吧。」
「是，姑娘。」
小薈走了後，黃嬤嬤立刻罵道：「狼心狗肺的東西！分明是喬家大姑娘想出風頭，結果自己的如意算盤沒打響被別人占了先，心有不甘把事情推到二姑娘身上，大姑娘不過是維護了二姑娘罷了，怎麼到了二姑娘嘴裡就成了姑娘的不是？」
紫葉也一臉憤怒。「真是壞透了，我原以為那番話是永昌侯府那邊的人跟夫人說的，沒想到竟然是二姑娘，她是忘了自己昨日的處境有多難堪嗎？明知道夫人向來不喜歡姑娘，她怎麼能故意這樣跟夫人說！」

雲意晚倒是一點都不意外，事情過去一天了，她的心又硬了幾分。

妹妹一向這麼蠢，從昨日的表現就可以看出來了，瑩表姊幾句話就把她哄得團團轉，信上的內容也多半是被瑩表姊攛掇著寫的。不過，妹妹若是心裡真的向著她這個姊姊，也不會寫這樣的信，只能說她本就不喜歡她。

她只是有些心寒，還有些奇怪，母親為何對瑩表姊那麼好？瑩表姊最近為何又對妹妹那麼好？

雲意晚對紫葉說道：「春雨這次沒跟著妹妹去圍場，妳一會兒去找她聊一聊，探聽一下妹妹對瑩表姊是什麼態度、有沒有提起過侯府的事。」

紫葉應道：「好。」

此時黃嬤嬤看了一眼雲意晚手中的繡件，瞧著她把竹子繡完了，提醒道：「姑娘，今日天色不好，光線太暗，您別再做荷包了，仔細傷了眼睛。」

「好吧。」雲意晚也覺得眼睛有些不舒服，同意照嬤嬤說的先休息。

紫葉詢問。「姑娘，要收起來嗎？」

雲意晚說道：「嗯，先收起來吧，明日再繡，跟我那些繡件放在一起就行。」

紫葉點頭道：「好。」

紫葉小心翼翼地收起了雲意晚剛剛繡好的花樣，放到一旁的桌子上，隨後打開櫃子，打算把東西放進去，但在打開櫃子後頓時愣了一下。

「咦？」

黃嬤嬤看向她。「怎麼了？」

紫葉疑惑地道：「我記得我上回把東西都收得整整齊齊的，怎麼現在櫃子裡這麼亂啊，我明明整理好了啊。」

姑娘的東西一向由她保管著，除了她沒人會動。

這些繡件也不是什麼特別貴重的東西，應該沒人會拿，黃嬤嬤不甚在意地說：「許是妳忘記了吧。」

紫葉抓抓頭，也沒多想。「嗯，可能是吧。」

紫葉是個索利乾淨的姑娘，見裡面亂了，她立即動手開始整理。

雲意晚跟黃嬤嬤則在榻上說著話，黃嬤嬤刻意安慰她。「夫人的態度您也不必放在心上，她一向如此，也大概是因為咱們很需要侯府那邊的幫襯，夫人才會如此在意瑩姑娘的想法。」

「嗯，我知道，我如今只想查明原因。」

雲意晚想，還好嬤嬤不知前世的事情，若知曉母親還會逼她嫁給定北侯當填房，只為照顧表姊剛出生的孩子，不知心中又會怎麼想？

「嗯，我知道，我如今只想查明原因。」

「這樣就對了！總歸老爺和大少爺對您是好的，您有什麼事就去跟他們說，他們會為您作主的。」

雲意晚點頭。「好。」

黃嬤嬤又繼續說：「要我說，二姑娘的事您也少管，只要她不害府中，您管她呢，那就是個黑心肝的，將來即便嫁入高門也不會向著您。」

雲意晚默默聽著，這邊兩人正說著話，那邊紫葉又突然說道：「奇怪，姑娘繡的那一幅國色天香怎麼不見了？」

一聽有東西不見了，黃嬤嬤坐不住了，立即站了起來，朝紫葉那邊走去。「國色天香？是那一幅姑娘繡了半個月的牡丹圖嗎？」

紫葉說道：「對！就是那一幅。姑娘繡得特別好，我怕院子裡的小丫頭們弄壞了，特意收起來放在箱子底下，怎麼會不見了呢？」

「怎麼可能，我也來找找。」黃嬤嬤一樣一樣開始翻找，找了兩遍也沒找到，忍不住問：「會不會是妳記錯地方了？」

紫葉皺眉想了想。「不可能啊，只要是姑娘完成的繡件，我一直都放在這箱子裡面沒錯，打從上回揚州知府家的二姑娘來府中，姑娘拿出來看過之後，我立刻就收起來了，沒再給旁人看。」

黃嬤嬤問：「從揚州來京城的時候妳檢查過箱子嗎？」

紫葉搖頭。「沒有。」說完，又道：「可是一個月前姑娘教三姑娘學習繡蘭花的時候我打開過箱子，從裡面拿走了一條帕子，當時箱子裡的東西是整整齊齊放著的。」

「難不成被人偷走了？」黃嬤嬤皺眉說道。

紫葉不解。「偷姑娘的繡件做什麼？」

「姑娘繡技好，用的絲線又是上等的，那一幅繡品若是拿出去賣，至少值一百兩銀子呢。」

「這麼貴！」紫葉頓時心疼不已。「是誰會幹這樣的事情啊？太可惡了，那幅繡品姑娘可是繡了整整半個月，耗費了不少心神。」

雲意晚也很心疼，那幅國色天香她很喜歡。

「好在上面我沒有繡名字，見過那幅繡品的人也不多。」

黃嬤嬤猛然清醒過來。「姑娘說得對。」

那幅繡品丟了她也很心疼，可眼下丟了不是最重要的，最重要的是不能讓人知道那是姑娘繡的，否則落入不懷好意的外男手中，若說是姑娘私相授受可就麻煩了。

紫葉也想明白了，但她心裡還是很難受，畢竟那是姑娘的心血，還是在她手上丟的，是她看管不力。

「姑娘，對不起，您罰我吧。」

雲意晚說道：「罰妳做甚，東西又不是妳拿的。」

紫葉抿了抿唇，道：「可丟了東西是我的錯，我原想著咱們府中人少，這也不是什麼重要的東西就沒上鎖，沒想到竟然會丟了。」

雲意晚道：「沒關係，我不怪妳，如今這繡品究竟是何時丟的也不能確定，妳這幾日私下查一查吧，看府裡是不是有誰手腳不乾淨，能找到線索當然是最好的，若是找不到也不必記掛在心上，以後把繡品保管好就行。」

紫葉說道：「是，姑娘。」

過了一會兒，紫葉就去找了一把結實的銅鎖將箱子鎖上了，鎖上之後仍不放心，去外面叫了兩個小丫頭，把箱子搬到了裡間，藏到了櫃子裡，又把櫃子上了鎖，這樣終於能放心了。

雲意晚失笑。

黃嬤嬤滿意地道：「就該這樣，姑娘親手做的東西每件都很珍貴。」

過了兩日，紫葉有些喪氣地來到雲意晚面前。

「姑娘。」

雲意晚知道她這幾日一直在忙著查繡品丟失的事情，瞧著她臉上的神情便知並不順利了。

「沒關係，丟了就丟了，以後重新繡一幅便是。」

紫葉心裡很愧疚。

「我這幾日仔仔細細查過院子裡的人，沒有任何可疑之處，我還問過她們有沒有看到外人來過，可時間過去太久了，大家也都記不太清楚了，只知道大少爺來過、二姑娘來過，哦，對，還有正院的人也來過。」

雲意晚詫異。「正院的人？誰啊？」

大哥和妹妹時常過來她知道，但母親很少會派人來。

紫葉說道：「好像是夫人身邊的翠菊，曾來給您送點心，見您不在，待了一會兒就離開了。」

雲意晚點了點頭。

紫葉又說起另外一樁事。「對了，我去找春雨打聽了，她說二姑娘常提到侯府那邊的事，尤其是說到瑩姑娘時滿是得意，說瑩姑娘待她們姑娘好，還說她們姑娘要嫁高門去了等等，其餘什麼也沒說。」

雲意晚點了點頭。「嗯。這幾日妹妹應該就要回來了，妳多跟她院子裡的人說說話。」

紫葉應道：「好。」

雲意晚猜得沒錯，第二日傍晚雲意晴回來了。

回來時她特別開心，還帶了不少好東西，比如一些珍貴的水果、一些布料，還有一些小玩意兒。

雲意晴嘰嘰喳喳炫耀著，向來不怎麼喜歡次女的雲文海今日對次女也格外溫和。

「能討老夫人開心也是妳的本事，妳可得好好跟侯府的少爺小姐們相處，收起妳那個倔脾氣。」

後面這句話不太好聽，不過，雲意晴今日開心，所以並未在意。

「知道了，父親。」

雲意晴又接著炫耀老太太和喬婉瑩給她的東西。

雲文海看到一疋素色的布料，笑著說：「這倒適合意晚，正好給意晚做一身衣裳。」

雲意晴的臉立刻耷拉下來。

「父親，這疋布料是宮裡的娘娘賞給瑩表姊的，瑩表姊打算送給母親，姊姊若是也想要，就去外面買個差不多的吧。」

氣氛一時有些尷尬，雲意晚說道：「多謝父親好意，女兒不缺衣服。」

雲文海看了一眼布料顏色，雖是素色的，但顏色年輕了些，並不適合夫人，可瞧著夫人開心的模樣，他也說不出要她讓給長女的話。

雲文海看向長女說道：「也好，妳一會兒去帳房領些銀子，出門逛逛看看，有看到喜歡的就買些回來。」

雲意晚說道：「多謝父親。」

雲意晴輕哼一聲，父親就是偏心，還想拿她的東西給姊姊。

喬氏拿著布料摩挲了許久，問女兒。「這真的是瑩姑娘說要給我的？」

雲意晴說道：「是啊，瑩表姊很喜歡母親，這疋布料本來是給大舅母的，但她覺得更適合母親，就給母親留下了。」

「好、好、好。」

聞言，喬氏眉開眼笑，一連說了三個好。

「妳表姊對妳好，妳也莫要忘了她，有什麼好東西就給她帶上。」

雲意晴笑著說：「嗯，我知道，母親，對了，瑩表姊說過幾日是老——」

說到一半她突然停了，眼角瞥了一眼雲意晚，快速改了口。「瑩表姊邀我過幾日去侯府賞梅，屆時我給她帶上。」

雲意晚眼眸微動，並未做聲，端起茶輕輕抿了一口。

喬氏說道：「好。」

一家人在一起說了一會兒話，雲文海前院還有事要忙，便散了。

出了正院門，雲意晚看了一眼紫葉，又看往正院的方向，紫葉立即明白過來，點了點頭，轉身為姑娘辦事去了。

雲意晚回到小院後待了一會兒，紫葉就回來了，沒多久，打聽到消息的小薈也匆匆來了。

「我娘聽到了，二姑娘跟夫人說，臘月十六是侯府老夫人的壽辰，老夫人邀請咱們府的夫人和少爺姑娘們一同去侯府做客。」

紫葉感到奇怪。「就這事？二姑娘剛剛為何不說？」

黃嬤嬤接口道：「還不是怕咱們姑娘也去會搶了她的風頭。」

雲意晚看向小薈問道：「是只邀請了母親和妹妹，還是都邀請了？」

小薈想了一下。「應該是都邀請了，我娘說有聽到夫人誇二姑娘機靈，沒在您面前說這件事。」

果然如此，紫葉和黃嬤嬤又開始說起了正院的不是。

雲意晚發現自己的心已經越來越冷，也越來越硬了，前世她不爭不搶，無人在意她，所以她既沒有被母親打壓，也沒有被妹妹討厭。今生她稍微露出一點頭，母親便要把她摁下，妹妹就以她為敵，她要是不做些什麼，豈不是讓她們白白浪費心思了？

雲意晚點了點頭。「做得不錯，等大哥從書院回來，我會請大哥過年這段時間多帶妳出門見世面，也可以幫忙跑跑腿。」過年見的人多，更容易露臉。

用錢可以收買人心，但不長久，前途才是最穩固的。之前小栓子已調到了雲意亭身邊，如今雲意亭去了書院，小栓子沒跟著，留在雲意亭的院子裡做一些雜活。

小薈眼睛亮了起來。「多謝大姑娘！若是夫人那邊還有什麼消息，我一定第一時間報給姑娘。」

雲意晚說道：「不必太過著急，能打聽到固然好，但也要注意，莫要被人發現了。」

小薈點頭。「好，我記住了。」

雲意晚端起茶。「嗯，下去吧。」

小薈連忙告退。

等人走了之後，紫葉說道：「姑娘，夫人為何不想讓妳知道侯府老夫人壽宴的事啊？到底為何這麼害怕您去侯府？」

黃嬤嬤沒好氣地道：「我看除了怕姑娘搶風頭，估計還有別的什麼事。」

紫葉好奇問：「姑娘，那咱們這次去不去？」

雲意晚眼神格外堅定。「自然是要去的。」

母親越不想她去，她便越要去。

歷時幾個月，趙家的事情終於水落石出。

冉玠不僅戳穿了冒牌趙老爺的身分，還協助刑部和大理寺抓住這個梁國奸細，剿滅了幾個梁國的探子。

冉玠立了大功，皇上重重賞賜了冉家。從前都是冉妃幫助娘家，這一次，是冉玠反過來幫助了姊姊。

晚上，皇上來了琉璃宮，提到此事。

「阿芙，妳這個弟弟不錯，將來大有可為。」

冉妃笑了笑，拿著帕子遮住唇，謙虛地道：「皇上謬讚，他懂什麼呀？主要是刑部和大理寺的大人們能幹，他就是跟著這些大人們撿了個功勞。」

冉玠是京城第一美男子，冉妃的相貌又豈會不如弟弟？她長相明豔，一顰一笑都甚是勾人，皇上愛極了她這副容貌，抬手握住了她纖細如蔥的手把玩起來。

「朕是認真的，若不是冉玠機敏，怕是很難找出這個敵國的探子，還不知將來會帶來多少禍患，這次冉玠確實做得很好，朕已下旨好好犒賞他一番。」

「那阿芙就代弟弟謝皇上厚賞了。」

謙虛的話說一次就夠了，說多了萬一對方真的覺得自家弟弟無功勞就不妙了。冉妃這回直接受了，順勢靠在皇上懷中，手伸向了皇上的腰封。

皇上也有些意動，含笑看著懷中的女子，任由她繼續，就在這時，一個內侍匆匆跑了進來。

皇上神情微凜，看向來人。「何事？」

「回皇上的話，高貴人……在牢中自盡了。」

皇上眉頭緊緊皺了起來。

冉妃的神色也不好看，她入宮後沒多久，高貴人就主動親近她，自此兩個人幾乎無話不談，高貴人時常幫她，那個冒牌的趙老爺就是高貴人推薦給她的，多虧了弟弟及時發現這人有問題，否則怕是整個冉家都要陷入萬劫不復的境地。

高貴人久居深宮還有法子跟大梁勾結，怕是背後還有人，可如今高貴人死了，這一切線索不都斷了嗎？

皇上看著冉妃的神色，抬手拍了拍她的手。「阿芙放心，朕一定會為妳查清楚。」

冉妃臉上擠出一絲笑，環抱住皇上的腰，靠在他的身上說道：「嗯，臣妾相信皇上。」

此時的冉家——

「好好好，我兒真是有出息！咱們府竟然得了爵位，真是祖上有光了！」冉老爺滿臉紅光，端起桌上的酒杯又喝了一口。

今日宮裡傳了旨，冉老爺被封為伯爵。

恩賞爵位向來只有皇后才有這樣的殊榮，冉家之所以有，是因為兒子立了大功，當然了，其中也有宮裡女兒的功勞。

「烈兒可真爭氣！」冉夫人董氏笑著說道。

她生的這兩個孩子可真好，一個成了宮裡的寵妃，一個為家裡掙了爵位，夫婦倆笑得開懷不已。

就在這時，冉玠突然說道：「父親、母親，其實這件事並非兒子發現的，是意晚告訴我的。」

意晚，雲意晚……這個名字夫婦倆雖久未聽到，但並不陌生。

冉老爺道：「你說的那位提醒你的朋友是雲家大姑娘？」

「正是如此，若非她提醒，兒子也不會知曉趙家那邊可能有問題進而追查。」

想到之前婚約的事，冉老爺和夫人心情有些複雜，都沒說話。

冉玠站起身來，撩開衣襬，跪在了地上，冉老爺和董氏看著兒子的舉動都怔住了。

「烈兒，你這是……」董氏問道。

「爹、娘，兒子一直喜歡意晚，希望你們能再去雲家提親！」

冉老爺沒說話，臉上的神情看不出來他此刻的想法，而董氏原本笑著的臉立馬沈了下來。

「不行，我不同意！」想起此事她就不高興。

「母親為何不同意？」

董氏冷著臉道：「我們兩家的婚約是雲家主動退親的，既然親事已退，你就不要再想著雲家姑娘了。」

冉玠急道：「當初確實是雲家做得不對，分明瞧不上咱們家，可這次意晚幫了咱們這麼大的忙，免了家中的禍事，可見她對兒子並非無情，也沒有瞧不上咱們。如今咱們府已有爵位，和從前更是不可同日而語，想來雲家也未必會拒絕，娘就為兒子去求上一回吧！」

董氏仍舊不同意。「意晚是個好姑娘，但她娘不行！我可丟不起那個臉，也不想再跟這種捧高踩低的人家做親家。」

想到當初和雲家訂親之後喬氏的嘴臉，她就很不高興。

原本雲家選中他們家結親，他們還非常開心，感覺像從天上掉下來一塊餡餅似的，結果那喬氏姿態擺得甚高，處處高人一等，表面上看不上他們商戶，暗地裡又向他們討要好處，最後竟然還是退親了，真是不可理喻。

見母親態度強硬，冉玠皺了皺眉，看向父親。「爹……」

冉老爺也不站在兒子那邊。「既然你母親這樣說了，你就別再提了。」

冉老爺和董氏不同，看待問題比較理性，喬氏如何對待他們家，他不太在意，他想的是，當年雲家確是一個好選擇，但現在他們冉家有了更好的選擇，也不是非雲家不可。

「可……」

冉玠還想再說，但沒等他說完，董氏就插嘴道：「兒啊，你就多看看京城中的貴女們吧。你生得好看，如今不知多少小姑娘為你著迷，你何必非要雲家那個？」

冉老爺附和道：「是啊，月珠縣主一直傾心於你，你多看看她。」

如今女兒是宮妃，他們家自然花團錦簇，可若是遇到像趙家這樣的事情，很容易就倒了，說到底，還是他們冉家根基不深，不過兒子若是娶了縣主，那自然就不同了，與皇親貴胄有了聯繫，再遇到事情時也能周旋一二。

冉玠眉頭皺了起來，明確道：「爹，兒子只想娶自己喜歡的。」

看著倔強的兒子，董氏勸說道：「月珠縣主哪裡不如雲家姑娘？人家家世好、身分尊貴、父兄得力，長得也不比那雲家姑娘差多少。從前咱們家沒爵位，他們也沒嫌棄咱們，這麼好的姑娘你當珍惜才是。」

冉玠嘴角扯出一抹嘲諷的笑，站起身來。「咱們家當年不過是一介商賈，長姊也不曾入宮，雲家都沒嫌棄咱們，跟咱們家訂了親，按照母親的說法，咱們當珍惜雲家才是。」

董氏張了張口，又閉上了。

冉老爺說道：「哪裡是我和你娘不珍惜，這不是雲家先提出來的嗎……」

冉玠打斷了父親的話。「從前爹娘說是雲家主動退親，兒子信了，可如今看來，爹娘當初未必就沒這樣的心思，怕是早就等著雲家來退親了！」

被兒子說破心事，冉老爺站起身來斥道：「你胡扯什麼？」

冉玠冷冷地道：「是不是兒子胡扯，父親心中有數。我也告訴你們，這輩子我非雲意晚不娶，你們就死了讓我娶月珠縣主的心吧！」

說完，冉玠離開了廳堂，冉老爺在後面喚了兒子幾聲，董氏被兒子氣得頭疼。

今日是臘月十五，雲府一家人也在一處用飯。

酒足飯飽後，雲意晚看了一眼父親，又看向母親說道：「母親，明日是外祖母的壽辰，您說女兒是送外祖母一副手套好呢，還是一幅親手繡的百福圖好？」

雲意晚沒想費心力說服母親帶自己去侯府，因為透過最近發生的事情，她覺得母親是不會答應的，既如此，又何必白費心思？

但父親一定會同意此事，十五晚上全家人會在一處用飯，正好趁著這個機會說出來。她這段時日只假裝不知，絲毫不露馬腳，讓母親放鬆警惕。

原本樂融融的氛圍頓時一滯。

「妳說什麼呢，母親又沒打算帶妳去！」雲意晴率先反駁。

果然，雲意晴先露了餡，喬氏想阻止女兒已經來不及了。

雲文海放下筷子，看向喬氏說道：「明日是岳母壽辰？夫人怎麼沒有提起過？」

雲意晴意識到自己說錯了話，連忙閉了嘴。

喬氏笑了笑。「我沒跟老爺說過嗎？可能臨近年關，我忘記跟老爺說了。不過，老爺不必擔心，您的那一份禮我已經準備好了。」

雲文海點了點頭，再次拿起筷子，尚未挾菜，他又想到了什麼，看向次女。「既然是岳母的壽辰，為何不帶著意晚？」說完，他眼神挪到了喬氏身上。

喬氏瞥了一眼長女，道：「意晚之前身體不舒服，我想著天氣冷，怕她難受，就沒想帶她，讓她多休息。」

雲文海看向女兒，關切地問道：「意晚，妳身子不舒服嗎？哪裡不舒服？」

雲意晚笑著說：「多謝父親關心，女兒只是前些日子射箭時手腕有些扭傷，在府中靜養了大半個月，眼下已經好了。」

聽到這個說辭，喬氏皺了皺眉。

雲文海驚訝。「射箭？」

雲意晚點頭。「嗯。秋獵時女兒雖未曾參加射箭比賽，但最後還是射了一箭……」

喬氏打斷了她的話。「不過是小孩子鬧著玩的，意晚逞強，結果傷到了。好了，意晚，妳好好養著身體，不必急著出門，妳的心意我知道，定會轉達給妳外祖母。」

紫葉立刻道：「大姑娘沒有逞強，她那一箭正中靶心，大家都看呆了，當時太子殿下也在呢。」

喬氏當下冷了臉。

雲文海卻突然大笑一聲，說道：「哈哈，原來那日在圍場上一箭正中靶心的小官之女，說的是妳啊！」

雲意晚說道：「嗯，爹爹謬讚。」

雲文海非常高興。「好好，非常好。」他看向喬氏說道：「夫人，這件事外面也多有議論，我當時聽了還特別好奇，不知這是哪家的姑娘如此出色，沒想到竟然是咱們家的。」

喬氏不知該回什麼，神色僵硬。

「對了，我之前怎麼沒聽夫人說起此事？」

喬氏愣了一下，說道：「呃，意晚沒說，所以我不知此事。」

雲文海看向長女。「意晚，妳就是太低調了，在外面做了這樣的事情給家裡這麼長臉竟然也不說。」

雲意晚笑著沒說話。

「現在手腕可好些了？」

紫葉說道：「回老爺的話，姑娘的手腕早就好了，還給大少爺繡了節節高升的荷包。」

雲文海點頭。「妳有心了。我記得妳繡技極好，明日就給老太太帶著那幅百福圖吧，好好讓大家看看妳的繡技。」

雲意晚看向喬氏，喬氏知道明日必須得帶著長女了。她想了想，道：「還是帶著手套吧，老太太想必見過不少百福圖，妳用的針線和布想必也不是上乘，讓人笑話就不好了。」

雲意晚說道：「好的母親，女兒知道了。」

雲文海本不贊同，但張了張嘴又閉上了，沒再多說。

喬氏藉口乏了，眾人便散了。

回到院子裡後，紫葉疑惑地問道：「姑娘，您何時繡過百福圖？」

雲意晚道：「沒繡過。」

紫葉更是驚訝了。「那姑娘怎麼能確定夫人一定會選手套呢？」

「我只是比較了解母親罷了。」

她剛剛不過是試探一下罷了，她猜測，相較於出彩的繡件，母親會讓她選別的，結果猜測成真了。

正院裡，雲文海躺在床上時還在想飯桌上長女提到的事情，越想越興奮，他對身側的妻子說道：「沒想到意晚竟在秋獵時如此出彩，而且此事還被太子殿下知曉了，說不定意晚將來——」

他的話還未說完就被喬氏打斷了。「老爺，永昌侯府的姑娘們也有意競選太子妃，瑩姑娘那麼出色都未必能選得上，意晚就更不可能了。」

聞言，雲文海有些不悅。「夫人怎麼能長他人志氣滅自己威風！意晚哪裡比旁人差了？她長得好看，性情好，琴棋書畫樣樣精通，如今騎射功夫也有所表現，意晚就是差在了身分上，否則滿京城誰能比得上她？」

雲文海向來疼愛長女，覺得長女就是天底下最好的姑娘，不允許任何人說長女的不是。

喬氏不愛聽這樣的話，在她眼裡，意晚太過小家子氣，又跟個木頭似的，哪裡能比得上永昌侯府的瑩姑娘靈動大氣，但她也知道丈夫最疼愛長女，因此沒反駁。

雲文海正在興頭上，雖然喬氏沒回應，他依舊繼續說著。「我從前就跟夫人說過，妳應該多帶意晚出門，說不定咱們家的榮耀都在意晚身上。不過，我也沒想過讓她進宮當太子妃，只要能嫁個高門大戶就行，像國公府、侯府那樣的我從前也不敢想，不過現在意晚在眾人面前大大露了臉，倒也不是不能想了……」

喬氏打斷了他的暢想。「嗯，我知道了，老爺，明日還得早起，睡吧。」

雲文海見妻子一副疲憊樣，便沒再多說，不過還是把此事放在了心上。

第九章

顧敬臣在京北大營待了一個月，今日方回京城，回來後天色已晚，得知母親已經睡下，便沒去內宅請安，直接去了外院。

一入臥房，看著略顯凌亂的床，他不禁想起上次離開時的情形，那日他起晚了，走得匆忙，沒有收拾床鋪，也沒讓旁人來收拾。

雖已過去一個月，但那一晚的夢仍然縈繞在心頭，揮之不去……

他喉結微動，頓了頓，揚聲道：「來人。」

揚風推門而入。「侯爺。」

顧敬臣冷冷地瞥床鋪一眼。「叫人重新換一床被褥。」

揚風看了一眼床上，轉身去叫人了。

當總管過來時，揚風忍不住責備道：「李總管，你怎麼會犯這種錯誤？侯爺都離開一個月了，你竟然沒給侯爺打掃房間？」

李總管有苦說不出，低聲道：「揚風大人，您忘了嗎？侯爺走時特意吩咐過不讓人進去他房裡啊。」

雖然時隔一月，但那日的侯爺著實怪異，揚風也想起來了。

他不好意思地抓了抓頭，道：「哎，李總管辛苦了，趕緊讓人去收拾吧。」

李總管應了一聲。「好的。」

一會兒後，換了新的被褥，顧敬臣舒適地躺在床上，閉上眼，那晚的夢又在眼前晃動，不過，好在晚上沒再作那樣的夢。

第二日一早，顧敬臣去了內宅。

「兒子見過母親。」

顧敬臣過來時秦氏正在用飯，聽到兒子的聲音，秦氏頭都沒抬一下。「你還知道回來？」

聲音裡多少帶了些怨氣。

兒子自從十五歲就上了戰場，常年在外征戰，如今好不容易回京，又時常去京北大營，不回京城。

顧敬臣撩開衣襬跪在地上。「是兒子不孝，請母親責罰。」

秦氏瞥了兒子一眼，沒再多說。「坐下來吃飯吧。」

顧敬臣道：「是。」

吃過飯，秦氏去裡間換衣裳了，對此，顧敬臣微微有些詫異。

「母親這是準備出門？」

「嗯，今日是永昌侯老夫人壽辰，我一會兒過去一趟。」

顧敬臣心中驚訝不已，母親最不愛出門，管他是王妃還是公主來請，多半都拒絕了，就連宮宴她也從來不去，今日為何要去永昌侯府？難道有什麼事情嗎？

「母親為何要去？」

看著兒子的眼神，秦氏有些無語，語氣也不善。「還不是為了你？」

顧敬臣不明白。「嗯？」

秦氏冷回一句。「你也不小了，該成親了。」

原來如此，最近這幾年，這樣的話顧敬臣不知聽了多少遍，他索性站在一旁閉嘴不言。

秦氏嘆氣，她怎麼就生了這麼一個木頭兒子？接下來她又絮絮叨叨說了兒子許久，偏偏兒子毫無反應，秦氏怕自己氣得難受，抬了抬手攆兒子走。

顧敬臣略一思索後道：「那兒子一會兒送您過去。」

秦氏頓時眼裡冒光，轉頭看向兒子。

兒子這是……開竅了？

一覺醒來，雲意晚發現屋裡格外亮堂，穿好衣裳掀開床幔，這才發現屋外不知何時下起了雪。

黃嬤嬤從屋外進來，抖了抖身上的雪。

「半夜時就下起了雪，沒承想竟然會下這麼久，開始還是淅淅瀝瀝的雪粒子，早上起來竟變成了鵝毛大雪，下了有一尺厚了，院子裡剛掃完，就又下了一層。」

雲意晚看了一眼屋外的雪，鵝毛般的大雪簌簌落下，竟比春天的柳絮還要密集。

這些年她一直隨父親在南邊任上，已經好久沒見過大雪了。記憶中上一次下大雪還是在京城的時候，那時她只有三、五歲。

紫葉在一旁感慨道：「我長這麼大還沒見過這麼大的雪呢。」

黃嬤嬤想了想，道：「我記得上一次京城下這麼大的雪，還是在姑娘出生那年。」

雲意晚和紫葉同時看向了黃嬤嬤。

「有這麼多年沒下大雪了？」紫葉問道。

黃嬤嬤回想往事。「是啊，那一年雪下得特別大，連續下了近半個月，夫人那時都快生了，天氣冷，又下著雪，生怕出了意外，不敢出外走動，只在屋裡活動活動，誰知侯府那邊突然來了消息，說夫人的姨娘病了，要夫人過去小住幾日，老爺和夫人都有些猶豫，後來不知怎的，夫人還是冒著雪去了侯府，在侯府住了沒幾日就生下了姑娘，生產當日就回來了，那一日雪下得最大，姑娘抱回來時小小的一團，跟一隻小貓似的，氣息微弱，也不知侯府怎麼這般狠心，不讓夫人多住幾日……」

雲意晚心中一動。

「夫人也似氣極了，對姑娘不管不——」

黃嬤嬤察覺自己說錯了話，連忙看向自家姑娘，見自家姑娘垂眸不知在想什麼，她連忙轉了話題。

「姑娘，外頭冷，把窗戶關上吧，小心染了風寒。」

雲意晚輕輕應了一聲。「嗯。」

黃嬤嬤給紫葉使了個眼色，紫葉連忙去關窗。

雲意晚回過神來，瞧著正在院子裡忙活的人，對黃嬤嬤道：「嬤嬤，跟他們說一聲，先別掃了，等雪停了再說吧，進屋暖和暖和。」

見姑娘沒再問當年的事，黃嬤嬤笑著說：「好，姑娘就是體貼人。」

黃嬤嬤轉身又出去了。

「姑娘說了，等雪停了再掃，都去歇著吧。」

「多謝姑娘，多謝嬤嬤。」

黃嬤嬤站在廊下吩咐完，又進了屋，瞧著紫葉正在給姑娘梳頭髮，連忙過來了。

「妳別弄，放著我來，今兒我要給姑娘梳個好看的髮髻。」

他們家姑娘長這麼漂亮，就該好好打扮才是。今日是永昌侯老夫人的壽辰，想來去參加宴席的人很多，若是遇到幾個高門貴公子，不就可以擺脫夫人了嗎？

紫葉笑著說：「那我且先給姑娘梳順了，嬤嬤再來編髮髻。」

黃嬤嬤道：「好。」

雲意晚失笑。「嬤嬤，不必這麼麻煩，簡單梳一梳就好。」

黃嬤嬤堅持。「不行，今兒姑娘得聽我的。」

雲意晚說道：「好好好，聽您的。」

往日雲意晚的頭髮一刻鐘就能梳好，今兒黃嬤嬤足足給她梳了兩刻鐘，不僅頭上的髮髻精緻了些，還給她編了幾個小辮子，沈靜中多了幾分嬌俏。

雲意晚看了一眼鏡中的自己，的確好看。

黃嬤嬤對自己的手藝甚是滿意。

等雲意晚簡單用過早飯，黃嬤嬤把一件大紅色的斗篷拿了過來。

「姑娘，您今日就穿這件吧，保證是整個宴席中最靚麗的。」

雲意晚看著斗篷，微微有些出神。這件斗篷是在揚州時買的，她只穿過一次，那一次她在宴席上出盡了風頭，回府之後母親的神色就不太好看，要她以後都在府中好好看書習字。

「不了，還是披那件薑黃色的吧。」

倒不是說她怕母親的責罰，而是因為今日的主角是老太太，是永昌侯府，想來侯府眾人都會精心打扮。老太太本就不喜母親，若她打扮得太過耀眼，難免會惹老太太不喜。

「那件看起來太舊了，還是這件好。」黃嬤嬤又勸了一句。

雲意晚道：「我裡面穿緗色的衣裳，外面配薑黃色的斗篷，正好相配。」

黃嬤嬤還是不認同。「太素淨了吧……」

兩種顏色都偏黃，也偏暗，站在人群中哪還有人會注意到他們姑娘？

黃嬤嬤正欲繼續勸說，雲意晚抬手握住了她的手，說道：「這次紫葉不必去，嬤嬤跟我去。」

黃嬤嬤詫異。「啊？我跟著？」

雲意晚道：「嗯，嬤嬤跟著。」

剛剛嬤嬤提到她出生那日下雪一事，她覺得今日正好是個契機。

「我想讓嬤嬤去侯府幫我打聽一件事情。」

黃嬤嬤立馬道：「何事？姑娘請說。」

雲意晚說道：「妳去打聽打聽當年大舅母和母親生產那一日發生了何事，重點問一問大舅母和老太太身邊的人。」

黃嬤嬤道：「您是想查當年的事情？」

雲意晚點頭。「對。」

依嬤嬤所言，母親是從她生下來時開始不喜歡她的，而母親在生產當日就被侯府的人趕了回來，這其中一定有事發生，或許知曉了事情的原委，一切問題就都能水落石出了。

「紫葉年輕，在侯府認識的人少，她打聽起來也費勁些，嬤嬤就不一樣了，就像剛剛，您提起了那年的大雪，敘舊的話自然而然就能說出來……」

黃嬤嬤明白了自家姑娘的意思，沈思片刻，道：「既然如此，那姑娘還是穿薑黃色的衣裳吧，紅色那件太扎眼了。」

雲意晚笑著點了點頭。

永昌侯府——

天剛亮，此刻距離宴席開席還有兩個時辰，陳氏和永昌侯喬彥成在正院安安靜靜的用早飯。

用完早飯，婢女來收拾東西，永昌侯夫婦坐在一旁喝茶歇息。

「內院的事情都安排好了嗎？」喬彥成問道。

「侯爺放心，都已準備妥當。」陳氏答道。

喬彥成笑了笑。「夫人做事我自是放心的。今日內宅事情多，要辛苦夫人了，夫人多擔待些。」

陳氏笑道：「侯爺這是說的哪裡話，母親的壽辰我理當盡心盡力。」

談話告一段落，喬彥成看向了外面。

「今日的雪可真大，好些年沒下這麼大的雪了，我記得婉瑩出生時也是下這樣大的雪，夫人當時還摔了一跤……」

提起往事，陳氏也陷入了回憶之中。

那一年的雪的確下得很大，院子裡白茫茫一片，她挺著七個月的肚子走得小心翼翼，就怕踩滑，一個不知從哪來的冒失丫鬟竟衝來撞了她一把，所有人都防護不及，她當場摔倒在地上，腹痛難忍，下身流出的血染紅了雪地，她當時只有一個念想，那就是保住腹中的孩子。

後來孩子總算是保住了，也健健康康、平平安安的，只是自己傷了身子，再難有身孕。

喬彥成見夫人沒說話，頓覺自己說錯話，勾起了夫人的傷心事。他連忙說道：「這些年辛苦夫人了，好在如今妳跟婉瑩都健健康康的。」

陳氏回過神來，這才發現自己眼眶濕潤了。

「嗯，都過去了。」她道，拿起帕子擦了擦眼角。

還好她有西寧和婉瑩一兒一女，也算得上圓滿。

「說起婉瑩，我想起一事，一直想問問侯爺。」

喬彥成聲音溫和了幾分。「夫人請講。」

「近來我瞧著母親的意思似是想把婉瑩嫁給太子，侯爺可曉得此事？」

喬彥成端著茶杯的手微微一頓，看向夫人。「確有此事。」

猜測得到證實，陳氏皺了皺眉。

喬彥成看著自家夫人的神色，問：「夫人不想讓婉瑩嫁給太子？」

陳氏抿了抿唇，道：「那倒也不是，我只是覺得宮中關係複雜，嫁給太子要操心的事情太多，這未必是一個好選擇。而且我瞧著太子的意思是想娶個得力的妻子，以咱們侯府的門第也未必能成。」

陳氏冷靜地分析了一下女兒順利嫁給太子的可能性。

喬彥成倒是不擔心。「事在人為。雖然咱們的門第比國公府、百年世家差了些，但好在婉瑩爭氣，處處比旁人出眾。」

聽著喬彥成話裡的意思，陳氏看向丈夫。「此事侯爺也贊成？」

喬彥成略一思索，說道：「母親向來疼愛婉瑩，一直覺得婉瑩是最出色的，也怪不得一心想把婉瑩嫁給天底下最好的兒郎。她老人家的性子夫人是知道的，說一不二，我作為兒子，也不好太過反對。」

陳氏不贊同這番言論。她雖是內宅婦人，從小也飽讀詩書，博學明理，不會盲目順從丈夫。她既不贊同，便說了出來。

「未必身分高就是最好的兒郎，嫁人當看重對方的人品才幹。女子的婚姻關乎一生，夫君若是不贊同，還是明確告知母親為好，不然若出嫁後婉瑩過得不順遂，母親也會跟著難過。」

夫妻數十載，彼此之間早已了解甚深。喬彥成笑了笑，轉而說道：「嗯，我聽母親說婉瑩對太子一見傾心，太子也對她多有照顧。」

陳氏不知這一層，心中微微有些訝然。她頓了頓，道：「原來是這樣啊。若他們二人互相喜歡，倒也不是不可。」

女子難得遇到有情郎，若是彼此喜歡，倒也是一樁美談，陳氏的態度瞬間軟化一些。

喬彥成道：「嗯，孩子都大了，有自己的想法了，咱們也不必太過操心。」

不過陳氏仍有顧慮。「我最近打聽了一下想要參選太子妃的貴女，咱們府的門第並不是特別高，我就怕她到頭來竹籃打水一場空，成不了太子正妃。」

喬彥成不甚在意。「咱們侯府的女兒不愁嫁，嫁不了太子，可以嫁給別人。」他的觀點是，努力一下，爭取成為太子妃。若不成，那便罷。

陳氏不認同。「侯爺不是說婉瑩喜歡太子嗎？如今她和太子又兩情相悅，就怕到時候她難以接受。」

喬彥成開解道：「年輕人的感情來得快去得也快，慢慢就能接受結果了。但是，無論如何，再喜歡也不能為側妃。」

永昌侯府的門第在京城雖不是數一數二的，但也是靠前的，女兒為側妃算怎麼回事？他豈不是永遠都要被人壓一頭，這樣的榮耀他寧願不要。

陳氏沈思片刻，道：「侯爺的意思我明白了。」

雪依舊下個不停，為了討好永昌侯府，多跟各個府上的夫人攀上關係，喬氏決定今天老夫人的壽宴要早一點過去。

此時雲意晚拿著送給老太太的壽禮來到了正院，喬氏瞥了一眼她準備的禮物，只見是一個好看的木盒子，莫說裡面的東西了，單單是這個盒子就異常精緻。

「意晚，妳這是從哪裡買來的盒子？」

雲意晚說道：「是女兒找府上的師傅做的盒子，自己給盒子雕刻了花紋。」

喬氏拿過盒子仔細看了看，又打開盒子看向裡面，裡面的手套一看就是親手做的，針腳細密，通體絳色，上面還用金線繡了「福」字，簡約大方又精緻。

雲意晴看著長姊的禮，再看自己的，雖然價格比長姊高，可心意卻不如長姊。她瞬間不高興了，看向母親。

喬氏也意識到這個問題，暗暗琢磨了一下，說道：「送禮的話，向來是一個府上送一個禮，妳和意晴尚未出嫁，不用再單獨送禮，且妳兄長還在書院讀書，若妳們姊妹倆送了，妳兄長不送，面子上不好看。」

雲意晚很不能理解，昨日母親分明說了讓她送手套，怎麼現在又反悔了？

她側頭瞥了一眼春雨手中的物件，頓時明白了原因。

「是，母親。」

喬氏帶著兩個女兒過去時永昌侯府客人來得還不多，老太太也在自己院裡，不過，即便如此，老太太也沒見她。

喬婉瑩一襲紅色的斗篷，在素白的天地間耀眼又奪目。

「見過三姑母，見過兩位表妹。」

「瑩姊姊！」雲意晴熱情地跟喬婉瑩打招呼。

「許久不見，婉瑩又漂亮了幾分。」喬氏笑著說道。

喬婉瑩道：「三姑母過譽了，祖母還在梳頭，不如三姑母在外間坐一會兒。」

喬氏知道嫡母不想見她，她今日來的目的也不是見嫡母，於是說道：「我瞧著府裡且有得忙，我去幫幫妳母親，一會兒煩勞妳跟妳祖母說一聲。」

喬婉瑩回道：「好的，三姑母，您放心去忙吧，兩位表妹我來照顧。」

瞧著喬婉瑩大方得體的樣子，喬氏越看越滿意。

「好好好，意晴和意晚就交給妳了。」

「姑母慢走。」

喬氏一走，喬婉瑩就看向雲意晴說道：「剛剛廚房新做了點心，不如咱們一起去嚐一嚐？」

雲意晴眼睛一亮。「好啊，多謝表姊。」

喬婉瑩拉著雲意晴的手，一副熱絡的模樣，朝前走了兩步，似是方想起雲意晚，回頭朝她看去。「意晚表妹，妳要一起嗎？不過，我本以為只有意晴會過來，點心只做了她的。」

雲意晚說道：「多謝表姊好意，我早上吃得多，現在還不餓，表姊和妹妹儘管去吧，我找個地方坐一會兒就行。」

喬婉瑩眼珠一轉，說道：「既然表妹不喜歡熱鬧，那妳去旁邊的偏廳坐著吧，一會兒開飯了叫妳。」

喬婉瑩將忽視和冷漠展現得淋漓盡致，她卻不知，這樣的安排正合雲意晚的心意。

雲意晚說道：「好。」

到了偏廳，裡面一個伺候的人都沒有，屋裡倒是點著火盆，只是火快熄滅了，無人看管。今日是老太太的壽辰，想必府中的下人都去幫忙了。

雲意晚看向黃嬤嬤。「嬤嬤，我有些口渴，想吃橘子了，煩勞妳去問問有沒有。」

黃嬤嬤會意，點了點頭。「是。」

另一邊，門外賓客陸續到達。

今日雪下得大，顧敬臣吩咐馬車慢些走，等到了永昌侯府門前，顧敬臣小心扶著母親下了車。

「母親慢些走，今日兒子休息，若母親要離開了，就讓人去府中跟兒子說一聲，兒子再來接您。」

秦氏很失望。「你不隨我一同去？」

她還以為兒子開竅了，沒想到竟是自己想錯了。

「西寧！」

陳伯鑒的聲音在前面響起，今日他也代表陳太傅府前來送禮，這一聲招呼顧敬臣也注意到了。

「伯鑒，你來了。」喬西寧笑著跟表弟打招呼。

「你三姑父一家可來了？」
「來了，三姑夫三姑母以及兩位表妹早早就來了。」
不遠處的顧敬臣聽著他們的談話聽得有些出神。
秦氏見兒子不知在想什麼，氣道：「你走吧，不用你來接我了。」
顧敬臣想了想，跟了上去。「我還是同母親一道進去吧。」
秦氏臉上帶了笑。「這還差不多！」
雲意晚坐在偏廳爐子旁，拿小鏟子撥了撥炭火，把一旁燒水的銅壺放在上面，拿起榻上的一本書看了起來。
慢慢地，快要熄滅的炭火燃了，屋裡也漸漸暖和起來。
今日是老太太壽辰，外面來來往往的都是人，熱熱鬧鬧的，只有這裡像是被隔絕了一樣，雲意晚也不急，只覺獨自一人坐在這裡倒也自在。
永昌侯府的二夫人何氏身為侯府的女眷也是要幫忙的，她一大早來跟老太太請了安就去忙了，今日沒人管著喬婉琪，喬婉琪起晚了些，吃過飯，來到了祖母的院中。
喬婉琪和忠順伯爵府的姑娘們向來玩得好，可惜今日只來了一位姑娘溫熙然，這位溫姑娘來了月事身子不舒服，不能陪她玩。
一旁的花廳裡倒是坐著一些小姑娘，喬婉琪跟她們坐在一處卻沒話講，這些姑娘都跟喬婉瑩關係好，喬婉琪跟她們處不到一塊兒。

見雲意晴也在，她過去問了一句。「意晚表姊今日來了嗎？」

雲意晴冷淡道：「來了。」

喬婉琪沒瞧見表姊，還以為表姊沒來，聽到這話頓時眼睛一亮。「她去了哪裡？」

雲意晴不喜歡這位二表姊，也知瑩表姊不喜歡她，隨口說道：「不知道，可能跑出去玩了吧，不如表姊出去找找。」

喬婉琪瞥了雲意晴一眼，沒再多問，離開了花廳。

走到外面，她隨手招了一個婢女過來，問道：「看見三姑母家的意晚表姊了嗎？」

婢女一直在院子裡忙著，來來回回許多趟，也曾多次路過偏廳。

「剛剛表姑娘在西側邊的偏廳歇著，不知這會兒還在不在。」

喬婉琪看了一眼西側偏廳的方向，舉步朝著那邊走過去。

祖母的院子極大，有好幾處偏廳，這一處偏廳在最角落，平時閒置不用，今日許是客人來得多，把這間屋子也收拾出來了。

來到偏廳，窗戶沒關，喬婉琪一眼就看到了坐在爐火旁看書的表姊。意晚表姊身上有一種獨特的氣質，坐在那裡看書時那種氣質就更加凸顯了。

嫻靜、安穩，讓人一看便覺得內心安寧，再多的煩心事也能擱置在腦後。

喬婉琪推門而入，聲音隨之響了起來。「表姊可真會找地方，我來祖母院中這麼多次了，都沒想過可以在這裡躲懶。」
看到喬婉琪，雲意晚笑了。「嗯，多虧了瑩表姊的安排。」
一聽是大堂姊安排的，喬婉琪就知她沒安好心，不過，好在今日這裡還算舒適。
走近後，喬婉琪這才發現表姊今日的髮型跟平日的不一樣。
「表姊的頭髮真好看，誰給妳編的啊？」
雲意晚道：「我身邊的奶嬤嬤編的。」
「哇，好精緻。」
「嬤嬤去拿東西了，一會兒讓她教一教妳身邊的婢女。」
「好啊，多謝表姊。」
喬婉琪很喜歡這位表姊，她順勢坐在表姊身邊，問道：「表姊在看什麼書啊？」
雲意晚回道：「《漠北雜記》。」
「講些什麼啊？」
「講的是一位去漠北做生意的商人在漠北的所見所聞，挺有意思的。」
見喬婉琪感興趣，雲意晚細細跟她講了起來，不知不覺時間就過去了。
「哇，真想去看看他口中所說的海市蜃樓，去看看有沒有傳說中的千年古城。」
雲意晚說道：「其實京城也有不少美景，我來京城半年多了，還沒逛完。」
喬婉琪噘嘴抱怨道：「京城我都看膩了、玩膩了，早就不想在這裡待著了。」

雲意晚說道：「嗯，那就等以後去看看外面的風景。」

喬婉琪嘆氣。「哎，不知何時才能去了。」

這個時代，一個女子若是想出門大概只有兩種方式——出嫁前，隨著父親去任上，或是出嫁後，隨著丈夫去任上。女子總是不能決定自己的去處，想到這些，雲意晚沒再多言。

二人正說著話，喬婉琪身邊的小蓮過來了。

「姑娘，前面戲開場了，大姑娘她們都過去了，您要不要去看看？」

喬婉琪眼睛一亮。「去去。」

說完，她看向雲意晚說道：「表姊，一起去吧！大伯母請了北街的戲班子，唱得可好了，平日是都請不到的，還是大伯母提前兩個月預定的。」

雲意晚想了想，放下書。「好。」

嬤嬤已經出去打探消息了，她坐在這裡也無事，說不定出去能發現更多有用的消息。

喬婉琪和雲意晚剛走出老太太的院子就聽到前面戲已經唱了起來，雖聽不清唱的什麼，但是聲音抑揚頓挫，甚是好聽。

「哇，是《西廂記》！」喬婉琪興奮地說道：「大伯母真好，知曉我們小姑娘們愛看這個，特意先安排了這齣戲。」

說著，喬婉琪拉著雲意晚的手，快步朝著戲臺那邊走去。

雲意晚本對戲曲不感興趣，但瞧著喬婉琪開心的模樣，也似是被她的快樂感染了，快步隨她一起過去。

剛走了兩步，迎面走過來幾個熟悉的人，是太傅府的幾位公子小姐。太傅府是永昌侯夫人陳氏的娘家，今日老太太的壽辰，他們理當來此祝壽。

喬婉琪眼睛一亮，笑著行禮。「見過伯鑒表哥、文素表姊。」

雲意晚也跟著她行禮。

陳文素回禮。「婉琪表妹好。」

隨後她看向雲意晚，雖不認得她，但也朝著她回禮。

陳伯鑒熱情地打著招呼。「婉琪表妹、意晚表妹好！沒想到會在這裡遇到兩位表妹，可真是巧。」

陳文素忍不住瞥了一眼自家兄長。

剛剛她正想去看戲，結果兄長非要拉她過來，說他們二人還未向老夫人請安，不合禮數。兄長是否向老夫人請過安她不知曉，可她明明已經跟著母親行過禮了，因此她果斷拒絕了兄長，無奈兄長拿出梅淵的字誘惑她，她只好陪著他來了。

看著兄長望向那位意晚表妹的眼神，她突然明白了什麼。

怪不得兄長特意來找老夫人請安，原來是醉翁之意不在酒，在乎這位姑娘也。

今日的主場是永昌侯，永昌侯府的人是主人，所以雲意晚沒說什麼話，只是垂眸，安安靜靜地站在喬婉琪身後，守好一個客人的本分。

喬婉琪笑著說：「是啊，好巧，表哥是要去跟祖母請安嗎？」

陳伯鑒正盯著雲意晚看，聽到這話，回過神來。「啊，對。」

喬婉琪注意到陳伯鑒的失態，心裡微微一沈，她手中的帕子握緊了一些，臉上維持著笑容。「剛剛鬧哄哄的，有人從裡面出來了，不知祖母還在不在，表哥和表姊要是去見祖母的話，那就快去吧。」

「好。」陳伯鑒應了一聲，隨後看向雲意晚。

雲意晚剛剛一直沒搭理他，他想了想，挑了一個她必須得回答的問題。「對了，不知意晚表妹跟誰學射箭的，怎麼那麼厲害，竟能一箭射中靶心？」

陳文素訝然，原來這位就是射中靶心的那個小戶之女。

雲意晚隨口說道：「在揚州時跟著一位師傅學的，箭術普通而已，那日能射中純屬巧合，再來一次未必能中。」

說完，她看向喬婉琪。「表妹，我聽著戲要開場了，不如咱們快過去吧。」

她刻意表現疏離，陳伯鑒是太傅府長孫，外家又是世家崔家，家世顯赫，她覺得上次圍場一別，兩個人算是兩清了，沒必要再有過多的聯繫，聯繫越多，麻煩也就越多。

喬婉琪看看陳伯鑒，又看看雲意晚，笑著說：「好啊，表哥表姊，我們先過去啦！」

陳伯鑒雖然還想跟雲意晚說說話，但瞧著她冷淡的模樣，張了張口，還是閉上了。

等雲意晚和喬婉琪走遠，陳文素直接戳破了兄長的心思。「哥，人家都走遠了，你別看了。」

陳伯鑒像是沒聽到一般，繼續看著。

陳文素把話說得更直白一些。「哥，人家姑娘很明顯不喜歡你，你就別白費心思了。」

陳伯鑒瞄她一眼。「妳懂什麼？」

「你又是往人家家裡送禮，又是請母親出面幫人家去圍場，還費盡心思見人家，可你看人家姑娘剛剛可有正眼瞧你？我和娘原以為把你迷得七葷八素的那位雲姑娘是在欲擒故縱，如今看來，是哥哥你自作多情了。」

陳伯鑒無語。能閉嘴嗎？

陳文素扯了扯陳伯鑒的袖子。「戲都開場了，趕緊去給老夫人請安吧，我還想看戲呢。」

陳伯鑒嘆氣，隨妹妹去了老太太院子裡。

走在看戲的路上，喬婉琪忍不住問：「表姊，妳何時認識太傅府的陳公子？」

雲意晚想到她見到陳家大公子的反應，約莫猜到了一些，開口解釋道：「秋闈放榜那日，我隨母親去看榜，正好遇到了大舅母和陳家大夫人。」

喬婉琪點頭。「哦，原來是這樣啊。」

雖然瞧出婉琪表妹的心思，但雲意晚沒再多言。

等雲意晚和喬婉琪來到戲臺前時，因她們二人來得晚，好的位置都被人占了，兩個人只好坐在最邊上那一桌。

和她們一桌的還有雲意晴，二人坐到了雲意晴對面。

雲意晴看到長姊和二表姊一同前來，瞥了她們二人一眼，又轉過頭去了，絲毫沒有要打招呼的意思，甚是無禮。

喬婉琪找了找大堂姊的位置，只見大堂姊正坐在最前面那一桌，她旁邊的人是月珠縣主和安國公府的姑娘，正對面的是承恩侯府的幾個姑娘，幾個人正說說笑笑的，相談甚歡。

月珠縣主向來跋扈，安國公府的姑娘也是個脾氣火爆的，承恩侯府的姑娘更不用說，畢竟承恩侯是已故皇后娘娘的娘家，也就是太子的外家，他們府中的人看人向來是鼻孔朝天的。

大堂姊與人相處從來不看人品性情，只看家世，喬婉琪在一旁嘀咕道：「二表妹肯定是在大堂姊那裡受了委屈，朝著咱們發脾氣呢。」

雲意晚看了一眼喬婉瑩的位置，沒說什麼。

喬婉琪也不在意喬婉瑩和雲意晴，說了一句之後便專心聽戲。

「哎，也不知這張生究竟長什麼模樣，竟能讓崔小姐這般迷戀，表姊，妳覺得張生真的存在嗎？」

雲意晚搖了搖頭。「我也不知。不過，不管張生是否真實存在，這世上不乏癡情的好兒郎。」

喬婉琪琢磨了一下，點了點頭。「表姊說得對。」

說罷，她又感慨了一句。「也只有大伯母會安排這個戲，別家的夫人們可不敢安排，生怕戲帶壞了府中未出閣的姑娘們。」

雲意晚頓了頓，道：「戲曲本身無對錯，端看每個人的想法和選擇是什麼，嚮往忠貞的愛情也沒什麼不好的。」

她倒是很羨慕張生和崔鶯鶯的感情，願得一心人，白首不相離。

喬婉琪點頭。「可不是嘛。」

說完，她看向表姊，壓低聲音問道：「表姊喜歡什麼樣的人？」

表姊長得這麼好看，性子又好，她能看得出來，府中的幾位哥哥都喜歡她這樣的性子，就連陳家公子也喜歡她，可她瞧著表姊對誰都是一副淡淡的模樣，不與任何一位公子親近，她有點好奇表姊究竟喜歡什麼樣的人。

喜歡什麼樣的人……這個問題雲意晚從未想過。她一直聽從父親和母親的話，他們為她安排什麼樣的親事，她就嫁給誰。

喬婉琪見表姊久久不答，道：「那我換個問題，表姊想嫁個什麼樣的男子？」

喜歡什麼樣的人不好回答，但若是想嫁個什麼樣的人，雲意晚還是能答上幾點的。

「穩重、體貼、有擔當、愛護妻兒……」雲意晚低聲說著，此時前面突然響起了嘈雜的聲音。

「……誰家用大紅配大綠啊，俗氣！」

「呵，那是妳不懂欣賞，也是，不能要求兵魯子懂太多。」

「妳罵誰呢！」

「誰罵我我就罵誰！」

喬婉琪已經忘了自己剛剛問的問題，眼睛看著前面，眼裡泛起興奮的光。

「果然，這幾個人在一起就得吵架。」

雲意晚也看了過去，只見安國公府的姑娘正和承恩侯府的姑娘吵架。

安欣茹說道：「不好看就是不好看，說兩句怎麼了？」

秦湘兒回道：「我勸妳回家照照鏡子，多往臉上撲些粉再來評價旁人好不好看。」

安欣茹容貌美麗，但有一個缺點，那就是黑，所以她生平最討厭旁人提到她的膚色。

「妳又有多好看？小矮子一個！鞋底不知墊了多少層墊子，當旁人不知道嗎？」

兩個人從小就認識，知根知底，彼此看不慣，不知吵了多少回。

承恩侯府的秦大姑娘秦錦兒剛剛勸了幾句，沒人聽，見二人越吵越烈，臉色變得嚴肅，站起身道：「妹妹，這是永昌侯老夫人的壽宴，妳安靜會兒，別吵了。」

秦湘兒雖然依舊憤怒，但迫於長姊的壓力，沒敢再多言。

喬婉瑩也看向安欣茹勸道：「欣茹，妳給我個面子好不好？」

安國公府的姑娘也消停了，但她仍舊氣不過，直接轉身離開現場。

只是走沒多遠，她停住腳步，回望戲臺附近，發現眾人依舊在熱熱鬧鬧看著戲，自己的離開沒有對任何人造成影響，那秦湘兒臉上得意的笑格外刺眼，她心裡更是氣得牙癢癢。

瞧著因為下雪新搭起來的棚子，她心頭突然生出一個惡毒的想法。

看完戲，喬婉琪一邊嗑著瓜子一邊跟雲意晚解釋剛剛的事件。

「她倆從小就不對盤，一見面就吵架，後來長大了好一些，不怎麼吵了，結果前幾年兩人同時看上一個戲子，又因那個戲子吵了起來。」

雲意晚從來不曉得這些事，聽後很是驚訝。

前面剛消停了沒多久，突然好像又有人吵鬧了起來，饒是喬婉琪愛看這種事，此刻也有些煩了，誰讓這些人擾了她看戲的興致呢？她看向前面，發現這回吵架的人是月珠縣主。

「月珠縣主真是煩人。」她嘀咕了一句。

只見前面月珠縣主說道：「秦二姑娘脾氣也太大了，欣茹不過是評價了妳的衣裳，妳至於說話這麼難聽嗎？」

秦湘兒回道：「關妳何事？」

喬婉琪又低聲在雲意晚耳邊八卦了一句。「聽說她倆都看上了冉公子。」

雲意晚看向喬婉琪，一時之間不知該說什麼，最終擠出一個問題。「表妹怎麼什麼都知道？」

喬婉琪有些尷尬地笑了。「欸，聽說的，都是道聽塗說的。」

雲意晚點了點頭。

這時，小蓮過來了，對喬婉琪道：「二姑娘，邵夫人來了，二夫人請您過去一趟。」

邵夫人是喬婉琪的舅母。

喬婉琪瞥了一眼前面那一齣好戲，覺得有些可惜，跟雲意晚道：「表姊好好看戲，一會兒記得跟我說結果。」

雲意晚說道：「好。」

月珠縣主和秦二姑娘並沒有真的吵起來，因為喬婉瑩和秦大姑娘很快就把她們二人勸住了。

雲意晚發現，她這位瑩表姊還算挺會勸人的，以前勸解無效大概是因為她並非真心想勸。

這時，她發現妹妹站了起來，朝著前面那一桌過去了。

若是以往，她大概會攔一下，不過這一次她內心毫無波動，甚至覺得雲意晴若是不去才奇怪。

雲意晴很快走到了最前面那一桌，遠遠瞧著，她似乎想坐在安國公府姑娘離開前坐的位置上。

月珠縣主嘴一撇。「妳也配？」

「我……」雲意晴臉色有些難看。

喬婉瑩道：「表妹，這是國公府姑娘的位置，她一會兒還要回來的，不如我在別處為妳找個位置？」

雲意晴有些尷尬。

秦大姑娘和秦二姑娘本來沒說什麼的，但忽然，秦大姑娘不知看到了誰想去打招呼，於是對雲意晴道：「這位姑娘坐我的位置吧，這齣戲我看過幾遍了，坐太久了有些冷，起來活動活動。」

雲意晴一臉喜色。「多謝秦姑娘。」

說罷，她不客氣地坐在秦姑娘的位置上。

雲意晚瞥了一眼，收回目光，又繼續看戲了。

離開戲臺前的秦錦兒朝著不遠處的涼亭走去。

永昌侯府極大，府中有一座低矮的小山丘，山丘頂端是一座涼亭，若是從北側下去是內宅，從南側下去是外院，走到近處，她看到涼亭裡有兩名男子在談話，是負責招待客人的主家世子喬西寧，和送母親去向侯府老夫人祝賀的顧敬臣。

秦錦兒在一旁站了一會兒，等喬西寧離去，這才走出去。

顧敬臣正欲離開，聽到身後的動靜以為喬西寧去而復返，轉身一看。

「表哥！」

見到來人，顧敬臣有些意外地停下腳步。「錦兒。」

秦錦兒朝他福了福身，笑著說：「剛剛遠遠瞧著像表哥，我還以為看錯了，沒想到真的是您。」

顧敬臣應了一聲。「嗯。」

秦錦兒試探地問：「表哥可是隨太子殿下一起來的？」

顧敬臣否認。「不是，今日我跟母親一同前來。」

秦錦兒眸中微帶訝色。「二姑母也來了？」

在她的印象中，二姑母不喜熱鬧，極少會出門，沒想到今日竟然也來了壽宴。

顧敬臣點頭。「嗯。」

秦錦兒左右張望。「不知姑母現在在何處，我去向她請安。」

顧敬臣作為外男不便進入內宅之中，他把母親送到老夫人院外就離開了，並不知母親現在是否還在老夫人院裡。

「我也不太清楚，多半是還在老夫人那裡。」

秦錦兒點點頭。「好，我一會兒去找二姑母。對了，表哥要不要去聽一聽戲？今日唱的是《西廂記》，故事很有意思，不僅各個府上的姑娘在，有些世家公子也在。」

秦錦兒意在提醒顧敬臣有外男在，他過去也不會顯得突兀。

顧敬臣下意識瞥了一眼戲臺子那邊，正欲拒絕，忽然看到了一個熟悉的背影。

他盯著那個身影看了許久，微微出神。

「表哥？」秦錦兒又問了一遍，順著顧敬臣的目光看向了戲臺子。

顧敬臣這才回神，說道：「不了，我還有事，要去前院。」

秦錦兒收回目光。「嗯，表哥且去忙吧，我去找姑母請安。」

顧敬臣頷首，準備離去，剛走了兩步，眼角餘光不知瞥到了什麼，回望戲臺子那邊，頓時，眸光一閃，快步朝著戲臺子而去。

秦錦兒有些詫異，表哥剛剛不是拒絕她了嗎，怎麼又走去戲臺子那邊？她連忙跟上了。

戲臺子上，故事已經接近尾聲，崔鶯鶯要嫁給鄭恆，張生聞訊趕來。

戲唱得正精彩，眾人全神貫注地看著戲臺，無人注意到臨時搭建的棚子正發出吱嘎吱嘎的響聲，一個人偷偷摸摸地在棚頂上幹壞事。

雲意晚也正坐定在自己的位子上欣賞著好戲，不經意瞥到前面走來一個熟悉的身影，是母親過來了，而就在這時，一陣大風吹過，支撐棚子的木架子晃動起來，突然發出「砰！」一聲，原來最南邊的棚頂竟然塌了，重重地砸在地上。

好在那處是空地，沒砸到人，但隨之而來的是整座棚子失去穩固的狀態，開始搖晃，像是要塌了。

場面先是一靜，頓時，所有人都慌亂起來，雲意晚坐在邊上，看到母親衝向瑩表姊，而她驚覺棚子要塌了，也想離開棚子，可事發突然，過於緊張，一下子腳步像是生了根，一動不動。

這時，一條粗壯有力的胳膊圈住了她的腰，熟悉的感覺再次襲來，她心頭微跳，整個人都覺得酥麻。

她大概猜到對方是何人了。

幾個轉身，雲意晚被帶到了安全的地方，她穩住身子，抬頭看向救她之人，但還沒來得及看清是何人，只聽嘩啦一聲，看戲的棚子整個倒了。

雲意晚連忙轉身看向身後的戲臺，上頭唱戲之人不知何時停止了唱戲，都嚇傻了似的站住不動，而前方為了看戲搭起來的棚子已經坍塌不成樣，其他地方安然無恙的賀客聞聲紛紛趕來看發生了什麼事。

「快來人啊！有人被壓在下面，快救人啊！」突然不知是誰喊道。

聽到這話，眾人才猛然回神，連忙上前幫忙救人。

秦錦兒這時才過來，看到了顧敬臣和他剛剛救出來的雲意晚，但此刻她來不及多想，抬眸看向被壓塌的地方，臉色蒼白地呢喃道：「糟了，妹妹還在裡面聽戲，不知道有沒有跑出來。」

顧敬臣皺眉，朝前走去。

雲意晚想到了什麼，也連忙跟上，很快看到了站在不遠處的母親，以及站在她身邊安然無恙的瑩表姊。

剛剛在架子倒下前的那一刻，她看到母親神色慌張、義無反顧地衝向了瑩表姊，拉起瑩表姊的手就跑……

「婉瑩，妳沒事吧？」喬氏關心地問道。

「多謝姑母，我沒事。」喬婉瑩眼眶含淚。

剛剛真的嚇到她了，都沒來得及反應，多虧了姑母，她才能好好地站在這裡。

「謝什麼，妳沒事就好，嚇壞了吧？別在這裡待著了，趕緊去屋裡暖和暖和，緩緩神。」喬氏笑著說道。

「嗯。」喬婉瑩看向喬氏的眼神多了幾分感激和親近。

看到這一幕，雲意晚內心情緒很複雜。

她們的側臉好像啊！瑩表姊之於母親應該是非常特殊的存在吧，特殊到能讓母親不顧自己親生女兒的安危，拚了命也要救她，可當時意晴就在瑩表姊的身邊……

對了，意晴呢？

在她驚覺少了一人的時候，喬氏也終於想到了什麼，她用眼神梭巡了一圈，臉色驟變。

「意晴呢？意晴……意晴……」

喬氏看到了長女，沒看到次女，她連忙看向倒塌的地方，大聲吼道：「快救人，快救人！我女兒還在下面。」

發生了這麼大的事，侯府內宅的下人已從四面八方奔來幫忙。

但是要救人不能貿然地救，若是位置不對，會對人造成二次傷害。

好在顧敬臣在，他處事果決，又打過仗，指揮有度，眾人很快在他的指示下有序地進行救援行動。

他還記得剛剛戲臺前看眾的位置布局，大略知曉哪些位子可能有人被壓在下面，很快就安排好人去救援。

他平日裡不苟言笑，時常冷著臉，一副有威嚴的模樣，又因他是定北侯，身分尊貴，侯府的婢女小廝們不自覺地很聽從他的命令。

顧敬臣抬手指了指幾個方向，婢女和小廝們精準地救出被壓在下面的人，好在搭棚的架子並不重，那些人被救出來之後檢查也並未受重傷，有些只是腿上或者手上磕破了一層皮。

總的來說大部分情況都還好，微微一抬架子，有些人就能從桌下爬出來，只有一處比較困難，也就是最前面那一桌，因為剛好在塌陷那一端的棚子下方，事情發生時率先被壓倒，甚至因為棚子破了個洞，棚頂的雪都落了下去。

不知秦湘兒是幸運還是不幸，她整個人被埋在了雪中，但是並沒有被架子砸到，不需要人來救，她自己就撥開雪站了起來。

秦錦兒在不遠處看到了妹妹，忍不住熱淚盈眶，想上前去拉妹妹，被一旁的雲意晚阻止了。

「別走過去，下面可能還有人，若是貿然過去可能會踩到底下的人，定北侯在那裡呢，他定會去帶二姑娘的。」她知道這對姊妹是顧敬臣的表妹。

顧敬臣正在救人，也不知他怎麼就聽到了這邊的聲音，回頭看了一眼。

和顧敬臣目光對視的那一瞬間，雲意晚移開了目光，看向別處。

秦錦兒也是關心則亂，聞言停下了腳步。她看向雲意晚，發現她正是剛剛被表哥救的人，心情頗為複雜。

「多謝提醒。」

雲意晚點了點頭，沒說什麼。前世她跟秦大姑娘有些交情，但不深。

秦湘兒確認沒事後，春雨也從洞裡鑽了出來。

春雨當時跑得慢，沒來得及跑出去，她索性躲在桌子底下，剛剛秦二姑娘就在她旁邊的雪堆裡。

春雨出來後，喬氏沒有絲毫的關心，上前扯著她的衣領問道：「妳怎麼自己跑出來了，意晴呢？意晴去哪裡了？」

春雨還餘悸猶存，此刻又被喬氏一晃，頭有些暈，突然「啪！」一個巴掌重重摑在她的臉上，春雨倒在了地上。

「我問妳話呢，妳家姑娘呢？」喬氏怒吼。

春雨捂著自己的臉，咬了咬唇，淚眼婆娑地道：「二姑娘……二姑娘先跑了，我沒看到她。」

喬氏氣極了，恨不得再給春雨一巴掌。

就在這時，雲意晴被救了出來。

雲意晴是最慘的，她跑得快，但又被人撞了一下，然後棚子倒了，她的頭被砸破了，抬出來時，人已經暈了過去。

喬氏看見女兒的慘狀，臉色頓時變得慘白，大聲吼道：「意晴！意晴！妳怎麼了？快醒醒，別嚇娘啊！」

陳氏第一時間知曉了此事，早已把郎中請了過來，所有的傷者都即時在現場獲得初步治療。

「大夫，您快看看。」

胡郎中為雲意晴把脈，這時，雲意晴緩緩醒了過來。

胡郎中把了一會兒脈，又問了雲意晴幾個問題，檢查了一下她的頭部，轉身對陳氏道：「侯夫人放心，這位姑娘無礙，頭部只是輕傷，另外受到了驚嚇，但沒有傷到根本，靜養一個月就好。」

陳氏鬆了一口氣。

「娘……」雲意晴氣若游絲地喚道。

喬氏連忙上前。「我在呢，娘在這裡。妳可有哪裡不舒服？」

雲意晴哭哭啼啼地道：「娘，我頭疼、頭暈，很不舒服……」

喬氏看向郎中。「你會不會看啊？我女兒說她頭痛正難受！」

胡郎中耐心解釋。「從脈象上看，這位姑娘沒有大事，受驚之餘難免失神，頭疼是因為被落下來的架子劃傷了，頭暈是因為砸到了腦袋，影響了些，只需臥床靜養——」

話未說完，就被喬氏打斷了。「你是哪裡來的郎中，究竟懂不懂？大嫂，意晴在侯府受了這麼嚴重的傷，妳得趕緊去請個太醫來給她看看。」

女兒受傷，喬氏沒了往日的冷靜。

陳氏眉頭微蹙，道：「胡大夫醫術高明，不比太醫差，三妹妹放心，剛剛我也已經讓人去請太醫了。」

喬氏對陳氏的話有一絲懷疑。「真去請了還是誆我呢？怎麼還沒到？」

當年她姨娘病了時，老太太也口口聲聲說去請了太醫，結果直到她姨娘死了，太醫才慢悠悠趕到。侯府的人就是見不得他們好，之前害死她姨娘，如今又要害死她女兒！

陳氏冷靜地緩聲回道：「太醫過來需要時間。」

說罷，她看向郎中。

「還有其他傷者，還請大夫過去看看吧。」

被砸到的本不只雲意晴一人，只不過旁人沒她看似這麼嚴重。

胡郎中回道：「是，夫人。」

第十章

喬氏堅持要等太醫來為次女診治，因此現階段只能陪著躺在躺椅上流淚的女兒一起等。

心焦不已的她四處張望，等著太醫過來，而雲意晚一直在不遠處瞧著，並未上前，她現在已經不知該如何面對自己這位「母親」了……

此時忙完救人，顧敬臣又走向她，瞧著朝自己走過來的顧敬臣，雲意晚道：「剛剛多謝侯爺。」

顧敬臣淡淡道：「舉手之勞，不必謝。」

「救命之恩不敢或忘，以後侯爺若有需要意晚幫忙之處，儘管開口。」雲意晚道。

她的命是顧敬臣救的，雖然她很不想跟此人有任何牽扯，但救命之恩不能不報，不過，顧敬臣身分尊貴，想來也用不著她。

顧敬臣詫異地看了雲意晚一眼。

今日她倒是比往日客氣了幾分，似乎沒那麼討厭他了。

他正欲跟雲意晚說幾句話，這時，揚風過來了，顧敬臣抬眸看向他。

揚風向他回報道：「侯爺，人已經抓到了，也問出來了。」

顧敬臣問：「是何人主使？」

就在他們談話之際，喬氏正好看到了正跟外男說話的雲意晚，認出了女兒身邊站著的男人就是定北侯。

想到上次她去定北侯府道謝坐了冷板凳，如今瞧著定北侯看長女的眼神，她頓時怒火中燒，站起身朝著長女走來。

雲意晚正聽著顧敬臣和揚風的談話，突然一個巴掌重重落在了她的臉上。

「我讓妳好好照顧妳妹妹，妳就是這樣照顧的？妳妹妹如今生死未卜，妳竟還想著勾搭男人！」

喬氏這一巴掌用了十成的力道，雲意晚被打得頭暈耳鳴，一時之間回不過神。等她平復下來之後，這才發現剛剛又被顧敬臣幫助了，若非顧敬臣，她現在已經倒在地上了。

她看了顧敬臣一眼，沒多說什麼，抬手緩緩推開他。

雲意晚站直了身子，看向自己母親，眼底無悲無喜，像是看一個陌生人。

雲意晚這副模樣讓喬氏想到了剛剛對女兒不上心的陳氏，這兩個人長著一樣的眼睛，眼裡有同樣的冷漠。

陳氏就是瞧不起他們，才不給女兒請太醫，要是別的公侯之家的姑娘，看她請不請！

想到此，喬氏心頭的火頓時竄了起來，抬起手欲再給長女一巴掌，怎料到手腕剛剛抬起來，就被人抓住了。

雲意晚看著擋在自己面前的高大身影，心裡一暖，但她還是抬手推開了他。

顧敬臣回頭看向雲意晚，瞧見她眼裡的堅定，他鬆開了喬氏，往旁邊退了半步。

雲意晚往前走出半步，看向自己的母親。

她輕啟朱唇，冷冷地說道：「若女兒沒看錯的話，剛剛意晴就站在母親身邊，母親為何不救她呢？」

那些她兩世都想不通的問題，在剛剛那一瞬間，似乎都有了答案。

顧敬臣的母親到了永昌侯府之後，直接去了老太太的院子。

秦氏甚少露面，外頭認識她的人不多，不過，單從打扮以及她身邊跟著的男人就知她身分不凡。

各個府中的當家主母還是認識秦氏的，她一進屋，眾人看到她全都愣了一瞬，那些身分不如她的人，連忙站起來給她行禮。

秦氏坐在老太太身邊，因老太太跟秦氏交情不深，兩人寒暄了兩句就沒再多言。因秦氏身分尊貴，沒人敢忽視她，也沒人敢怠慢她。

秦氏一直坐在老夫人身邊，也不說話，直到有人提起了喬婉瑩，秦氏終於開口了。

「大姑娘如今可婚配了？」

老太太笑著說：「尚未婚配。」

秦氏點點頭。

等到老太太身邊沒了旁人，秦氏道：「我兒今年也不小了，該婚配了，不知老太太可認識合適的姑娘？」

聞言，老太太微微一怔。

秦氏自從來了之後，除了賀喜也只說了兩句話，一句跟喬婉瑩有關，一句提及了定北侯。若她沒理解錯的話，秦氏這是有意與他們結親？

定北侯身分尊貴，年紀輕輕就承襲了爵位，位高權重，又深得皇上器重喜歡，若是喬婉瑩能嫁給定北侯，倒是一個非常不錯的選擇。

只是，太子妃之位尚未確定下來，萬一婉瑩能嫁給太子……

定北侯可不是好糊弄的人，秦氏的脾氣她也有所耳聞，他們府若是想吃著碗裡瞧著鍋外，定會惹惱侯府。

一時之間，老太太有些難以抉擇，就在這時，一個婢女匆匆跑了過來。

「老太太，不好了，前面看戲的棚子塌了！」

「什麼？」老太太神色頓時變了。

各個府上的姑娘幾乎都去了那邊，不僅老太太坐不住，其他人也都坐不住了，沒等老太太吩咐，紛紛起身，朝著戲臺子那邊去了。

他們到時，人已經都救了出來，看著自家女兒、孫女安然無恙，眾人全都安了心。

秦氏只有顧敬臣一個兒子，而顧敬臣是個外男，又不喜看戲，他絕不會出現在這樣的地方。所以她走得慢悠悠的，甚至想著站在那裡看一眼就離開。

等到了戲臺子這邊，看到站在不遠處的兒子，她驚訝極了，甚至覺得自己看錯了。

「那是……敬臣？」秦氏問身邊的婢女。

檀香仔細看了幾眼，道：「是侯爺沒錯。」

秦氏看著站在兒子身側的姑娘，眼珠子都要掉下來了。

府裡內宅的事他都不管，怎麼管起永昌侯府內院的事了？兒子何時這般喜歡多管閒事了，那位姑娘莫不是永昌侯府的大姑娘吧？

其他人確認自家人沒事後，也終於注意到顧敬臣這邊。和秦氏剛才一樣，大家的目光在顧敬臣和雲意晚身上來回看。

看著雲意晚彷彿洞察一切的眼神，喬氏心裡一慌，手再次抬了起來，但這一次，雲意晚沒再任由喬氏打，她抬起如柔荑般的手，緊緊抓住了喬氏的手腕。

喬氏心頭震驚不已。長女向來乖順聽話，今日竟然敢反抗她！

周圍的人越來越多，議論聲也響起，她心中更加憋屈。

「妳沒照顧好妹妹，我說妳兩句妳竟然想反抗？好大的脾氣！」喬氏揚聲說道。

顛倒黑白。

剛剛發怒的母親大概是氣急攻心，此刻的母親才是她平日裡的模樣，面對眾人的指指點點，雲意晚絲毫不亂，冷靜地說道：「母親，女兒剛剛就在裡面，妳又為何不救我呢？妳可真是令女兒傷心啊。」

訴說委屈誰不會？說完，雲意晚甩開了喬氏的手。

喬氏被女兒當眾拂了面子，心頭憤怒，正欲再說些什麼，只見顧敬臣抬腳再次擋在雲意晚面前。

「這位夫人，若本侯沒看錯的話，您剛剛第一時間確實救的不是自己的女兒，而是那位姑娘。」顧敬臣指了指喬婉瑩。「作為母親，妳都不救自己的女兒，怎麼有臉怪旁人？」

顧敬臣這話相當不客氣了，雲意晚剛剛說話聲很輕，只有相近的幾個人聽到，她那一番話大概只能戳到喬氏的心窩子，但顧敬臣不同，他說話有分量，大家容易信服。

「跟定北侯說話的婦人是何人？」有人問道。

「好像是永昌侯府的庶女，那位三姑娘。」

「哦，原來是個庶女啊。」

在聽了兒子剛剛那番話後，秦氏知曉自己猜錯了，兒子剛剛護著的人不是陳氏的女兒。也對，兒子從來都不是多管閒事之人，也不是刻薄之人，更不喜跟婦人爭吵，能做出那樣的事、說出那樣的話，可見心中氣極了，不知那位夫人做了何事惹惱了兒子，抑或者……那位被他護在身後的姑娘是他心愛之人？

可惜那小姑娘被兒子高大的身影擋住了，沒能看清相貌。

面對長女的指責，喬氏心中惱怒，但是同樣一番話由顧敬臣口中說出來，喬氏內心則充滿了心虛。

她剛剛的確是去找意晴的，只是在看到喬婉瑩後注意力便落在她的身上，當危險發生的那一瞬間，她下意識就牽起喬婉瑩的手跑走。

「我……我當時離得遠，來不及救她。」喬氏狡辯。

顧敬臣微微眯了眯眼，沈聲道：「若本侯沒看錯，妳當時就站在自己女兒身邊！」

不遠處的雲意晴也聽到這話，她看了一眼瑩表姊，又看了看母親，眼底神色複雜。

剛剛棚子倒下的那一刻，她親眼看到近在咫尺的母親上前抓住了表姊的手，把她丟在了身後。

原來表姊在母親心中比她更重要……

顧敬臣又嘲諷一句。「夫人兩個女兒都在裡面，您一個都不去救，反倒是去救旁人，當真是偉大至極！」

周圍議論聲起，喬氏沒料到少言寡語的顧敬臣會站出來頻頻指責她，聽著眾人對她的議論，尷尬不已，連忙說道：「婉、婉瑩是我的姪女，我離她近，自然先救婉瑩。」

陳氏也被吸引而來，她看了一眼安然無恙的女兒，再看雲意晚和受傷的雲意晴，心裡對喬氏有說不出來的感激和愧疚。

「三妹妹放心，太醫馬上就來了，一會兒我會讓太醫好好給意晴看看，定不會讓她頭上留下任何的疤痕。」

喬氏看向陳氏，又看了一眼站在她身後的喬婉瑩。「大嫂別忘了自己說過的話就行。」說完，快步朝著自己的小女兒走去。

她實在是怕了顧敬臣，生怕他說出更多讓她難堪的話。

顧敬臣沒再理會喬氏，轉身看向身後的雲意晚，見她的側臉腫了起來，不禁濃眉緊鎖。

「妳沒事吧？」顧敬臣問，語氣中有不易察覺的關切。

雲意晚回過神來，看向顧敬臣。

他剛剛為何要救她，現在又為何幫她說話？

其實仔細想想，他除了性子冷了些，前世待她也不差，只是……不喜歡她而已。

她後退一步，道：「沒事，多謝侯爺。」

顧敬臣看著她的疏離，心思微沈。「沒事就好。」

內宅的事早已傳到了前院，這時永昌侯也過來了。

「多謝侯爺！」

永昌侯喬彥成遠遠地就朝著定北侯行禮。

他剛剛一得到消息就匆匆趕來，好在顧敬臣在場指揮有度，不然不知今日的情況會有多混亂。

如今大多客人都安然無恙，只有一位姑娘受傷，還是自己妹妹家的孩子，不是外人，已經是最好的結果了。若今日是旁人受了傷，怕是難以善了，只怪今日的雪太大了，才會發生這種意外。

不過，雖然沒有造成多人受傷，但發生了這種事，之後給各個府上的年禮少不得要重上幾分。

顧敬臣深深地看了雲意晚一眼，抬步朝著永昌侯走去。有些事情還是得跟主家說清楚。

揚風也提著剛剛抓到的一個小廝走了過去。

陳氏轉頭對身邊的嬤嬤道：「讓人再去催一催，看看太醫到哪裡了。」

嬤嬤連忙應了。「是，夫人。」

交代完事情，陳氏看向了雲意晚，看著雲意晚捂著臉孤零零地站在一旁，她走向她，伸手握住了她的手。

手上突然多了些溫暖，雲意晚微微一愣。

陳氏說道：「沒事了，妳母親也是擔心意晴的身體才會遷怒於妳，妳坐的位置本就離妹妹遠，當時即便走過去也救不了妹妹，還會把自己搭進去，今日妳沒有做錯任何事情，莫要傷心難過。」

雲意晚看向陳氏。

若是她內心的猜測成真，那麼大舅母不就是她的……

發現自己險些被壓在棚子底下時，她心中很害怕，但沒有哭。

被母親打了一巴掌，她心中難過，但也沒有哭。

然而此刻看著陳氏溫柔的眼神，她的眼淚簌簌滾落下來。

陳氏拿起帕子給她擦了擦眼淚。「長得這麼好看，眼睛哭腫了可就不美了。」

雲意晚吸了吸鼻子，甕聲甕氣地應了一聲。「嗯。」

陳氏緩聲道：「妳別怪妳母親，也別因妹妹受傷自責，整件事情若說誰做錯了，那便是我了，是我沒管好這一攤子事，讓妳們遭受了無妄之災。」

雲意晚定定地看向陳氏，咬著唇沒說話。

黃嬤嬤一直在跟人打聽當年的事情，在得知戲臺子這邊出了事後，她起先沒當回事，等她回了老夫人的院子裡，知曉大姑娘也去看戲了，頓時心焦不已。

此時她步履匆匆地來到院子這邊，看到自家姑娘正好好地站著，不禁老淚縱橫。

陳氏見雲意晚身邊的嬤嬤來了，摸了摸她的頭，轉身去處理事情了。

「姑娘，您沒事就好，沒事就好。」黃嬤嬤哽咽地道：「可有哪裡不舒服？」

雲意晚擦了擦臉上的淚，安撫黃嬤嬤。「嬤嬤，我沒事，我剛剛被人救了，沒被砸到。」

黃嬤嬤的心情仍不平靜，重複地說道：「沒事就好，沒事就好……」說著，自己抬手擦了擦眼淚。「您看看我，還不如姑娘，實在是忍不住……謝天謝地，老天保佑……」

雲意晚正欲開口安撫，突然察覺到一道目光，她轉頭看了過去，看到那人，頓時怔了怔。

母親……哦，不對，顧老夫人怎會在此，還用那種審視的目光看著她？

想到前世嫁入顧府那幾年在後宅中發生的事情，她心頭一跳，腰背不自覺地挺直了一些。

秦氏盯著雲意晚看了許久，不得不說，兒子的眼光的確好，這小姑娘不光長得好看，性情看起來也不差，就是好像有些過於沈靜了，不夠活潑，這樣若跟兒子成了親，二人豈不是半天說不上一句話？

她又看向一旁靠在婢女身上尚未回過神的永昌侯府嫡長女。

倒也不差，也不知兒子究竟更喜歡哪一個，若是兩個都喜歡，倒是有些難辦，還是回頭問問兒子再說吧。

該見的人也都見了，瞧著面前這一攤子亂糟糟的事情，秦氏心頭煩躁，想來這頓午飯也不肅靜，倒不如回府清靜些。

她看了一眼雲老太太的方向，想到剛剛提到婚事時雲老太太猶豫的模樣，頓時有些不悅，話也不想多說了，吩咐了隨身的下人一句。

「跟永昌侯老夫人說一聲，我乏了，先回府了。」

「是。」

說罷，秦氏轉身離開了侯府。

雲意晚正猶豫著要不要跟秦氏打一聲招呼，就見秦氏離開了，她心裡鬆了一口氣。

前世她嫁進定北侯府後，秦氏對她極為冷淡，看起來並不喜歡她，好在秦氏重視禮佛，平日裡不怎麼管內宅的事，也免了她的請安，兩個人因此很少見面，在各自的院子裡倒也相安無事。

如今再看到秦氏，她的心還是瞬間提了起來。

「姑娘，您臉上是怎麼回事，誰打的？」黃嬤嬤問道。

剛剛她只顧著確認姑娘的安危，沒注意到她臉上的紅腫，此刻心情平復下來，這才發現到。

雲意晚瞥了一眼正照看意晴的母親，低聲對黃嬤嬤道：「回去再說。」

黃嬤嬤似乎也明白了些什麼。

「好，正好我也有話跟姑娘說。」

雲意晚看向黃嬤嬤，黃嬤嬤點了點頭。

雲意晚明白了，嬤嬤大概是打聽到了什麼事情。

就在這時，喬婉琪快步跑了過來，上下把雲意晚掃視了一番，道：「嚇死我了，我還以為表姊出事了，還好表姊沒事，不然我心裡難安。」

表姊是被她拉過來看戲的，若是出了事，她一輩子都會活在愧疚之中。

雲意晚說道：「嗯，我沒事，棚架倒塌之前我就出來了。」

至於被顧敬臣救了一事，她隱去沒說。

喬婉琪瞥了自己的丫鬟小蓮一眼，埋怨道：「真是的，事情也不打聽清楚，害我白擔心一場，差點哭了。」

蓮兒摸了摸鼻子，小聲道：「我只聽說雲家的姑娘受了傷，又沒說是大表姑娘還是二表姑娘，是姑娘您太過關心大表姑娘，才會理解錯了。」

喬婉琪瞪了小蓮一眼，小蓮頓時不說話了。

外院的公子們也匆匆趕來了。

喬桑寧看到雲意晚，眼前一亮，朝著這邊走了過來。

「妹妹、表妹。」

喬婉琪驚道：「哇，二堂哥！我好久沒見到你了，堂哥瘦了不少。」

為了準備明年的秋闈，喬桑寧一直在外面的書院讀書，今日之所以回來是因為祖母的壽辰。

雲意晚朝著喬桑寧福了福身。「二表哥。」

喬桑寧仔細看了看她們。「兩位妹妹無事便好。」

不遠處，喬西寧和喬琰寧正在安撫喬婉瑩，喬婉瑩此刻正兩眼含淚，向兄長訴說著自己的害怕。

喬婉琪看到自己的親兄長親切地安慰著大堂姊，忍不住低聲抱怨。「哼，真不知道誰才是他的親妹妹。」

這話一出，喬桑寧面露尷尬。

雲意晚扯了扯喬婉琪的袖子，示意她別再多說。

喬婉琪這才想起來二堂哥就在眼前。二堂哥是大房的，他雖是庶出，與大堂姊和大堂哥不是一母所生，但也是同一個父親的親兄弟姊妹。若是按照她剛剛的話，其實也把二堂哥罵進去了。

喬桑寧這才向雲意晚和喬婉琪點了點頭，朝著自己的妹妹走去。

看著二堂哥的背影，喬婉琪抿了抿唇，對雲意晚道：「二堂哥的情況不一樣，大堂姊平日裡對二堂哥根本不好，二堂哥根本不用去看她。」

說完，她又見到舅舅家的表哥也圍在大堂姊身邊，更煩了。

喬西寧慰問完自己妹妹，此時看向雲意晚，朝她走了過來。

「妳還好嗎？我聽說表妹當時也在聽戲，有沒有受驚了？」

「多謝表哥關心，一切都好。」

看著雲意晚臉上的巴掌印，喬西寧若有所思。

作為侯府的世子，他剛剛已經了解了這邊所有的情況，知曉表妹和姑母之間發生的事情。不過，知道歸知道，在看到表妹臉上觸目驚心的巴掌時還是忍不住心疼。

三姑母……過了。

不過作為晚輩，他不好多言長輩之過。
「我那裡有藥，一會兒讓人拿給表妹。」
雲意晚微微一怔，朝著喬西寧福了福身。「多謝表哥。」
詢問完雲意晚的情況，喬西寧看向喬婉琪，壓低了聲音問道：「小妹，妳跟溫姑娘素來關係不錯，妳可有看到她去了哪裡？」
溫姑娘，溫熙然，忠順伯爵府的姑娘，也是喬西寧未過門的妻子。
喬婉琪眼睛一亮，大堂哥平日裡裝得一副高冷的模樣，也瞧不出他有多喜歡熙然，沒想到還是很關心她的。
「熙然身子不舒服，一直待在她母親身邊，沒來看戲。我剛剛過來時她還在花廳那邊，想來是沒過來。」
喬西寧鬆了一口氣。「嗯，多謝妹妹告知。」
慰問完妹妹，喬西寧又去別的府那裡詢問了情況。
今日出了這麼大的事，他作為侯府的世子，要配合父親母親做好善後工作。
不遠處，顧敬臣正跟幾位侯爺國公說著話。
面對永昌侯的感謝，顧敬臣道：「永昌侯客氣了。」
隨後，他看向站在永昌侯身後的承恩侯，朝著他行禮。「舅父。」
承恩侯一臉驕傲。「嗯，我都聽說了，今日多虧有你在。」

想到承恩侯的女兒剛剛也差點受傷，永昌侯喬彥成笑著說道：「今日的雪下得太大了，不然不會如此，也多虧了有定北侯在。」

承恩侯知道喬彥成這是推卸責任之意，好在女兒並未受傷，二人還要同朝為官，所以不打算多計較。

他順著喬彥成的話說道：「侯爺說得是，雪太大了。」說罷，又看向顧敬臣。「你可得好好謝謝我這個外甥。」

承恩侯是太子的親舅舅，地位舉足輕重。

喬彥成明白承恩侯府這邊算是安撫好了，其餘的幾家家世不如承恩侯，很好安撫。

他笑道：「這是一定的，我一會兒定會備份厚禮好好感謝定北侯。」

顧敬臣卻沒有其他兩位侯爺這般神色輕鬆，他看著面前的人道：「請安國公、舅父和侯爺借一步說話。」

安國公是跟著來看熱鬧的，剛剛出事的時候他孫女安欣茹不在其中，他還一派輕鬆，沒想到顧敬臣似乎有要事相談，要他也一起，不知是何意。

幾人互看一眼，隨顧敬臣去了一旁。

四下無人處，顧敬臣開門見山地說道：「今日的意外並非偶然，而是人為。」

說完，他手一揮，示意揚風把押著的一個小廝帶上前來。

「此人正是這場意外的禍首，我剛剛在涼亭中和喬世子說話，遠遠地就瞧見他爬到棚子上面掀開了一塊板子往下面倒雪，棚頂本就積著厚厚的雪，他身子重，便壓塌了棚架，導致意外發生。」

永昌侯捏了一把冷汗，仔細看了看這小廝，是個陌生的臉孔，身上的衣裳也不是自己府上的僕役穿著，心頭頓時鬆快了幾分。

太好了！若是意外，那就是侯府的責任，他們侯府可就得罪了京城的權貴。但若是人為，那就能找到揹鍋的人了。

只是不知這人是哪個府上來的，竟然敢在母親的壽辰上做出這樣的事情，他絕不會饒了他！

這短短的一瞬間，永昌侯情緒百轉千迴，歷經了大喜和大怒的轉變。

安國公則不然，看著面前的小廝，他一臉憤怒，上前一腳踢飛了他。

看著眼前這一幕，永昌侯明白了這鍋應該誰揹了。不過，他與安國公素來交好，這場意外應當不是他故意設計的吧？

承恩侯也明白了，只是他不明白為何外甥也讓他過來了解此事的內幕，這明顯是永昌侯府及安國公府兩府的事，他參與其中不太好吧？難不成外甥是請他居中主持公道？

承恩侯立馬挺直了腰背，清了清嗓子。

「混帳東西，你究竟是受何人指使？」安國公怒斥。

小廝連忙跪好，嚇得哆哆嗦嗦的，支支吾吾說出了實情，原來是安欣茹受了委屈，心裡不舒服，指使他去找秦二姑娘的麻煩，他這才想了爬到戲棚上朝秦二姑娘身上倒雪的主意。

雖然剛剛內院傳話說女兒沒事，但此刻聽到小廝的話，發現原來這場意外的目標是對著他女兒來的，承恩侯瞬間不淡定了。

「敬臣，你表妹可還好？」

顧敬臣回道：「舅父放心，大表妹當時不在裡面，二表妹身上被倒了一身雪，人倒是沒事。」

承恩侯鬆了一口氣。「那就好，那就好。」

事情已經說清楚，後面的事也與自己無關，顧敬臣不願參與其中，把人交給他們之後便離開了此處。

走到迴廊盡頭，左邊是去外院，右邊是去內院，他頓了頓，朝著右邊走去，沒走多久，來到了戲臺子處。

陳氏素來索利能幹，把侯府的事處理得井井有條，不過是短短片刻的工夫，戲臺子處已經恢復如常，塌下的棚子撤走了，桌椅板凳也被搬得乾乾淨淨。

顧敬臣的目光看向了一個方向，只見不遠處，雲家長女正跟一個小姑娘說著話。

看著雲意晚沈靜的側眼，他眸色微沈。剛剛只顧著救人，沒有多想其他，此刻瞧著她，一個月前的那個夢再次浮現在腦海中。

白皙柔嫩的肌膚、殷紅的唇，散落在枕上的烏黑髮絲……

顧敬臣喉結微滾，大冷天，他只覺得口乾舌燥，渾身燥熱不安。

他怎麼能對一個沒見過幾面的姑娘生出那般齷齪的心思！

顧敬臣握緊了拳，克制住內心的躁動。

「侯爺？」揚風見自家侯爺神色不對，開口喚了他一聲。「咱們不過去看雲姑娘嗎？」

顧敬臣猛然看向揚風，眼神凌厲。

揚風嚇了一跳。他……好像沒說錯什麼吧？

他摸了一下手中的藥瓶，心想侯爺剛剛救了雲姑娘，現在還一直盯著人家姑娘看，不就是想去找她嗎？

這時，雲意晚似乎察覺到什麼，看了過來。

顧敬臣再次看向雲意晚，瞧著雲意晚眼中的清澈，想到那些難以啟齒的夢境，生平第一次覺得狼狽不堪，索性轉身朝著外院走去。

揚風不明所以，連忙跟上了。

這藥……還送不送了？

喬婉琪順著雲意晚的目光看了過去，只看到顧敬臣的背影。

「咦，那不是定北侯嗎？」

雲意晚說道：「好像是吧，沒看清。」

其實她看清楚了，只是不願說。恰好陳伯鑒和梅淵幾人朝著這邊走來，喬婉琪看到陳伯鑒，立刻轉移了注意力，沒再多問。

永昌侯很快就把事情跟夫人說清楚了，陳氏心中的愧疚也減少了許多。不過，跟永昌侯不同，她覺得今日的事情府上也有錯。

「不管怎麼說，事情發生在咱們府上，也是咱們監管不力，那棚架若是再弄得結實些，或者安排婢女、小廝在旁邊看著，也不會發生這樣的事情。」

永昌侯沒和夫人爭辯，道：「嗯，但錯在安國公府，自有安國公府的人來處理這些事情，夫人也不必把事情都攬到自己身上。」

陳氏掌管侯府多年，自然也明白永昌侯的意思，她雖心中愧疚，但該是誰的責任便是誰的責任。

「侯爺的意思我明白了。」

永昌侯又提醒道：「夫人不用為安國公府隱瞞什麼，此事咱們不說，承恩侯府的人也不會善了，再者，定北侯府的人也知道。」

陳氏微微蹙眉，應了一聲。「嗯。」

永昌侯還要去前院招呼客人，跟陳氏說了幾句後就離開了，出來後，看到不遠處的母親，他猶豫了一下，掉轉了腳步。

夫人正直又心善，怕是會想和安國公府一同擔下責任，不過此事明顯是安國公府的錯，安國公也未曾推卸責任，不如順水推舟推給國公府。

老太太和陳氏不同，在知曉了今日的事情後，表面上對外不提詳情，私下卻告訴了旁人，不多時，安國公府的姑娘報復承恩侯府姑娘而造成意外的事情就傳得沸沸揚揚的。

既然與自己府上無關，老太太吩咐陳氏今日還要繼續唱戲，棚子重新搭好，繼續招待眾人。

陳氏覺得不妥，但老太太堅持。

「錯又不在咱們府上，為何不能繼續慶賀？妳若不繼續下去，旁人才會把錯都推到咱們身上，記住的也只有戲棚子被壓塌一事，讓戲班子繼續唱，旁人就會覺得事情不大，已經解決。」

陳氏猶豫道：「可三妹妹家的……」

畢竟三妹妹在危急時刻選擇了救婉瑩，也因此來不及救下自己的女兒，她有些愧疚。

聽到庶女的名字，老太太不耐煩地抬了抬手。「太醫不是說了嗎，沒什麼大礙，不必太過放在心上。」

陳氏看得出來婆母的堅持，沒再多說什麼。今日是婆母的壽辰，婆母吩咐了，她只好照做。

太醫此時已來到永昌侯府，正在為雲意晴把脈，診治過後，太醫得出和胡郎中一樣的結論，喬氏懸著的心總算是放下來了。

這邊她正安撫著女兒，外面卻突然響起了唱戲的聲音。

出了這麼大的事情永昌侯府竟然還要唱戲！那老太太絲毫不顧及她女兒的死活，當真是涼薄得很。當年姨娘的死就跟她脫不開干係，如今她又想害死自己的女兒嗎？

新仇舊恨算在一起，喬氏恨極了侯府。

院子裡，聽到戲又重新唱了起來，喬婉琪道：「表姊，咱們去聽戲吧？」

雲意晚此刻心緒難以平靜，實在是沒心情繼續聽戲了，她道：「妹妹在廂房躺著，我想去看看她。」

喬婉琪也想到了這一點。「嗯，表姊先去看她吧。」

雲意晚抬步離開了，走到拐角處，遠遠地看了一眼妹妹休息的房間，收回目光，看向黃嬤嬤。

黃嬤嬤問：「姑娘是要去探病嗎？」

雲意晚搖了搖頭。

這是黃嬤嬤第一次猜錯了她的心思，經歷了剛剛的事情，她的心境已經跟從前大不相同了。

她曾差一點做過母親，知曉對於一個母親而言最重要的是什麼，那便是自己的孩子，而今日，她親眼看到母親在危急關頭衝向了喬婉瑩。

母親雖看重利益，但不可能超越作為母親的本能，母親想要掩蓋的事情怕是不簡單，她心中有了一個想法，就差證實了。

雲意晚抬眸看向不遠處的涼亭，道：「嬤嬤隨我來。」

雲意晚正和黃嬤嬤朝著涼亭走去，一個婢女攔住了她們的去路。

「請問姑娘是禮部員外郎雲大人家的長女嗎？」

黃嬤嬤看了一眼自家姑娘，上前回道：「正是，請問姑娘找我們家姑娘可是有事？」

婢女道：「剛剛有一位公子讓我把這個交給雲姑娘。」

說著，婢女把藥膏遞到了嬤嬤手中。

雲意晚問道：「哪位公子？」

婢女搖頭。「我不認識，他沒有報身分。」

雲意晚沒再多問，婢女福了福身離開了。

黃嬤嬤打開藥膏聞了聞，眼睛一亮，道：「姑娘，這個藥膏有消腫的作用，一看就知不是凡品。」

雲意晚微微蹙眉，心中有些奇怪，會是誰送的呢？

婢女是永昌侯府的，她定是認識西寧表哥的，可見不是他。

那會是誰？

陳公子？梅公子？還是……

「我給您上藥吧。」黃嬤嬤打斷了雲意晚的思緒。

「到那兒再塗吧。」雲意晚看了看不遠處的涼亭。
「好。」
不多時，主僕倆來到了小山坡上的涼亭，此處甚是開闊，地勢也高一些，往南邊去是內宅，往北邊去是外院。
這裡恰好就是顧敬臣剛剛與喬西寧說話的地方，在這裡能清楚地看到內院中的戲臺子。
二人坐在石凳上，黃嬤嬤打開藥瓶給雲意晚塗了起來。
雲意晚問：「嬤嬤，妳剛剛都打聽到了什麼事情？」
黃嬤嬤想到那些打聽的事情，下意識看了看，見四下無人，她又靠得離雲意晚更近了一些，這才開口說話。
雲意晚聞到了一絲酒氣，微微蹙眉。
黃嬤嬤解釋了一句。「為了打聽事情，我請人喝了些酒，不過姑娘放心，我沒喝。」
雲意晚說道：「沒事，嬤嬤請說。」
黃嬤嬤一邊塗藥膏，一邊低聲說道：「我聽說侯府大夫人生產當日摔了一跤，這事是孫姨娘身邊的丫鬟幹的。」
雲意晚驚訝地看向黃嬤嬤。
黃嬤嬤又接著說道：「老侯爺和老夫人查出這件事後震怒，當場就讓人把那個丫鬟打死了，老侯爺本來不想處罰孫姨娘，可老夫人不同意，侯爺又把陳太傅和太傅夫人都請來了，最後老侯爺才不得不處置了孫姨娘。」

雲意晚聽了後一時之間沒說話。

孫姨娘是老侯爺的寵妾，老侯爺向著她也是意料之中，只是，她很不理解，孫姨娘要對付的人應該是老夫人才對，為何要對付大舅母？

大舅母的性子她多少了解，是個非常正直有原則的人，想來不會幫著老夫人對付孫姨娘，孫姨娘也不該對她懷恨在心。

「大舅母得罪過孫姨娘？」雲意晚問道。

「姑娘猜得沒錯。」黃嬤嬤上完了藥，收好藥膏，繼續說道：「聽說當年老侯爺非常寵信孫姨娘，在老夫人有孕時把管家一事交給了孫姨娘，後來老夫人用了幾年時間才把大半的管家權奪了回來，不過，在一些小事上老侯爺還是給了孫姨娘權力，比如，孫姨娘喜歡花，老侯爺便把府中的花木交給她侍弄採買，還讓她管著外面的一些事情。但沒想到大夫人十分能幹，嫁進來沒兩個月就把侯府所有的管家權都奪了回來，任憑孫姨娘去老侯爺那裡鬧，都沒能拿回管家權，孫姨娘就此恨上了大夫人，處處給她使絆子。」

雲意晚點了點頭，這就說得通了，孫姨娘恨上了大舅母，所以在她懷孕時動了歪心思。

黃嬤嬤道：「還有，您沒發現老太太不喜歡二表少爺嗎？」

雲意晚看向黃嬤嬤。「發現了，因為他是丫鬟生的？」

黃嬤嬤說：「可不只這個原因！聽侯府的老人說那丫鬟跟孫姨娘有些關係，老夫人發現時就想打死她，只可惜當下她已有了身孕……」

雲意晚驚訝不已。

這個孫姨娘可真會動心思，連晚輩的房中事都要插手，用心歹毒，由此可見，孫姨娘和大舅母之間的矛盾深得很。

這些陳年往事倒不是重點，重點是生產那日的事情。

「嬤嬤，妳可還打聽到別的關於生產那日的事情？」

黃嬤嬤點頭。「打探到當年大夫人早產的原因了，據說在大夫人懷胎七月的時候，老夫人去了寺中拜佛，那段時間一直下大雪，老夫人因此被困在寺中，一時趕不回來，就這麼幾天的空檔，給孫姨娘找到了機會，找人故意撞倒大夫人，想讓她保不住孩子，結果大夫人就早產了。老夫人一得知這個消息，晚上冒著大雪連夜趕回來，回來之後就把孫姨娘關起來，還把同樣剛生產的咱們夫人攆了出去。」

雲意晚皺眉。「也就是說，在大舅母生產當日，內宅中一直是孫姨娘管著？」

黃嬤嬤想了想，道：「當時老侯爺的弟弟不在京城，二老爺和二夫人不在府中，大夫人早產昏厥，應該就是孫姨娘管著吧。」

所以，當時孫姨娘便可以為所欲為了，一切的不可能變成了可能。

孫姨娘氣恨大舅母，故意讓丫鬟去撞大舅母，結果沒想到大舅母和孩子依舊平平安安的，按照孫姨娘狠毒的性子，不可能就此收手，想來應有別的算計。

冷風過亭，風雪拂在臉上，鵝毛般的雪花落在頸上，一片冰冷，雲意晚忍不住瑟縮了一下，她緊了緊身上薑黃色的斗篷，站起身沿著亭子邊走了兩步，目光看向下面的內院。

珠光寶氣，綾羅綢緞，臺上的戲子正咿咿呀呀唱著，唱的不再是男女情愛的戲碼《西廂記》，而是老夫人們愛看的《狸貓換太子》，唱戲之人字正腔圓、抑揚頓挫清晰動人。

「這個計兒真正妙，要將太子換狸貓，偷天換日人不曉……」

母親一直不喜歡她，她腦海中浮現前世今生的畫面，往事歷歷在目，母親無視她的婚約，對她聲淚俱下訴說著定北侯府的冰冷、瑩表妹初生的孩子如何被扔到雜院裡無人看管，萬分可憐，逼她嫁進定北侯府。

今生，侯府初見瑩表妹，母親臉上的笑是如此真誠而又熱烈，母親總是交代意晴要好好待表妹、聽表妹的話，在圍場上，明明是瑩表妹欺負了意晴，母親卻只信瑩表妹的說詞，認定是自己欺負她們而責罰她。

母親為意晴定下的親事是國公府的公子，為她定的兩門親事則都是身分低微的人家，一個是商戶之子，一個是落榜秀才。

母親總是不喜歡帶她出門應酬，尤其不喜歡帶她來永昌侯府，不論她做什麼，母親從來沒有一句好話。

她不禁懷疑自己是不是母親親生的……

馮老夫人說她長得像外祖母年輕時的樣子；琰寧表哥兩世都說她跟老侯爺書房裡藏著的

外祖母畫像相像。

瑩表姊和意晴的長相頗為相似，母親和瑩表姊的側臉也是那麼的相像。

這一切的一切似乎都在母親剛剛奮不顧身衝向瑩表姊時找到了答案。

多麼可笑。

多麼可怕。

多麼……令人想不到。

黃嬤嬤有些猜不透姑娘的心思，瞧著姑娘站在一邊，眼睛直勾勾盯著下面熱鬧的宴席，衣袂飄飄，彷彿隨時都可能離去的樣子，她有些不安，忍不住上前拉住她。「姑娘，您小心些，往裡面站，別掉下去了。」

雲意晚回過神來，目光變得堅定。「好，我知道了，走吧，咱們該下去了。」

她還有件事要做。

黃嬤嬤鬆了一口氣，問：「對了，姑娘，還需要我去打探什麼嗎？」

雲意晚琢磨了一下，道：「妳去打探一下孫姨娘過去對瑩表姊是什麼態度……對了，順便再問問她對西寧表哥和桑寧表哥態度如何，能打探到就問問，打探不到就算了。」

這些都是佐證，她需要更直接的證據。

黃嬤嬤雖然不解，但還是應了。「好，我這就去。」

雲意晚從山上的涼亭下來，去了宴席上。

「表姊，妳可算回來了。」喬婉琪拉著她說道：「對了，二表妹沒事吧？」

雲意晚說道：「無礙。」

意晴能有什麼事呢？前世似乎也發生了此事，當時意晴能吃能睡，什麼事都沒有，安國公府的人還時常來探望她，過了沒多久，就傳出她跟國公府訂親的消息。

「還好表姊來得及時，飯菜還沒上桌，表姊坐下來吃飯吧。」

雲意晚點頭道：「好。」

就位之後，坐在她對面的小姑娘朝著她打了一聲招呼，是忠順伯爵府的溫熙然。

「雲姑娘。」

「溫姑娘。」

瞧著溫熙然臉色蒼白，又時不時捂著肚子，雲意晚猜測她可能來了月事，上菜時，有幾道涼菜放在了溫熙然面前，雲意晚低聲提醒，喬婉琪連忙吩咐下人特地把熱菜放在溫熙然面前。

溫熙然感激地看了喬婉琪一眼。

喬婉琪看向坐在身側的意晚表姊，表姊真是周到細緻又貼心，還不喜歡搶別人的風頭，她可太喜歡表姊了。

雲意晚對喬婉琪笑了笑。

喬婉琪給雲意晚挾了一道菜。「表姊嚐嚐，這個可好吃了。」

雲意晚說道：「好，多謝。」

雲意晚正吃著飯，一道不和諧的聲音響了起來。

「妳妹妹都快被砸成傻子了，妳這個做姊姊的竟然還能吃得下飯？」是月珠縣主。

眾人看向了雲意晚。

若是放在平時，雲意晚定然不會回懟，但她今日心情不好，不想忍了，想到那日在圍場上發生的事情，她決定給月珠縣主一個教訓。

雲意晚放下手中的筷子，緩緩開口。「縣主這是何意？大舅母為妹妹請了郎中和太醫一同診治，兩位大夫都說妹妹身體無礙，只是擦破皮，靜養一月便能好，怎麼到了縣主口中我妹妹竟生了重病？」

說這番話時，雲意晚看了一眼老太太的方向，又看了一眼安國公夫人的方向。

若說在場的人誰最不想讓事情鬧大，一個是老太太，另一個就是安國公府的人，畢竟一個是主家，一個是始作俑者。

接著，雲意晚又說道：「縣主剛剛就當眾羞辱我妹妹，現在難不成是在詛咒她嗎？」

月珠縣主一直以為雲意晚是個怯懦的性子，沒料到她竟敢懟她，她先是一怔，很快怒火中燒。一個從五品的小官之女竟然敢當眾說她不是，真是吃了熊心豹子膽！

「妳——」

月珠縣主話未說完，就被安國公夫人打斷了。

「可不是嘛，太醫說了雲姑娘無礙，只是小傷，縣主小小年紀，又不懂醫術，莫要聽信了旁人的話就以訛傳訛、胡說八道。」

這事是自己孫女做的，今日很多人都知曉此事，已經對孫女名聲有礙，如果沒造成什麼嚴重的後果，大家傳一傳事情也就淡了，但若是導致官家小姐成了傻子，那名聲可就壞了，她絕不允許這樣的事情發生。

「月珠，妳可不能因為跟雲家姑娘有仇怨就故意誇大她的病情，人家雲姑娘還得嫁人呢！」

月珠縣主憋屈死了，一個從五品小官之女懟她不說，就連向來喜歡她的安國公老夫人也懟她，還說得那麼難聽，真是毫不給她面子。

這還不算完，永昌侯府老太太也開口了。

「可不是嘛，我剛剛去瞧過了，就是額頭擦破了一點皮，沒什麼大礙，大家都不要放在心上。」

事情是發生在永昌侯府，多少對侯府的名聲有損，且傷了的又是老太太最討厭的庶女的女兒，她也不想事情鬧大，讓旁人指責侯府宴席辦得不好，又或者讓庶女以此拿捏他們。

接連被兩位老夫人說，月珠縣主簡直氣炸了，可這兩位老夫人她都不敢得罪，只能把氣嚥回了肚子裡。

雲意晚站起身，朝著兩府老夫人福了福身，笑著說道：「母親也是不放心妹妹才陪在她身邊照顧的，外祖母和各位老夫人、夫人莫要放在心上，今日是外祖母的壽辰，可不好擾了外祖母的興致。」

老太太點了點頭，越看越覺得她順眼、識大體。

安國公老夫人看向雲意晚的眼神也有一絲讚賞，她對一旁的老太太道：「這小姑娘倒是有些像妳年輕的時候，要不是知道她是妳那個上不得檯面的庶女生的，我還以為是妳親孫女。」

一旁的馮老夫人立即抬起頭來，看向好友。

老太太怔了怔，這已經是第二個人這樣說了，但是，出於對庶女的厭惡，她岔開了話題。

雲意晚對著老太太笑了笑後坐下了，桌子底下，喬婉琪朝她豎起一根大拇指，兩人相對笑了笑。

按照雲意晚的性子，她剛剛從涼亭下來就該回家的，之所以來了這裡，也不是為了懟月珠縣主或者說雲意晴的事情，她是來找喬婉琪的，只不過此刻周圍人太多，不好說事。

——未完，待續，請看文創風1206《繡裡乾坤》2

2022年5月出版

文創風 1068～1069

三流貴女拚轉運

她意外回到二十多年前，自己尚未出生，國公府尚未沒落的時候。
滿腦袋想的都是如何幫助家族趨吉避凶，希望家人都能平安順遂。
從來沒想過改變了身邊眾人的命運，自己的命運也隨之改變——
錯亂的時空，錯綜的緣分，牽扯太深，她又該怎麼抽身？

溫情動人小說專家／夏言

身為平安侯府嫡女的蘇宜思，爹疼娘寵，更是祖母的心頭寶，
本該天天吃飽睡好沒煩惱，等著出嫁就好。
偏偏他們家因聖寵不再，從一等國公府被降為三流侯府，
更慘的是，她初次進宮就闖下大禍，誤闖皇家禁區，
本以為會丟了小命，甚至連累家族，誰知道皇帝寬宥了她，
後來幾次召她進宮，就像個長輩一樣，有著莫名的親切感。
欸？看來皇上沒有眾人講的那麼討厭他們蘇家呀？
不明就裡的她一心想著有什麼方法，可以化解上一代的恩怨，
心懷鬱悶地一覺醒來，發現竟然回到二十多年前，
更巧遇年輕時的父親？! 不是啊，這許願未免也太過靈驗了吧！
生性樂天的蘇宜思很快收拾好恐慌的心情，既來之則安之，
她要趁著這時一切還來得及，靠著她的「先知」優勢，
展開轉運大作戰，拯救國公府榮光——

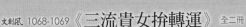

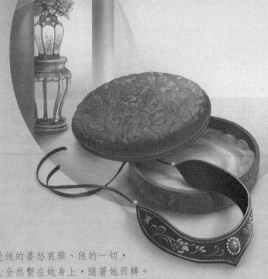

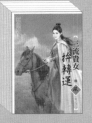

莫顏 著

趣中藏情，歡喜解憂

她桃曉燕是誰？她可是集團總裁、是商界的女強人！
當初為了成為接班人，她鬥得你死我活，好不容易爬上總裁的位置，
卻沒想到一場意外，讓她一睜眼就來到古代！
這裡啥都沒有，她一個小女子還得想著先保命，
她想念她的房地產、股票和基金，還想念滑手機的日子啊嗚嗚～～

11/21 上市

文創風 1210-1211《國師的愛徒》全套二冊

司徒青染身分高貴，乃大靖的國師，受世人膜拜景仰。
他氣度如仙，威儀冷傲，連皇帝也要敬他三分。
他法力高強，妖魔避他如神，唯獨一個女妖例外。
這女妖很奇怪，沒有半點法力，卻不受他的法術控制，
別的妖吃人吸血，她獨愛吃美食甜點，
別的妖見到他就繞道走，她是遇到麻煩盡往他身後躲，
還死皮賴臉喊他師父，逢人便稱想巴結的找她，要報仇的找她師父。
如此囂張厚顏，此妖不收還真不行。
「妳從哪裡來？」司徒青染問。
桃曉燕笑嘻嘻地回答。「我那兒跟你們這裡完全不一樣，高級多了。」
「何謂高級？」
「有網路，有飛機，還有各種科技產品。」
司徒青染冰冷地警告。「說人話。」
桃曉燕立即諂媚討好。「有千里傳音，有飛天祥雲，還有各種神通法寶。」
「那是仙界，妳身分低賤，不可能去。」
「……」誰低賤了，你個死宅男，這種跨界的代溝最討厭了！

私心推薦

文創風 1115-1116《姑娘深藏不露》全二冊

安芷萱一開始並不叫這個名字，而是叫七妹。
七妹出生在溪田村，爹娘死後被二伯收養，
誰知無良二伯和村長勾結，一心只想把她賣了賺錢。
她才不願讓他們得逞呢，天下之大，何處不能容身？
她乘機逃脫，路上偶然得到法寶幫忙，
原以為靠著法寶，她可以美滋滋過著自己的小日子，衣食無憂，
誰料得到，竟是將她拉進一連串驚心動魄的旅程……

為流浪貓狗加油 和貓寶貝 狗寶貝

廝守終生(一定要終生喔！)的幸福機會

對人來說，貓寶貝狗寶貝只是生活的一部分，但妳（你）對牠們來說，卻是生活的全部，領養前請一定要考慮清楚——

▲ 抨擊你心的小可愛——瓦仔

性　　別：男生
品　　種：米克斯
年　　紀：1～2歲
個　　性：活潑親人、喜歡撲人
健康狀況：已結紮，已施打狂犬病疫苗（若認養則免費植晶片）
目前住所：雲林縣斗六市（雲林科技大學汪汪社）

本期資料來源：雲科大汪汪社

『瓦仔』的故事：

今年五月，一隻陌生的狗狗突然出現在雲科大校園內，個性活潑又親人的牠馬上受到大家的喜愛。牠毛色油亮，胸前及前腳末端有白毛，大家紛紛集思廣益想名字：台灣黑熊、襪襪、白手套等等，最終汪汪社決定命名為瓦仔（襪仔）。

瓦仔是一隻不挑食的乖寶寶，最喜歡吃肉條和小餅乾，能分辨出哪隻手握有食物，也會坐下、握手的基本指令。平時不認生，看到人都會很熱情地撲上去，成功討摸的時候，則會樂得把前腳放在對方手臂上，表示自己非常開心。

大大的頭、發亮的毛髮以及腳上一雙可愛的小白襪，總是用可愛憨呆的表情面對大家的瓦仔，擁有用不完的活力，隨時隨地能帶動周邊的歡樂氣氛。想親身領略瓦仔式的歡迎秀嗎？請私訊雲科大汪汪社粉專、IG：ouaouaclub_yuntech，或聯繫蔡同學0972748234，相信有了瓦仔的陪伴，生活一定樂無窮！

認養資格：

1. 認養人須年滿18歲，能夠定期帶瓦仔打疫苗。
2. 出門請使用牽繩，不餵食廚餘。
3. 不長期關籠，不任由毛小孩自己外出。
4. 須同意送養人日後之追蹤採訪，對待瓦仔不離不棄。

來信請說明：

a. 個人基本資料：姓名、性別、年齡、家庭狀況、職業與經濟來源等。
b. 想認養瓦仔的理由。
c. 過去養寵物的經驗，及簡介一下您的飼養環境。
d. 若未來有結婚、懷孕、出國或搬家等計劃，將如何安置瓦仔？

風 文創
1205

繡裡乾坤 1

國家圖書館出版品預行編目資料

繡裡乾坤 / 夏言著. --
初版. -- 臺北市 : 狗屋出版社有限公司, 2023.11
冊 ; 公分. --（文創風 ; 1205-1209）
ISBN 978-986-509-466-9（第1冊 : 平裝）. --

857.7 112016683

著作者 夏言
編輯 黃淑珍 李佩倫
校對 吳帛奕
發行所 狗屋出版社有限公司
地址 台北市104中山區龍江路71巷15號1樓
電話 02-2776-5889～0
發行字號 局版台業字845號
法律顧問 蕭雄淋律師
總經銷 知遠文化事業有限公司
電話 02-2664-8800
初版 2023年11月
國際書碼 ISBN-13 978-986-509-466-9

定價280元
狗屋劃撥帳號：19001626
網址：love.doghouse.com.tw E-mail：love@doghouse.com.tw